程青 著

湖边

北京出版集团公司
北京十月文艺出版社

目录

1 郑小松

破晓时分我一个人走在大街上，我刚喝完酒回家，头脑有点晕乎。四周黑黢黢的，路灯灭了，天还没有亮。突然，我一抬头看见天际有一颗巨大的导弹飞过，我清楚地看见导弹越飞越近，它飞行的速度并不快，我判断这个速度是飞不远的，刹那间感到无比惊恐。果然，远处冒起了阵阵烟雾，我意识到导弹可能已经坠落，马上就要爆炸。这时候我看见大街上忽然涌出很多人，他们到处奔逃，四周充满了灾难临头的紧张气氛。我心里被难言的害怕和绝望塞满，想到自己马上就要死去，我无奈地闭上了眼睛。就在生命即将结束的这一刻，我的心头却有一股轻松感流水般涌过，在一个极短暂的片刻我甚至感到了难言的快慰，仿佛终于做完了某件事，或者说终于可以放下某件事了，也好像是马上要去一个比这个世界更好的地方。就在这时，有一只手拉住了我，黑暗中我没有看清是谁，我甚至没有想到要看看是谁，只听一个声音焦急地催促我："快点，快点，你怎么还不快走？"我被一股力量拉着飞跑起来，我不由自主，跑得气喘吁吁，想停都停不下来。跑到我实在跑不动了，我想松开那只手，可是却被拽得紧紧的。就在这时，爆炸的气浪滚滚而来，席卷了一切，我也未能幸免。我吃惊地感到这股带着熊熊烈焰的气浪居然不是灼热的，而是冰冷的。那种我从来没有经历过的严寒瞬间把我冻僵，我被冻成了一座雕像，连心脏都结成了冰。我眼看着自己身体冻裂，一块一块坠落到地上……我挣扎着睁开眼睛，望着窗口幽暗的反光，麻木的头脑慢慢恢复知觉，好一会儿才反应过来自己仍然活着，刚才只不过是一个噩梦。

近来，类似的噩梦我做得很多。自从死刑判决书下来之后，我不是整夜失眠，就是被梦魇缠绕。梦里我不断被看不清面目的人追杀，那些人竟然可以从这一个梦追到另一个梦，从这一夜追到另一夜。偶尔，我也反客为主去追杀别人。我的梦差不多都和死亡有联系，梦里充满了幽暗和恐怖。不过像这样逼真的梦境却并不多，醒来之后我不但心有余悸，浑身上下甚至还带着梦里那股令人惊惧的寒意。

我胳膊枕在脑袋底下，两条腿向后蜷曲着，用一种并不舒服的姿势躺着，我觉得这样会让心脏好受一点。噩梦醒来之后我总会感到心脏特别沉重。我像反刍一般回味着刚才的梦境，我想起那个拉着我飞奔的人，他会是谁？我立马想到了安卓越。安卓越，我的好兄弟，你还好吗？我屏住呼吸，静下心来，下意识地在暗夜里搜寻和辨析着他的气息。也许隔着几个牢房，他正在睡觉，也许他跟我一样，刚从噩梦中惊醒，或者他正忍受着失眠的煎熬。好兄弟，是我连累了你，是我害了你！你单纯得像个孩子，是我把你带进了罪恶的深渊。记得你不止一次跟我说过，能不能不用行凶就达到目的，你说你不忍心下手。我也同样不忍心下手，可是不下手我们怎么能得到那一笔钱？我需要那笔钱，我知道你也需要钱，甚至比我更加急迫，你要救你妈妈，她躺在病床上，没有钱就只能死。要说我不该害了自己最好的朋友，不过，说实话也是因为我相信他。除了他，我没有这么可靠的朋友。他心灵手巧，追求完美，事情交给他做我再放心不过——他绝对可靠和忠诚，他就像是那个更有耐心、更有才干、能把事情做得更好的我自己。我找他也是因为我太了解他了，他是一个特别肯为别人着想的人，他是真正能为朋友两肋插刀的人。有时候我看着他宁可委屈自己牺牲自己都要把利益和方便留给别人，我心里会忍不住替他难过，甚至会有恨铁不成钢的愤懑。而现在，因为我的缘故，他和我一样成了一个十恶不赦的凶手，他和我一样被关在了这个比冰窖还冷的牢房里，在别人的眼里他也跟我一样罪有应得。谁知道一个凶手竟然是一个那么善良和仗义的人？一想到是我毁掉了他的人生，我心如刀绞，追悔莫及。

我细细回忆着那只拉住我的手，尤其是在抓住我的一瞬间，在混乱慌张之中我还是感到了细滑和温柔。那么，不是安卓越，那就是一只女人的手。我的眼前浮现出曹紫云好看却略带憔悴的面容，小腹间顷刻涌过一股热流。这对我真是久违的感觉，说老实话，被关押在死囚牢房里大半年，我心如古井，即便偶尔会想到女人，那也不过是泛泛地想想而已，就好比想到甜味，我不会去细想是糖还是蜂蜜或者是水果。曹紫云是我心里最甜蜜的女人，她经历曲折复杂，风光过，也倒霉过，但我从来没有见过她趾高气扬或者自哀自怜，相反，不论她是妩媚风骚还是清高要强，都收放自如，不失分寸，在我眼里她做人做得相当出色，什么时候见她都是漂漂亮亮的。她那份从容优雅的功力，真是可以叫顽石点头。她是我心中的天鹅，我对她心悦诚服。

说实话，最初我是因为她出众的相貌对她垂涎的，和她走到一起完全是意外的机缘，我真的就是这么认为的。尽管在跟她上床之前我确实是暗恋过她一段，但我自己也说不清那算不算得上是爱。她长得实在是太美了，水灵灵的会说话的眼睛，花朵一样娇艳的脸庞，凹凸有致的身段软软的就像风中的杨柳，她的一颦一笑都令我倾倒，我周围那些人也许比我本人知道得更早。那时候她是方大白的正牌女友，是“大哥的女人”，我顶多也就是悄悄多看她几眼而已。后来方大白兴趣转移，又有了新的目标，他嫌她碍事，把她推到我的怀里。我自然不会错失良机，我就像是一步登天，一脚迈进了梦寐以求的爱情殿堂。

也许你会说爱情不过是痴男怨女的心造幻影，说实话在遇到曹紫云之前我就是这样想的。我根本不相信有所谓的爱情存在，我认为那不过是男女为了上床找个漂亮的借口罢了。后来我知道自己错了，我之所以会那么想是因为我浅薄，缺乏阅历，见得太少。

人家说好女人是一所学校，曹紫云当之无愧是我的好学校。我体会太深了，而且都是切身体会。在和她好之前我沉闷、多疑、小气、嫉妒，和她好了之后我变得阳光、开朗、自信、宽容，就像是换了一个人一样。这大概就是爱情的魔力吧。

曹紫云比我大了整整十岁，不过我从来没觉得她比我老，相反，我觉得她比我还要青春，她就是一个不会老的女神。我喜欢她穿着掐腰小方领白衬衣和素色的长裙子那副文文静静的样子，就像不解风情的女学生，我也喜欢她穿着式样时髦的裹身连衣裙，简直比《阿飞正传》里的女明星还要性感妖娆，当然，我最喜欢的是她脱得一丝不挂，就像一棵挂着饱满果实的椰子树，令我神魂颠倒。跟她在一起我总是情欲如炽，真的就是酒不醉人人自醉。我在一本书里看到过这样一句话——“遇到一个真正好的性伙伴胜似周游世界”，我没有机会去周游世界，以后也不会再有了，但我至少没有另一个遗憾。跟她做爱，我仿佛进入到天堂。她让我尝到了爱的滋味，被她爱过之后，我忘掉了自己的不足和悲哀。和她相好的那一段是我一生中过得最快乐的时光，我以为一直可以这样，而实际上，这种好日子很快就到头了。

我决定做那件事之前和她明确分手了。我很坏，我反正是要下地狱的，我不想拖累她。她之前已经受过磨难，吃过苦头，我不想让她因为我再受痛苦和煎熬，所以我十分果绝地斩断跟她的情缘，干脆利索，毫不拖泥带水。记得那天结束床上的鏖战，我对她说我打算结婚了，从此我们井水不犯河水。她听了非常惊愕，我不敢看她，逃一般离开了她家。之后我不再接她的电话，她发短信说我绝情。其实我哪是对她绝情，我是对自己绝情啊！跟她提出分手的那一天，我一个人在城外的公路上走到深夜。我泪流满面，这一辈子都没有那么伤心。

我以为爱情的大门从此对我关上了，然而，我没有想到的是我入狱之后收到的第一封信是她寄来的，那还不仅仅是普通意义上的信，而是一封情书。除了鼓励我好好改造，悔过自新，她用只有我们两个人懂得的看上去很普通的句子让我明白了她的心意：她爱我，她仍然爱着我。在信里她告诉我她给我带来了十件干净的衬衣，还给我卡里充了一千块钱，让我在监狱里买日常必需的用品。她写道，尽管她没有勇气跟我见面，但过些日子还会来看我。我能体会她的心情，也完全理解她的心情，读着她的信，我感动得热泪盈眶，仿佛沐浴在爱情暖融融的光辉里。一个死刑犯人有着如此真挚动人的爱情，这是多么奢侈和不真实，听上去简直就像是一个笑话。

天还黑着，我从床上起来，走近窗户，透过微明的晨光，看见外面还在下雪，雪片像自由落体的羽毛，不紧不慢地飘下，投到下面白茫茫的积雪当中。这场雪已经下了三天了，这里很少这样下雪，也很少下这样大的雪。白天，雪花一片一片从铅灰色的天空落下，在道路、屋脊、汽车、树梢上聚积，一点一点把杂乱无章的颜色和形状遮盖起来，将一切都遮盖得一尘不染。入夜，路灯在漫天大雪中变得暗淡，灯光不像平常照得那样远，而是聚拢成一团，光线下的雪片就像飞蠓一般快速地打着旋，随风飞向不同的方向。下雪的时候格外安静，世界好像停滞了一般。在这高墙之内，除了每隔几个小时警察换岗时铁门发出的哗啦声，一切仿佛都在沉睡。而我却再睡不着，我忍不住想起了另一个同样是下雪的日子。

那天我在游戏厅看店，方大白给我打电话，叫我早点收摊到他家去打麻将。他说买了酱鸭，炸了花生米，烧好了滚烫的野鸡，还温了好黄酒，落雪天，热乎乎喝点正好。难得那一阵学生放假游戏厅生意特别好，我舍不得早早关门，交给方大白指派来的小伙计又不放心。等我忙好过去，他们早喝过酒吃过饭，铺上桌子玩开了。他们面前堆放着旧扑克牌做的筹码，一看就是拉开架势来钱的。我刚看了一小会儿，方大白就叫圆头阿三起身，让我坐下来打。没想到这一打就是五天五夜。到第五夜，我困得实在熬不住，方大白还不肯散局。他就像打了鸡血一般，话特别多，喋喋不休，说个没完。他一赢就炫耀，一输就骂人，半刻也不停歇。方大白长得人高马大，身体壮得像头牛，我们都晓得他特别经熬。他不止一次得意扬扬地跟我们吹嘘，他祖上是北方人，骑马打仗出身，他不折不扣遗传了他们的好基因。他除了身体特别好，还有个本事是随时随地都能眯上一觉，他自己说是撒着尿就能睡着，所以玩上几夜对他来说是小菜一碟。麻将打到后来我昏头涨脑连手里的牌都记不清楚，有时居然和了也不知道，方大白却是头脑清醒，越战越勇，他又是连庄，又是开杠，而且和的都是大牌。本来大家说好打到当晚十二点钟散场，但方大白赢在兴头上，他借口天黑路滑不好走，拉着大家继续玩。那两个输得比我还惨，他们扳本心切，一声不吭又接着玩下去。我们一直打到早晨，结果方大白又赢了很多。台上的扑克牌差不多都堆到了他的面前，最终是他一家卷三家大获全胜。

结账的时候我呆掉了，一共输了三万多。我没带这么多钱，方大白说不碍事，记在账上就好。这是我第一次欠他赌债。之前我也跟他借过钱，不过那些钱都是派在装修房子、买摩托车这些正经用途上的。我说不出有多懊恼，想到自己耽误了好几天相当于黄金档的生意，还输掉了三万多块钱，心里就像有无数的虫子在噬咬。想想这些钱要花多少工夫去挣，而且花了工夫还不一定能挣上来，我真是后悔得要死。我在心里发誓再不去赌了。

之前我跟方大白他们也打过麻将，不过都是打着玩的，有时候来钱，有时候不来钱，就是来钱也是小来小去，一晚上顶多就是百八十块的输赢，而且也从来没有过像这样拉开架势一玩就是通宵达旦连续好几天的，一般也就玩个八圈十二圈就散了。我也是思想麻痹，以为还是跟以前一样，没想到方大白会玩连轴转这一出。其实之前我也听见常跟他一起玩的人背地里说过他摆麻将局敛财，弄不到外面的人就搜刮自己小弟，不过他从来没有找过我。吃了这么大一个亏，我有了切身的体会，之后再有人叫我去打麻将，不管来不来钱，玩多大多小，我都一口回绝。我打出牌子，从此不沾麻将。

方大白的牌局还是照开不误，我听说他家那张麻将桌子上不断换人，不少人都欠了一屁股债。照理说那些输了钱的人心中也该有点数目吧，可是我看他们对去方大白家打麻将还是趋之若鹜，好像他们对能上他家的牌桌都很得意，没被叫到的反而有些失落，明里暗里这些人甚至还为此争风吃醋。当然，我略微一想也就明白了，还不是因为方大白有市面？跟着他即使吃不着肉，也能喝上几口汤吧。要说方大白还是很有大哥派头的，平常求他帮忙基本上是有求必应，而且他帮人办事很卖力，高兴起来不管是谁都肯照应。手头阔绰的时候他花钱如流水，对我们这些他看作小弟的人相当大方，请我们吃请我们喝，经常一摆就是好几桌。我们没钱问他借，他也是二话不说。我以前缺钱都是和他借的，股市好那阵子还跟他借过钱炒股，不过因为股票跌得太狠，那些钱基本都亏进股市里去了。方大白喜欢在我们面前摆有钱人的派头，他也确实比我们钱多，当然他挣钱也比我们容易得多，尤其是头几年，更是这样，因为他得天独厚，有个当驻京办主任的好爸爸。尽管他不爱听别人这么说，但这是事实。他父亲有官位，人缘好，路子广得不得了，我们都知道他是我们当地通天的桥梁，据说多高的关系都能攀得上，多难的事情都有办法摆得平，就连我们这里的当大官的和大老板都拍他的马屁。有这样一个爸爸，他想做点啥不容易？他父亲在位的时候他手上的生意做得顺风顺水，做啥成啥，确确实实挣了不少钱。他找我合开游戏厅，尽管他拿大头，我只占一小份，看店的事情还得我来，那我也是沾了他莫大的光。我们这家游戏厅因为地段好，房租便宜，加上游戏机都是他找关系批发来的，有的是半送半要弄来的，所以赚得还是不少的，特别是头几年，生意兴隆，就像种了一棵摇钱树。要说如果我守着这么一个买卖，勤勤恳恳，遵纪守法，日子也是过得去的，可是，事情常常不是你想怎样就怎样，我想安分守己，可我却无法安贫乐道。一方面我确实是想过有钱人的生活，我也想挣些轻松钱，没想到另一方面我却诸事不顺，压力巨大，想翻身翻不过来，迫不得已，最后别无选择才走上了这条不归路。

我赌博输钱这件事不知道怎么传到了我家老头子的耳朵里。那时候我和他还没有闹翻，只是关系比较冷淡。记得那天我回到家里，他正一个人坐在桌子边端着青花小酒盅喝酒，看见我进门扬手就把手里的酒盅向我砸过来。我吃了一惊，以为他喝多了发酒疯。我假装没看见他这个举动，恭恭敬敬叫他一声爸，他就像没听见，脸红脖子粗朝我一顿痛骂，说我不务正业，好吃懒做，成天结交一些不三不四的人，只知道鬼混，给他丢人……他气势汹汹，骂了足足一顿饭工夫。我听着他骂，不作一声。妈妈和姐姐都吓坏了，躲在厨房里不敢出来。她们不时敞开一条门缝，偷看外面的情形，也不敢出来劝架。我以为老头子骂完就完，没想到他越骂越气，从腰间抽出皮带，扑过来狠狠地朝我抽打起来。我一把抓住了他的手腕，当时就是一股热血往脑子一冲，手就伸了出去。他举着皮带，抽不下来，气急败坏。这是我第一次挨他打反抗，以前不管他怎么打骂我，我都是逆来顺受。老头子被我这个举动激怒，他大声吼叫着叫我滚出去，说他没有我这么个赌棍儿子。我二话不说，摔了门扭头就走。他不知道我心里早就想跟他一刀两断。

和老头子翻脸其实并不是我一时冲动，而是老话说的“冰冻三尺非一日之寒”。在我和姐姐很小的时候他就经常和妈妈吵架，吵急了当着我们的面就劈头盖脸打妈妈，好几次把她打得头破血流，街坊四邻几乎没有没来过我家拉架的。对我和姐姐他更加凶蛮暴戾，稍有不顺心，大巴掌就扇上来了，我心里对他有说不出的恨。在我眼里他不是爸爸，他是恶魔。在我上初中的时候，他有了外遇，经常不回家来。他在外面不只有一个姘头，而且还不断换人，我们都知道，有两个还是我们一家人都认识的，妈妈看到她们就骂，见一次骂一次。每次她骂过她们，他知道了回家就会穷凶极恶地跟她大吵一架，甚至痛打她一顿。他提出要离婚，可是妈妈死活不肯，说是为了我们，怕我们成了没爹的孩子在外面被人欺负。我和姐姐看不过去，都劝她离了算了，她还是不肯，说好女不事二夫，她跟他结了婚就不会离婚的，只当他死了，绝不会便宜那些狐狸精的。她闹到他单位里，本来他人缘就不好，更加被人排挤，回家又拿我们撒气，成了恶性循环。后来他在单位待不下去，只好辞掉了公职，当了个体户，跟从前的同事和战友一起做农药和饲料生意。不过他挣了钱一点不拿回家，我们三口人全靠妈妈在超市当售货员那点微薄的工资度日，直到姐姐和我工作了家里生活条件才好转。老头子把我赶出家门不到一年，妈妈就查出得了肝癌，她怕花钱欠债，不肯好好治，拖了七个月就去世了。妈妈最后的日子过得无比凄惨，从她进医院到她去世，他一次没来看过她。那时候我和姐姐刚工作不久，都没有什么钱，姐姐硬着头皮去找他要钱，不出我所料，他不但一分钱不给，还说了一大堆难听的话。姐姐垂头丧气回来，我和她在医院走廊里默默流泪。妈妈到最后只打得起止痛针，这还是靠我和姐姐把家里冰箱电视机都卖了，还去卖过几次血。妈妈临终前哭着对我和姐姐说，她自己受罪也就罢了，还要连累儿女，让儿女为她受苦，真比剜她的心肝还让她疼，人世这样苦，就是能再来她也不来了。她哀怨的眼神我一辈子都忘不掉。

妈妈一死，老头子火速娶了他的姘头陆菊仙。那样迫不及待，妈妈葬礼上的鲜花直接可以拿到他们婚礼上去用了。他们在凯撒大酒店的顶层举办婚礼，据说办得相当豪华隆重，不过他没有通知我们。他背着自己嫡亲的儿女在全城最气派的酒店大宴宾朋，庆祝自己和姘头喜结连理，实在太让我和姐姐寒心。

就在那个晚上，我给自己灌了半瓶老酒之后，跌跌撞撞摸到方大白家，一屁股坐到了那张麻将桌边上。我打破了自己戒赌的诺言。我在面前堆起高高的扑克牌筹码，我就是要破罐子破摔。

我是后来才意识到，恶习就像毒蛇一样，它会悄悄潜到你身边，你一旦被它缠上，就难以摆脱。我很快就身陷赌瘾不能自拔，不到半年，就已经欠了方大白三十多万的赌债。报纸上说我是因为赌博走上了谋财害命的不归路，赌输了钱，尤其是输得多了，眼看着根本就还不上，确实让我变得丧心病狂，但我扪心自问，赌博只不过是使我走上这条罪恶之路的一个诱因而已。

牢房里寒气逼人，我重新躺回到狭窄的小床上，我睡不着，一分一秒地熬过天亮之前这段将明未明的时光。恍惚间，我似乎听见郑小蔓的声音，她语调轻快地在说话，还隐隐约约夹着几声清亮的笑声。我侧耳细听，却又什么都听不见了。我的姐姐呀，我可真想你！我不知道我被关进来之后她怎么样，她竟然没有一点音讯，也没有来看过我，这一点完全出乎我的意料。曾经像妈妈一样疼爱我的姐姐，我唯一的亲人，你真的就这么绝情地抛弃我了吗？我知道自己对不起姐姐，我最对不起她的是做了这样罪恶的事，自己永生背负恶名不说，还拖累了她。想到我亲爱的姐姐不再理我，想到我失去了她的爱，我的心都碎了。

姐姐比我大了不到两岁，小时候我们形影不离，她去哪里都带着我，保护我。我记得她拉着我的手，沿着小街走好远好远去迎接下班回家的妈妈，那是我对她最早的记忆，也是我童年最早的记忆。从小到大，姐姐对我特别好，有事情她抢着做，有什么好东西都尽着我，而且她真是豁出命地对我好。记得我小学二年级那年的暑假，爸爸妈妈都上班去了，家里只有我和姐姐，邻居家做中饭的时候油锅着火烧了起来，浓烟从窗户串进我家里，隔壁传来惊惶失措的喊叫声，当时我们被大人反锁在家里，想跑也跑不出去。我吓坏了，好在姐姐很沉着，她把毛毯放在大澡盆里浸湿了，把我包裹了起来。那个时候她根本就没有顾到自己。好在火很快被扑灭，没有烧到我家。妈妈回来后虽然非常心疼那块还是她嫁妆的纯羊毛毯子被弄得又湿又脏，但她还是夸奖了姐姐，还给了她五块钱作为奖励。还有一件事我也印象很深，还是在上小学的时候，有一次我们去湖边玩，看见有人在湖里捞瓶子，捞上来的瓶子可以卖废品，我也下水去捞，不知不觉走到了水深的地方，就是腿一打漂，我就被水冲走了。是姐姐用力拉住了我，其实她根本就不会游泳，她完全不顾自己的安危冲到了湖中间。如果她不救我，我可能就没命了。姐姐是我的保护神。

姐姐不光对我好，为了我她也肯委屈自己。她不爱方大白，她也不想跟他来往，一开始她就婉转但清楚地向他表明了自己的意思，可是方大白还是对她穷追不舍。她知道我和他生意上合作密切，说穿了就是靠着他才有这么个饭碗，后来她又知道了我借了他那么多钱，她怕我为难，对他从来笑脸相迎，客客气气，最后甚至委曲求全嫁给了他。一想到我的荒唐搭进了姐姐的幸福，我就懊悔得不得了。尽管她一直都说不是这么回事，她是自己想嫁给他的，我心里还是觉得非常对不起她。

姐姐，你也不来看看我，我知道你是生气了，我让你失望，你肯定是伤透了心。姐姐，我不求你原谅，我只求你好好保重自己。

一个月过去了，又一个月过去了，冬去春来，夏尽秋至，高墙之内，一片肃杀。我没有上诉，我等着那个最后的时刻到来。其实也说不上等待，就是一天一天，一小时一小时，磨耗着时间。

我换了牢房，现在这间在走廊的最里头，房间更小，窗户更高，外面还钉着一圈铁栅栏。牢房里白天也很阴暗，昼夜都开着一盏昏暗的灯。除了一角天空，我从窗口看不见任何风景，其实什么风景对我也都没多大意义。

到这个时候说后悔早已经来不及，但我心里还是充满了悔恨和负疚。在某些时候，我就像注射了麻醉剂一样，忘掉了自己的过去，就好像那一切并没有发生，或者说我犯下的罪恶就好像一个梦，醒来之后梦里的一切都一笔勾销。我不是要抵赖，我已经认罪；我也不是要逃避惩罚，我已经接受了法律的审判。我只是想说，当人性从我身上复苏，那恰恰是我最痛苦最难过的时候。

我最怕想到的是樊文花，而我又没法不想到她。她的影子经常会像气泡一样从我的心里浮起，我会下意识地回忆跟她在一起度过的那些琐细甚至说是欢乐的时光。而当我意识到她被我谋害已经不在这个世界上了，我还是会像从噩梦里突然醒来那样惊恐万分。她那么渴望爱，渴望富足，渴望快乐，她根本不会想到她得到的短暂的幸福竟然是一个圈套。有时她红扑扑的笑脸从我的脑海里浮现，我会像忽然遭受雷击一样全身震颤，恶心干呕，透不过气来，浑身虚汗直冒，好像马上就要休克过去，可是我的知觉又格外敏锐，心里的疼痛越发加剧。我形容不出那种难受，就好像眼睁睁看着自己从肉体到灵魂遭受拷打。

然而，在决定谋害她的时候我根本没有害怕，也没有想到过害怕。从监狱订的报纸上的新闻报道中我看到人们指责我孤僻、冲动，甚至还有说我变态和精神错乱，这真是荒谬可笑。其实我头脑清醒冷静，而且我自认为相当聪明，我周密谋划，仔细推算，让整个事情万无一失。可是，算来算去，自以为天衣无缝无懈可击，最后事情还是败露了。我不相信报应，但我相信真相就像有生命力的种子那样顽强，起初可能它并不起眼，但它会从石头缝里发芽生长出来，让明眼人看到。所以，猎人总是能捕捉到猎物，猎物也常常难逃猎人的枪口，这大概就是宿命吧？我的宿命正是如此。

2 樊文花

我来到这个江南的城市快三个月了，这里好繁华呀，街上的店铺又干净又漂亮，时髦的东西特别多，好多都是我从来没有见到过的，用我姐姐樊佳音的话说是“样样有得买”，不说我老家的村子不能比，就是我们那里的县城也根本比不上。可是这也好，那也好，我还是一天一天数着日子过。我也不知道为什么会这样，我就觉得日子过得不如在老家那么轻松自在，我很想家。爸爸倒是经常有电话打过来，不过他总是打给姐姐，要不打给小姑妈，从来也不打给我。妈妈没有手机，她也想不起来要打电话。有时候爸爸往这边打电话她会跟着说几句，经常是没说完话人就跑开了，要么是锅开了，要么是别人家的猪跑进院子里来了，要么是天突然下雨要去收衣服，还有一次居然是隔壁邻居家的蓄水池决口，水流进来把我家院子给淹了。反正她总有事情要忙，哪件事情好像都比打电话重要。爸爸跟妈妈不一样，他空闲的时候多得是，他想起什么就会打个电话过来，没事也打，而且一聊起来没完，姐姐说他最不心疼的就是电话费。可是，我只能在旁边听着，他们热热闹闹说老半天也想不起来叫我说话。有几次我凑上去从姐姐手里拿过电话，可是没说几句，爸爸就把电话挂了。爸爸妈妈在电话里跟我说话好像都没精打采，除了问问吃了没有、天气热了冷了什么的就没话说了。我知道他们对我无所谓，在家就是这个样子，我早习惯了。可是我走了这么远，我好想他们，他们这样让我心里好不是滋味。

家里只有一个人疼我，就是大姑妈，她说我“生不逢时”。除了大姐樊佳音，我上头还有两个姐姐，二姐生下来不久就让人抱走了，三姐因为交不起超生罚款一生下来也送人了。爸爸妈妈，特别是爸爸，一心巴望生男孩，可到我偏偏还是个女孩，他们也想把我送掉，但我出生前后我们村还有邻村生出了好多的女孩，想给都给不出去，他们只好留下来自己养。他们不甘心，东躲西藏又生了一个，可惜还是女孩。小妹早产，身体很弱，到了两三岁还一句话不会说，爸爸妈妈好像早就知道她又聋又哑，一直想悄悄把她扔掉，不止一次他们把她带到车站，但最后还是没有扔掉，大概是怕被人家说吧。后来妈妈又怀过两胎，她跑出去想生下来，结果都流产了，说是两胎都是男孩。妈妈哭了好多次，为自己没有生儿子的命流过不少眼泪。

爸爸妈妈不喜欢我，他们毫不遮掩。我小时候听得最多的话就是“滚一边去”“碍手碍脚走开点”。我长到十岁没穿过新衣裳，都是捡姐姐的旧衣穿。那时候我家里其实不算穷，爸爸在城里做装修，妈妈在旅游景点表演蜀绣，他们两个人都能挣到钱。他们嘴上总是说自己生的孩子个个喜欢，那不过是说说罢了，是说给别人听的，我心里一清二楚。我长得又矮又丑，穿得又旧又脏，去上学老师同学都不喜欢我。我一直很自卑。我看姐姐跟爸爸妈妈有说有笑，还跟他们发嗲，她要买什么也敢张口跟他们要钱，她想要的东西都是贵的好的，爸爸妈妈居然都肯答应她，我真的好眼热啊。姐姐做错了事情，比如她烧煳了饭，打碎了碗，忘了喂鸡，丢了钱包，考试成绩不好，爸爸妈妈都从来不骂她，更不说打她了。这些事情要是放在我头上，他们肯定饶不了我，把我骂个狗血淋头是轻的，打我几巴掌也是家常便饭。我从小没少挨爹妈打，尤其是爸爸，他力气大，脾气更大，经常是顺手抄起笤帚把子、木头棍子结结实实打我一顿。有时候他手里有什么朝我扔什么，啥都不顾。我被他打怕了，看他脸色一不对心头立刻就发颤。我在家里的小名叫四丫头，一年到头也听不见他们好好喊我几声，不知是爸爸还是谁给我起个外号叫“十三不靠”。起先我不懂“十三不靠”是啥意思，问他们也不告诉我。有一天大姑妈过来走亲戚，我问了她才知道这是打麻将的说法，就是上手抓了一把乱牌，我们当地话叫“脏牌”，吃不着，碰不着，沾不着别人的光，只好凑十三张不重样的牌去和牌，就叫十三不靠，也叫天下大乱，这种牌就是和了也是小牌，赢不着多少钱。我不明白我跟十三不靠有什么关系，大姑妈笑笑不作声。我追着问她，她才说出来说我是十三不靠就是指背时，运道差，她叫我别往心里去。我明白他们就是说我不好，不招人喜欢呗。听了大姑妈的解释我心里酸酸的，眼泪差一点淌下来。可是我却不知怎么觉得好笑起来，笑得居然停不下来。

大姑妈不让他们这样叫我，我倒是不在乎，随他们叫去，毕竟他们是我的父母，爸爸妈妈把我带到这个世界上，他们也是吃了不少辛苦，我要知恩图报。我就是这么想的。后来爸爸在施工的时候从脚手架上摔下去，伤好之后有一条胳膊完全吃不起劲来，干不了装修的活了，妈妈也因为岁数大了被旅游点辞退，我们家没有人在外面挣钱了，收入一下子少了下来，我们的生活大不如从前，差了很多。家里穷下来我心里着急，很想替父母分担。那一会姐姐正要和村里的几个姐妹一起到南方去打工，我也想跟她们一道去，她们嫌我小不肯带我。那年我刚满十三岁，大姑妈叫我不要着急出去打工，让我再好好读几年书，还拿出钱来给我作学费。爸爸妈妈本来不想让我再上学，他们说丫头家读再多的书也是嫁人，没啥子用，不过他们碍着大姑妈的面子，不好太反对。初中毕业之后我又去上了美容美发学校，成了家里学历最高的人。爸爸妈妈讲笑话，樊家祖坟冒青烟了，家里也出了个大秀才。他们还笑嘻嘻对我说以后他们要靠我养老了。我听了心里可高兴了，这么说他们还是觉得我是有用的。

从美容美发学校毕业我进了县城最大最好的一家美容美发院，因为资历浅手艺不过硬，我做的也就是给人洗洗头染染发之类的活，挣不着多少钱不说，还经常要受气。我跟姐姐完全没法比，姐姐到南方打工挣了很多钱，她刚去在台湾人开的鞋厂做，不久就从鞋厂跳到了手袋厂，很快又跳到了手机厂，从流水线上的工人，做到了文员，先是管机器，后来是管人，反正她每换一次工作用我爸爸的话说都是更上一层楼。姐姐出去打工第一年回家来过年，就带回了五千块钱，那是多大的一笔钱啊，爸爸妈妈拿着这一大笔钱乐开了花。他们逢人就说自己大女儿聪明能干有闯劲，他们说得眉飞色舞，特别得意。姐姐第二年回来过年，带给爸爸妈妈一万块钱，他们更加笑得合不拢嘴。爸爸很想拿这笔钱开家小店，不过后来小店没开成，他拿这些钱修了房子，因为我家房子太老了，一下雨就漏得稀里哗啦，不修不行了。过完年姐姐再去南方又换了工作，她跟家里说是在一个大饭店里做销售，可是老乡传回来的话就难听了，他们说她是去做那种事情了。爸爸妈妈听见别人这么说又气又急，爸爸跑出去要跟说闲话的人拼命，回到家他火急火燎打电话问姐姐到底在外头做什么，姐姐叫他别听人家胡说八道，还说那帮人狗嘴里吐不出象牙，就是看她发财眼红她。姐姐在电话里又气又急，哭得很伤心，爸爸也就不再说什么。那年春节姐姐没有回来，说要留在南方和男朋友一起过年，爸爸妈妈听了电话好半天没有吭声。我在外面也听到了别人说姐姐的风言风语，我没敢说给爸爸妈妈听，怕他们又要生气。姐姐连着两个春节没有回家来过年，都说要陪男朋友，不过她从来没有把男朋友带回来，我们连她男朋友的照片也没有见到过。到第三年春节她又说不回来，这次爸爸没像上两次那样默许，上两次他甚至还假装很大度地说不回来就不回来吧，省得路上跟人挤，相反，他一定要叫她回来。过完年他不让她再到南方去，要她留在家里。姐姐不愿意，说留在家里没事做也挣不到钱，白耽误工夫。他们争吵了几次，爸爸毫不让步，后来姐姐悄悄溜走了。到了南方之后她打电话回家跟爸爸说好话，他们才算和解。去年姐姐回家来，爸爸给她谋划到小姑妈家这边来打工，爸爸对她说你要是还想好好嫁人就听我的，不然的话你就不用认我这个爹了。姐姐犹豫了好几天，不吃不喝，在床上睡得蓬头垢面，最后答应听爸爸的。我不懂爸爸为啥要这样逼姐姐，她才二十五岁，长得苗条白净，去了南方又学会了穿衣打扮，妆化得时髦洋气，一点都看不出来是农村姑娘，我觉得爸爸担心她嫁不出去完全多余。如果姐姐嫁不出去，那像我这样皮肤黝黑、个子不高、眼睛小、嘴巴大的不就更加嫁不出去了吗？我本来对自己的长相就很自卑，这下心里的阴影更大了。不过，有一天我听见姐姐和小姑妈在一起说悄悄话，她竟然说爸爸考虑得是周到的，也是真为她着想，只不过她在南方能挣得到钱，都是自己一刀一枪打下的地盘，好容易站稳了脚跟，说丢下就丢下，真是太可惜了。小姑妈竟然听得连连点头，说可不是这样，很出乎我的意料。爸爸安排姐姐到小姑妈家这边，也让我跟她一起过来。爸爸说江南城市发达，机会多，比我们待在老家有前途。他还说小姑妈嫁得好，她家里钱多，富得流油，有她照应我们，不说有肉吃总归也有汤喝，他的意思是我们姐妹两个在一起好做伴。我知道爸爸是心疼姐姐，姐姐是他的心头肉，他不放心她。他就是打发我过来陪她，我其实就是个打酱油的。

姐姐比我先过来几个月，刚来时她在小姑父家的蜂蜜园里卖蜂蜜，没多久一个以前和她一起在南方打工的好朋友田玲拉她去推销化妆品。我来这里田玲也叫我跟她们一块干，但是姐姐不让。后来我才知道她们起初是做直销，后来不知怎么就变成了传销，姐姐说就这一字之差可差得太远了。老板把她们关起来封闭培训，之后叫她们去发展下线，让她们通过发展下线提成，并许诺她们干得好能发大财。没两个月打击传销，她们的老板被抓，其他的人吓得都散了，姐姐和田玲也不敢再提“传销”两字了。她们又换了一家公司，帮人卖货，还是推销化妆品，不过卖的都是假货。姐姐也不让我去小姑父家的蜂蜜园里干，她告诉我那边管事的是小姑父的妹妹，她尖酸刻薄，门槛精，不是个好惹的人，怕我去了吃亏。所以我到这里之后干的还是老本行，我在离小姑妈家不远的一家美容美发院做洗头妹。老板让我先从小工干起，答应以后有机会让我做大工。干了没几天小姑妈就不让我去了，她说一个小姑娘家在发廊里做，会让人说闲话的。我跟她说那个美容美发院开在居民小区里，真的就是一个正正经经做头发做美容的店，一点别的名堂都没有，她不听，她说反正这个家里的人不能去做发廊妹，我们是清白人家，不能走出去让人戳脊梁骨说不好听的话。小姑妈跟爸爸一样脾气大，说一不二，我不能不听她的，只好辞了发廊的工。离开发廊之后我做过小宾馆的服务员，水果店的售货员，服装店的导购，小姑妈都说不好，做得辛苦还挣得少，不如在家里帮帮她的忙呢，横竖有我一口饭吃。我听她的话，每天被她支来支去，招了她不少的骂。后来有个机会，一个老乡介绍我到手机数码超市卖手机，工作体面，挣得也不算少，小姑妈这才不说什么。

小姑妈是个厉害角色，老家的人都这么说。她是兄弟姐妹当中最小的一个，长得最漂亮，而且也最有主张，用爸爸的话说，她是一个“响当当的人物”。当年她读中学每天来回要走二十里地去上学，她嫌读书太苦，初中没读完就退了学。退学之后她一个人跑出去打工，家里没人知道她去了哪里。过了好几年她才回来，告诉家里人她在城里当保姆和月嫂，有吃有住，一个地方顶多做个一年半年，赚了钱就出去旅游，已经转过不少好玩的地方。她和小姑父就是在游玩的途中认识的，两个人算是一见钟情吧。我在老家就听说那时小姑父刚刚从部队转业，小姑妈听他说家里有厂有店，还有承包的田地、池塘和果园，心里就活动了。她立即和追了她几年的男朋友分了手，跟着小姑父回了老家。小姑父在老家也早已经定了亲事，小姑妈就自己租了房子住下来，每天上门去侍候他父母，还去他家的厂里店里田里帮忙，有什么做什么，闷头干活。她一直在城里做保姆和月嫂，很会做事，也很会照顾人，又是见过世面的，脑筋活络，知道怎么讨好别人。她忙前忙后，委曲求全，终于讨得了小姑父父母的欢心。她抢在了小姑父未婚妻前头怀孕，去医院做了B超是个男孩，总算让小姑父跟她结了婚。

我从小就听过不少小姑妈的故事，家里人说起她除了佩服之外，都有点酸溜溜的。我知道他们佩服是真佩服，酸也是真酸。妈妈和二伯母跟她关系尤其不好，她们凑在一起总要嘀嘀咕咕说说她。她们说她是“橄榄核两头尖”，从来只顾自己不顾别人；她嫁得好，她们说她是“老鼠掉在白米缸里”；她们还说她“铁公鸡一毛不拔”，小气得不得了，回娘家来空着两只手不说，临走还总要捞点东西去。她们最爱讲小姑妈出嫁那天躲在房间里哭，大家都以为她是舍不得离开娘家，奶奶进去问她为什么哭，她说想要樟木箱，奶奶就把家里传了三代的两口樟木箱子给了她。过了一会她又哭，奶奶问她为什么还哭，她说还想要家里的桌子，奶奶就把客厅里一张红木八仙桌子给了她。又过了一会她还哭，奶奶问她还为什么哭，她说光有桌子没有椅子来了人没处坐，奶奶只好把四把红木椅子也给了她。然后她把这些东西和其他的陪嫁一起装上车，欢欢喜喜地走了。妈妈和二伯母抱怨说小姑妈哭哭啼啼硬是把家里老底子的那点好东西一样一样搜刮走，她们结婚的时候公公婆婆都不肯给她们，也只有她脸皮厚全要走了。

以前在老家时我跟小姑妈见面不太多，我还小她就离开家出去了，印象中她跟爸爸妈妈一样不喜欢我，对姐姐却不同，她肯买东西给她吃，她自己的衣服也肯送给她穿。我一直以为小姑妈很喜欢姐姐，到这里来之后才看明白她对姐姐也不过是表面文章。她喜欢的人只有两个，一个是她的老公，另一个是她的儿子。她对老公千依百顺，跟他说话温柔恭敬，简直有点低声下气，对他服侍得殷勤周到，体贴入微。不过在我看来她最喜欢的还是儿子康康，康康十三岁了，长得比我还高半个头，她还拿他当小孩子，没事就把他搂在怀里，什么事情都不舍得让他做，每天早上还替他穿衣服，好吃的东西都要留给他。我来这里时间不长就看明白了小姑妈家跟我们家一样，人都是分等级的，而且她家里的等级比我们家还要分明，在我家里，爸爸不用说属于第一级，姐姐因为有爸爸宠爱属于第二级，爷爷奶奶因为有房子有地属于第三级，妈妈属于第四级，我和聋哑妹妹属于最末一级。有一阵子妈妈出去表演蜀绣，她能挣到钱，她在家里差不多也能属于第三级，不过我和聋哑妹妹还是垫底的，有时候连聋哑妹妹比我还要好一点，毕竟她小，身体有残疾，家里人多少会可怜她一点。在小姑妈家，小姑父和康康肯定是第一级，因为他们是小姑妈心尖子上的人。小姑妈自己其实也是第一级，但她处处把家里的两个男人放在自己前头，什么都是他们优先，把他们捧得高高的，自己屈居第二级。家里的大黄狗来福是第三级，因为它不仅是小姑父的心肝宝贝，也是小姑妈的心肝宝贝。第四级是小姑妈的公公和婆婆，他们也是因为有财产，而且都老了，小姑妈对他们倒是客客气气的，不过现在她用不着巴结他们了，有时候他们反过来还要看她的脸色。之后一级是姐姐，再之后一级才是我。我在这里还是垫底的。

就拿今天来说吧，小姑妈一看窗外飘起了雪花，马上穿起了结婚时买的貂皮大衣，兴致勃勃地说想吃暖锅了。姐姐和我已经在烧晚饭了，红豆紫米粥在锅里翻滚，米饭快要焖好了，还炖了蹄髈，煎好了带鱼，蔬菜也洗好切好，只等着下锅炒了。小姑妈起了念头要吃暖锅，听她的口气是非吃不可，我们二话不说，赶紧给她去弄。我们发了香菇、木耳、金针，泡了粉丝，拿干肉皮放油里炸了，又去附近的农贸市场买了大骨头回来吊了汤。小姑妈说看你们忙半天还缺一样重要东西呢，吃暖锅哪能没有蛋饺？这时候雪下大了，姐姐怕冷不想出门，叫我一个人去。我顾不得地上又湿又滑，出去买了鲜肉回来剁肉馅。这天我正好来月经，肚子隐隐疼了一下午，出去走了两趟受了冻，好容易走回家已经疼得七死八活，而且腰还特别酸。我捂着肚子剁肉馅，小姑妈冷言冷语说哪个女人不来月经，就没见过像你这样娇气的。我不想被她说，硬撑着做蛋饺。好容易把几十个蛋饺做好，小姑妈收起了一大半，说冻到冰箱里留到下次吃。那天她公公婆婆还有小姑子一家都过来吃晚饭，暖锅刚端上桌他们就吃得风卷残云。姐姐很识相，给他们端菜递汤，自己不上桌吃。他们叫了她几次，直到他们快吃完，她才坐下来，吃了几口又站起身忙着替他们盛饭倒茶。我在厨房炒菜，他们吃完才轮到我去吃。等我坐到桌子边，暖锅里连汤汁都不剩了。

不过我一点都无所谓，反正吃啥都能饱。跟自己家里亲戚有啥好计较的？何况我和姐姐吃住在小姑妈家，她对我们还是很照应的。拿姐姐的话说，小肚鸡肠怎么在外头混？再说了，在家里我一样是要将就的，在外面将就点有啥？反正在哪里我都是垫底的，我早习惯了，谁叫我是十三不靠呢？

3 安卓越

我和小冰分手已经有两个多月快三个月了，这真是一段难熬的日子。我心情沮丧，每天过得浑浑噩噩。小冰搬走之后我一个人就没开过伙，饿得不行的时候才去找点东西吃。衣服穿脏了也懒得洗，要出门了再去脏衣服堆里挑件相对干净些的穿上。我自己也觉得不应该过得这样人不人鬼不鬼的，可我实在振作不起来。

昨夜，我又梦见郑小松了。他头发剃得短短的，好像只有十四五岁的样子。梦里他站在湖对面，阳光照在他赤裸的身上闪闪烁烁的，隔着波光粼粼的湖面他朝我大声喊叫："安卓越，你过来，安卓越，你过来——"我被湖水晃得睁不开眼，模模糊糊看见他轻快敏捷地沿着湖边奔跑，健壮的小腿在阳光下一闪一闪，我心里涌起说不出的激动和甜蜜。光线太强，我眼睛刺痛，看不清他。我一着急，梦就醒了。

我感觉有了情况，伸手一摸身下，床单果然已经黏湿一片。

我没有起身，挪了挪地方继续躺着。我回味梦境，梦里的郑小松和他本人一点也不像，完全是另一个人，只不过被安上了“郑小松”这个名字而已，而且郑小松那么大的时候我还不认识他，我上师专的时候才跟他认识，那时我们已经有十七八岁。在学校那会儿我们好开心啊，整天形影不离，一起上课，一起踢球，一起闲逛，考试的时候他还帮我作弊。郑小松是我从小到大见过的少有的聪明人，平常他也整天玩，但他随便翻翻书考试成绩就能名列前茅。我跟他同样是临时抱佛脚，用的还是他的课堂笔记，至少有一半的科目会亮红灯。为了帮我过关，每次考试他都把答案抄在草稿纸上，用事先缠在手指上的创可贴粘在卫生间的洗手池底下，我借上厕所去把答案取走，然后飞快抄到考卷上，值得庆幸的是我们上学那会儿流行选择题，用这样的办法我轻松混过了大大小小无数场考试。毕业以后我们各自回了老家，这一晃就五年过去了，尽管我们两个地方离得不算远，坐车三个小时就能到，可是我们一共也就见过三四次面。郑小松说我，离开学校之后只有两个时候才想得起他，一个是失恋的时候，一个是没钱的时候。哈哈，他可真了解我，是我百分百的知己！其实还有一个时候我也想得起他，而且非常非常想念他，那就是我既失恋又没钱的时候。我现在就处在这种倒霉的时候，所以我特别想念他。

每次郑小松发短信问我过得好不好，我都是含糊其词地回复他还行。其实毕业之后我就像浮萍一样漂着，尽管回到了老家，可我一直是这个小公司混些日子那个小公司混些日子，挣的也不多。回想起来，就是在学校里的那三年是我过得最愉快的时光。

那也是我和郑小松最亲密无间的时候。记得当时他跟我说：眼前的一切再好也只是暂时的，都是浮云，我们都要长大的，想不长大也不行。——果不其然，一迈出校门这一天就迅速到来了。

追根溯源想想，我这么喜欢小冰其实跟郑小松多少也有点关系。小冰长得和他很像，尤其是脑门和嘴巴，还有侧脸的样子，简直一模一样。也许是我觉得他们像，才会越看越像。最初我对小冰动心就是因为我在他身上找到了郑小松的影子，说穿了有点想借他重温旧梦。可是，不管我怎么努力，实际上并未如愿。我算明白了，要想在一个人身上找到另一个人的感觉，绝对是痴心妄想。但小冰是最像郑小松的一个人，这一点毫无疑义，所以我才对他迷得那么深。最后的结果同样令我黯然——你既然留不住那一个人，你也一样留不住这一个人。特别是像我们这种关系，比露水还脆弱，想长久是很难也是很不现实的。坦白地说，就是抓住一天算一天，抓住一次算一次，只有眼前，别去想明天。即使热情似火山盟海誓也没有用，我是经历过的人，心里一清二楚。

不过尽管心里什么都明白，我对小冰还是用情很深。我生怕他冻着，生怕他饿着，生怕他累着，生怕他受委屈，能照顾的地方处处照顾他。我们在一起的那会儿郑小松就是这样对我的，也只有他这样对我，我不知不觉竟成了他的翻版，比他做得还有过之无不及。每天我都早早起来给小冰做早饭，接送他上下班，风雨无阻。挣了钱我就给他买礼物，讨他欢心。我给他买衣服，买吃的，买手机，买电脑，买健身卡，买他喜欢的零零碎碎的小玩意儿，只要他想要，我又买得起，我都愿意买给他。我宁可自己节俭，也要尽量让他过得富足。他和我在一起，我不舍得让他受一点苦。以前我对郑小松也没有这样，那会儿我们还都是学生，都没有钱，奢侈一点的享受就是下了晚自习一起在校门口的小吃店里吃面条吃包子，或者打完球在后门口的大排档喝啤酒，我们从来是谁有钱谁付账，更多的时候都是他抢着付钱。我和他的关系既单纯又美好，而且我们好像什么时候彼此心里都明白，有些话不说出来也能心领神会。这种感觉除了和他，我和别人都没有。所以，在我心里谁也没法跟郑小松相比。不过我从来没有对他说过这句话，当他面我说不出口，而且也觉得没必要说出来。不过，分开这么久，我没有把握再见面我们会不会还像以前那样好。有些事情放一放是会冷的，尤其是感情上的事，时过境迁就不一样了。当然，我们还是好哥们，这应该是不会变的。

也许是因为早晨做了那么个梦，也许是我一直压抑着对郑小松的思念，我心里忽然有股子特别想见到他的冲动，我形容不出那种感觉，反正就是心神不定，就像在学校里说好了晚上要一起出去一样。我仿佛被一股巨大的磁力紧紧吸引。我特别想跟他说说话，不是找他倒苦水，就是跟他东一句西一句随便聊聊。在学校里我们总这样闲聊，跟他聊过我心情就透亮，我已经好久没有体会到那种酣畅痛快的感觉了，所以我迫不及待想见到他。

我起床胡乱洗漱了一把去公司上班，一上午做啥事都没有心思。吃过午饭，我突然之间就决定要去看郑小松，我没打招呼就溜出公司，直奔长途汽车站。二十分钟之后我已经坐上了开往郑小松家那边的大巴车。

大巴车在高速公路上飞驰，看着窗外一排排枝丫光秃秃的树和大片刚刚返青的田地唰唰地往后退去，我才算透出一口气来，心情也变得舒畅。我是不是太冲动了？其实我是非常优柔寡断的一个人，即使一件很小的事情也会放在心里盘算来盘算去，来来回回总是拿不定主意。不过偶尔也有例外，就像今天，突然心血来潮决定去做某件事情，脑子里就像有个开关叭地打开了一样，我会一反常态，变得毫不犹豫，义无反顾，而且是一条道走到黑，不再去考虑别的。想着三个小时后我就能见到郑小松，我心里涌起一股股欢快的潮水。我已经好久没有这么开心过了，就为这难得的快乐我觉得这趟临时起意的旅程也算值了。

大巴车到达的时候才三点多钟。初春一直雨雪交加的阴沉沉的天气突然放晴了，太阳高高地挂在天空，阳光照在身上暖洋洋的。这里正在化雪，屋檐和树梢都在滴水，大街小巷四处湿漉漉的。我踩着残雪和泥泞，直奔老街上郑小松的家。那座小楼我第一次来时就摇摇欲坠，到现在居然还顽强地挺立在那里没有倒掉。我踏着砖缝里长着青苔的阴暗的过道，沿着陈旧的嘎吱作响的楼梯走上楼，来到了郑小松家门口，我伸手在门梁上一摸，不出意料，摸到了那把带着凉意的钥匙。我心里忍不住一阵狂喜，虽然斗转星移这么多日子过去了，他仍然信守诺言还给我留着这把钥匙。我忍着一路没有给他打电话，就是想给他一个惊喜。我轻轻敲了敲门，里面毫无动静，我拿钥匙开了门走进去，打算在他家里坐等他回来，我为自己的这个主意十分得意。

我走进客厅，这里还跟我上次来时一模一样：昏暗的光线下桌上的茶盘盖着一块旧手绢，椅背上层层叠叠搭着衣服，连窗台上放的药瓶什么的都没有变。我已经有快两年没来过了，就好像这里的时光是不流动的。我在沙发里坐下来，小心翼翼地避开我知道的那两个大坑。我刚坐下不久，就听见一种古怪的声音，哼哼唧唧的，好像是女人发出的，声音很轻，似有若无，我以为外面有人在哭泣，细听那声音是从房间里传来的，而且突然之间就高亢了起来——刹那间我明白了这是什么声音。

一股热血顺着后脊梁直冲脑袋，我的脸腾地红了。我们那里的人说遇到这种事情是晦气的，我觉得最要命的是难堪。何况我还是招呼没打一声悄悄潜进来的，真是走也不是，留也不是。

正在我进退两难之际，郑小松只穿了条裤衩从房间里走出来，一看是我，他大笑起来说："妈的，我当是进贼了呢，原来是你这个鸟人！"他一把搂住我的脖子，在我脑袋上拍了一下说，"来也不说一声，你这叫私闯民宅，懂不懂？"

看得出来他开心得很，我忽然心里有点恼火，反正不像一路上那么兴高采烈。我本能地推了他一把，他松开我，两眼闪着亮光说："来得早不如来得巧，你这才叫赶得正好，晚上跟我一起去吃个饭吧。"

听他这么说我也就不好赌气马上走掉，他给我煮水泡茶，又拿香烟给我抽。我已经戒烟好久了，不过还是跟他一起点了一根，含在嘴边冒烟。我们刚说了几句话，房间门忽然吱呀一声，一个女人从房间里走了出来，她烫着鬈发，穿着细高跟鞋，短短的包身裙子下面露着两条穿着透明丝袜的长腿，她身上突出的那个部位把衣服撑得老高，腰显得格外细，看着有点夸张。我朝她瞥了一眼，她的目光也正飞快地投向我，我们都似笑非笑的，出于礼貌我朝她点了点头，她嫣然一笑，随后我们都迅速把目光挪向了别处。

郑小松看见她走出来马上笑嘻嘻地走过去，一只手搂在她腰上，在她脸上亲了一口，语气温柔地问她说："晚上你真的不去呀？"

女人摇了摇头。

他露出讨好的笑容说："那你就先回家吧，今天我送不了你了。"

女人点点头，娇媚地一笑。只见她口红一闪，一缕头发拂过面颊。她扭过头，走出门去。她没有看我，就好像我根本不存在一样。

我突然很生郑小松的气，虽然我的理智提醒我大老远跑来一趟，要开开心心的，但我还是抑制不住情绪低落下去。我坐在那里，闷声不响。

郑小松紧挨着我一屁股坐下来，他挤了挤我，故意大大咧咧地说："好了好了，现在我可以一心一意侍候你一个了。"

我木着脸，一点也笑不出来。

他替我斟上茶，问我："怎么想起过来的？"

我一时竟不知怎么说。

"你来也不事先说一声。"他又说，"我好去接你呀。"

我说："用不着。"

他问我："你饿不饿？"又说，"走，我们吃饭去吧。"

我说："我不饿，我不想吃饭。"

其实我只想跟他静静地待着。

他笑嘻嘻地说："有些饭是饿不饿都得吃的。"他露出调皮的神色，"就像有的觉是想睡不想睡都得睡的。"

说完他哈哈大笑。

他这句话让我听得胸口发堵。我坐了三个钟头大巴车一路颠簸过来可不是为了听他炫耀他跟女人之间的那点事情的。他知道我不高兴，有点抓耳挠腮的，他在屋里踱了两圈，然后站定了朝我说："跟你实话实说吧，我是替方大白睡她的。"

4 方大白

“哎呀，不好意思，我来晚了，路上他妈堵得一塌糊涂！”进门我还是客气了一下，其实对这帮人根本就用不着这样客气。我这人就是重情义，老话说“在家靠父母，出外靠朋友”“朋友如手足”，有什么好事我总想着朋友，跟他们我是有饭一块吃，有酒一块喝，他们都夸我豪爽讲义气，谁让我天生就是当大哥的命。

今天到场的人数还行，不像前两次就没几张新面孔，看来逼一逼他们还是有用的。你们要是人都替我弄不来，还说要跟我做大事，做个狗屁大事呀！其实我想做的事情很多，件件都想做大，可惜的是下面没有得力的人手帮我。如果有我这样的十个二十个，也用不着十个二十个，有三五个就不是现在这个局面了，说不定早就做起来了。

我把眼前的这些人打量了一番，他们当中就没啥像样的。真不是我以貌取人，看看这些人的样子我心里就凉了半截。今天可说好是VIP客户签约的，看看他们哪里有VIP的模样？我不知道这几个狗日的吃闲饭的东西都是从哪里给我扒拉出的这些人。郑小松跟我说里面有一个科长还有两个副科长，我根本看不出他们当中谁是当官的。我让郑小松把我们要做的事情跟他们好好说说，这帮子蠢货居然听了好半天还有听不明白的，问过来问过去，问的问题特别小儿科不说，还说就怕上当受骗。我们只好耐着性子再跟他们解释，一遍一遍，翻来覆去，我在旁边听得头都大了。可是，刚刚以为都说清楚了，他们随便问个问题又得让我们从头再讲一遍。我实在是无话可说，真想直截了当跟他们说长这种榆木疙瘩脑袋就别想着出来赚钱了。我被他们缠得一头的汗，心烦得不行，干脆都推给郑小松，让他跟他们去聊，我自己到外面去抽烟透气。

隔了一会儿郑小松来把我叫了进去，他已经跟他们把那套话讲明白了，有几个好像确实是动心了，有几个说还要回家去商量商量，有几个说还要再考虑考虑。这时候轮到我上场趁热打铁给他们进行深度洗脑了，我给他们讲了一番投资理财的道理，教他们如何让手里的死钱变活钱，小钱变大钱，如何跑赢通胀，如何让财富增值，如何获得财务自由，如何从穷人变成富人，又给他们详细地讲了讲我们这个项目的收益有多高，而且有多么安全。我花言巧语，说得天花乱坠。讲这一套我最拿手，反正就是骗嘛，怎么打动人心怎么说，总而言之就是催他们快下决心，把手里的钱拿出来。我自然清楚这种事情夜长梦多，回家商量商量或者再考虑考虑十有八九就放下不提了，咬了钩的鱼也未必钓得上来。看他们的做派都不像是有大钱的，越穷的人把钱看得越重，我对这些人的心理可是早摸得清清楚楚。

一晚上下来最后有三个人跟我们签了协议，这就算比较成功的了，看来郑小松的工作做得还有点效果。能套一个算一个吧，再由他们去发展下线，让雪球滚起来，慢慢越滚越大。我多少也算看到了希望，心情略微好了一点。现在社会上想做点事情可真难，想做成事情就更难了。从前我还有老爸可以依靠，自从他退休以后就完全不一样了。人家说人一走茶就凉，这几年我经历的翻脸比翻书还快的事情不知有多少，我对世态炎凉感触可是太深了。以前那些整天簇拥着我老子溜须拍马的人，一看他没权没势了，立马如弃敝屣投奔新主子去了，现在我再去找他们办点事情可就不容易了，嘴脸不好看就不说了，打哈哈，推诿扯皮，干脆躲着不见，甚至连电话都不接，完全忘了当初他们是怎么觍着脸来找我老爸的。我拼爹的时代一去不复返了。拼不了爹我就像航海没有灯塔，在黑暗里漂浮无定，还常有巨浪打来，四处碰壁，在所难免。生活可不像歌里唱的那样“阳光总在风雨后”，风雨之后实际上也未必有阳光，说不定是更大的风雨，我可是领教过，深有体会的。

当然这些话我是不会和跟着我混的这些人说的，在他们面前我是呼风唤雨的大佬，消息灵通，资源丰富，上面有人，左右逢源，什么都懂，路子粗得很。不信随便去问问哪个看见过方大白认㞞的时候，再触霉头再吃瘪我也是打落了牙齿往肚里咽。要让这帮子小混混肯听你的，不先让他们对你服气是绝对不行的。

一顿饭吃得吵吵嚷嚷，郑小松还在跟他们说来说去，唠唠叨叨，没完没了，我的心思忽然转到了曹紫云身上，很想问问他跟她有没有进展，走到哪一步了，到底能不能替我把她搞定。

这小半年曹紫云让我大伤脑筋。她提出要跟我结婚，先还是好说好商量，随后是威逼利诱，再后来她忽然就像疯了一样跟我胡闹起来，把我逼得走投无路。她每天大半夜给我打电话不说，还经常跑到我家门口来堵我。这还了得，这一条街上住的都是认识了多少年的熟人，让街坊四邻看笑话太难为情了。再说我正跟老婆在办离婚手续呢，她插进这一杠子，离婚的筹码更要高了。现在已经弄得伤筋动骨，再经不起雪上加霜了。所以我只图息事宁人，把她稳住再说。

这个曹紫云可不是一般人，她曾经风光无限，她不仅是公认的大美女，而且还做过前副市长黄阳的小蜜，靠着副市长这把巨大的保护伞，她和姐姐妹妹开了不少买卖，生意都很兴隆。她们开在古城风情街上的饭馆和茶楼好多年都火得不得了，不托关系都订不到座。那几年外地的客人来我们此地，要是没去曹氏姊妹的杏花春雨饭馆和红袖添香茶楼，等于没来过这里。那个时候我老爸还当着驻京办主任，手上有权有钱，说起来正是他老人家八面来风的岁月，就这样我想高攀她还沾不上边，根本就没有往前凑的实力。后来黄阳落马，她跟着他倒了霉，风头尽失。有一阵子人家传她也被抓进去了，不过没多久我就在街上看见她了，看来她并没有什么大问题。经过那么一场变故，她依然美得惊人，她走在街上，整条街仿佛瞬间亮了起来。那天就在大街上匆匆看了她一眼，我就再放不下她。其实还是在上中学那一会儿我就认识她了，她是我师姐，她读高二的时候我刚上初一，后来才知道其实她和我差不多大，她上学早，而且还跳过级。虽然隔着几级，也阻挡不住我倾慕她。她是我的女神，也不光是我，她是我们那一茬人的女神。黄阳倒台，她不再有昔日的荣华富贵，她们姐妹的买卖也做不下去了，饭馆和茶楼都关了门，不过我的机会倒是来了。我向同学打听她的情况，都说她过得很惨，相过不少次亲，没人敢要她。我不知道这些传言是否真实，说到底我们这里还是小地方，彼此之前牵着藤扯着蔓，拐着弯子谁跟谁都搭得上关系，哪个不晓得她是黄阳的小蜜？躲她还来不及，哪里还敢沾她？可是我因为心里的旧梦，特意安排了一次同学聚会，我托跟她要好的同学约她出来，然后装出意外遇见的样子对她嘘寒问暖，果然效果不错。那天我一高兴多喝了几杯，席间我一次次向她敬酒，趁着酒劲我撩了她。席散我送她回家，一上车我们就搂抱在一起。看来她也是寂寞久了，当天夜里就跟我你情我愿上了床。说实话，本来我就是想跟她玩一玩的，谁知一夜情之后又弄出了好几夜情。一来二去搞得深了，想罢手不容易了。

要说我真不该招惹曹紫云，她可是个招惹不得的人。这女人疯劲可大了，床上是这样，下了床也是一样，我真有点吃她不消。要说她对我好那也是真好，知冷知热体贴入微，你刚想到，她已经替你做到了，说可心可意一点也不过分。说句那什么的话，她那套侍候男人的本事真是绝了，要不她能傍上副市长那样的大人物呢？她骨子里可不像她表面上那么千依百顺，其实她很会利用男人，甚至很想控制男人。跟她接触深了能感觉到她身上有一股子霸道的劲头，我是领教过的。尤其是当我想躲开她的时候，她对我死缠烂打，弄得我难以招架。我想也许她有很强的危机感，就像是应激反应，捞到一根救命稻草死活不肯撒手。她对我越是紧抓不放，我越是想快点脱身，我这个人是天马行空惯了的，最怕受拘束，更不想被哪个女人拴住，除非是我自己心甘情愿。说实话，我只想跟她上床，没想跟她白头到老。其实她只是跟我吃吃醋使使小性子也就罢了，可她正儿八经提出要嫁给我，这可就让我犯难了。我确实是在跟老婆打离婚，我也确实是想好好重新再结一次婚，可是我不是想跟她结婚，我心中的人选不是她。所以我必须跟她了断，而且还得尽快了断，我不能让她成为我生活里的一颗定时炸弹。

之前曹紫云发现我和小歌手的事情就跟我大闹过一场，弄得我苦恼不堪。那个小姑娘是我跟几个狐朋狗友去午夜梦巴黎玩认识的，才十七八岁，刚出来唱歌没多久，我跟她约过几次，来往了也就一两个月，曹紫云不知道从谁那里听说了，有一天我刚把小歌手带到酒店里，还没办好入住手续，她居然尾随过来捉奸。她在大堂里堵住我，气势汹汹冲我大叫大嚷，活像一个母夜叉。她是真把自己当我老婆了。我这人好面子，赶紧跟她说软话哄她先回去，有话回头慢慢说。她根本听不进，当众撒泼痛骂我，让我颜面扫地。最可恨的是她这一闹把小歌手给我闹掉了。我这个气呀！我实在是忍不下去了，我跟她算是彻底走到头了。

当夜我就找到郑小松，把他拉出来喝酒，让他横竖替我把这件事弄干净。我要他快刀斩乱麻，而且不留后遗症。我一边跟他碰杯一边把这些话跟他说了，他多贼啊，一听就明白。其实他跟曹紫云两个虽然表面上连话都很少讲，但多少有那么点眉来眼去的意思，我这人眼毒，早看出来了。曹紫云没少在我面前帮他说话，明显偏向他，所以说我这也算是个顺水人情吧。我这么做确实是不得已，是被曹紫云逼的。我盘算也只有这样才能又快又干净地甩掉她。郑小松听了我的话一声不吭，只顾闷头吸烟，看上去他好像犹豫不决。我不知道他犹豫什么，他不会是不肯替我帮忙，他无家无业，据我所知那一阵子他也没有女朋友，这么一点事情不应该让他太为难吧，那他难道是嫌弃曹紫云？要真是这样的话那我可就替曹紫云难过了，她也算是风华绝代，混成这样实在是够惨的。其实她要是肯睁一只眼闭一只眼，别把我逼得那么狠，我跟她也还是可以继续下去的，至少是还能维持一阵吧。我不是绝情的人，也不想把事情做得太绝，相反，我喜欢凡事留有余地，那样转弯起来方便。老话说“多一个朋友多一条路”，我当然不想把好好的朋友弄成冤家。可是她大小姐脾气，顺心如意样样好说，得罪了她能原地爆炸，我是真拿她没办法，只好出此下策。这也实在太便宜郑小松这个狗小子了！就在上个月，曹紫云病了，她让别人带话给我，我明白她的意思是要我去看她，也就是想找个台阶跟我和解吧，我差点就心软了，仔细一想这要是一去我又掉进陷阱里了，她抓住了我的软肋，不又要得寸进尺，把我管得死死的？再说，还有最主要的，我心里已经有人了——结婚十年后我才算真正明白了自己想要娶的是什么样的女人。现在我心心念念想娶的是郑小松的姐姐郑小蔓，她长得漂亮，性格也好，是我见过的最清纯最娇美的女人，看她一眼就让我心疼。我刚认识郑小松的时候就见过她，那时候她才从大学毕业，看上去还是一个青涩的小丫头，说实话当时我没有太留意她。大约是一年前吧，我去找郑小松碰见她，几年不见她出落得亭亭玉立，比以前略微长胖了一点，透出成熟的风韵，让我眼前一亮。像她这样安安静静清清爽爽的女孩子真是太少了，就在那个瞬间，我心里确定下了目标，我要娶她为妻。别看我这人喜欢拈花惹草，但我对郑小蔓确确实实是认真的。所以即使便宜了郑小松，我只要能摆脱曹紫云，也在所不惜，当然我也是不得已。

这边快散席我递眼色给郑小松，让他不急着走。服务员过来撤了残席和碗筷，收干净了桌子，又重新上了啤酒来喝。那个瘦高结实跟着郑小松一起来的小伙子也没走，我招呼他跟我们一块喝。刚才桌上闹闹哄哄，自我介绍环节我没仔细听，不知道这小伙子是什么来路。看他跟郑小松很亲近的样子，我问他说怎么以前没见过他。他说他叫安卓越，是郑小松师专的同学。我跟他刚聊了没几句，郑小松马上抢过话头说他不是这个地方的，只是顺路经过。我问他签不签约，郑小松脸上堆着笑说他没钱，就是过来玩玩的。哦，过来玩玩的？说得好轻巧，怎么不说他就是过来蹭吃蹭喝的？这小子越来越滑头了，居然堂堂皇皇带人过来吃大户，打秋风都打到老子头上了！我也堆起笑来，我说看你们关系不错，要不也加进来吧，算我们的核心成员，没钱不要紧，能出去拉到人也行。郑小松一听立刻摇头，说他人在外地，不方便。我说人在外地也没啥不方便的，现在电话网络联系起来很容易，再说我还正想向外地发展呢。郑小松还是拼命摇头，好像我要害他的朋友似的。我放下脸说我不过是拉他一起发财致富，又不是拉他杀人放火，你拦着做什么？他一脸谄笑地向我抱拳作揖，又端起酒杯自罚了满满一大杯，把话头岔了开去。

我们又灌了几瓶啤酒下去，都喝得半醉，我问郑小松最近见没见过曹紫云？他迟疑了片刻，脸一红，既不说见过，也不说没见过。妈的，这狗东西居然还会脸红，他肯定是跟她搭上线了。我又问一句她生病好些了吗？他马上就说都好了，一脸的轻松。这么说我猜得没错，说不定这对狗男女已经上过床了。我心里别扭，端起杯子一口气把剩下的酒都喝干了。那个安卓越突然站起来说要走，郑小松一把拉住他，他却把他的手甩掉了。哎哟，我怎么感觉不对头啊，这里面显然有名堂。我起身拉住安卓越，替郑小松挽留他。我说："这个钟点长途汽车站早没车了，你凑合住一夜再走吧。"我说了好几遍，热情诚恳得不得了。我又把杯子里加满酒，跟他们碰了杯，一起干了，安卓越这才勉强又坐了下来。

喝完酒走出餐馆，我撇下郑小松，搂住安卓越的肩膀说："你既是小松的朋友，也就是我的朋友，明天叫小松陪你到我公司来坐坐，我请你们吃饭。"

郑小松没等他开口抢着说："明天一大早他要赶回去上班，没时间过去吃饭了。"

他口气坚决，根本没有商量的余地。

他这是怎么回事吗？要他插在里头做什么？我心里相当不舒服。其实我不过就是客气一下，他用得着这么失惊倒怪吗？不过说实话，安卓越看上去确实是顺眼，他瘦削挺拔，沉默寡言，就像一棵青翠欲滴的白果树，郑小松这么上蹿下跳护着他也不无道理。不过我真是喝高了，头重脚轻，走路打飘，只想倒头睡觉。喝成这样，我已经是心有余而力不足了。郑小松不会知道，此时此刻占据我心的是他的姐姐郑小蔓。

5 郑小蔓

真不知道哪来的好运气，一大清早就接到华夏的电话，我激动得心怦怦直跳。我以为此生华夏再不会主动联系我了，他居然打电话给我，实在是万万没有想到，真有一种喜从天降的感觉。放下电话的一瞬间，我简直要飞起来。在电话里他口气平常，就像我们每天见面一样，或者说就像我们这两年四个月零七天关系很好、毫无隔阂一般。我真是太佩服他了，怎么就能轻轻巧巧一个箭步就跨越那条看不见的，在我心里却是深不见底的鸿沟的？他太潇洒了！可就是这么一个短短的电话，他又一下子把我的心俘虏了。自从小学五年级在学校运动会上第一次看到他豹子一般敏捷的身姿，我就被他深深吸引，从此我就没有摆脱过他的魔力。他是我心中最英俊迷人的男人，除了他，我认定我这辈子不会再遇到另一个这么帅这么吸引我的男人，我也确实没有喜欢过别的男人，这就叫“情有独钟”吧？郑小松说我是被华夏魔住了，可我真心觉得能被一个人魔住是多么幸福！郑小松肯定又要说我疯了，我就是疯了，真的，我心甘情愿。

令我高兴得无法形容的是华夏不但主动打电话给我，还主动约我晚上一起吃饭。我们已经有多久没在一起吃过饭了？我竟然等来了这一天！想着晚上就能见到他，我激动不已，简直不相信这是真的。

华夏约的时间是晚上六点半，地点是以前我们常去的竹林餐馆，我五点半就到了，心里想的是他要是能早一点到的话，我就不会浪费和他在一起的每一分钟了。说心里话，我真是觉得跟他在一起的分分秒秒都非常珍贵，我也真的不舍得浪费如此珍贵的一分一秒。虽然我们已经分手快两年半了，我还是像热恋时那样时时刻刻挂念着他，我不是不想淡忘他，但我真的做不到。

为了见他，下午我去店里吹了头发，还特意穿上了细高跟鞋，因为他以前说过女人穿高跟鞋漂亮，有风韵。我走进包间，临窗而坐，心里像翻滚着一锅沸水一样，等着那个就像是永远也不会到来的六点半。

时间总算到了，可是华夏却没有到。我按捺不住，一趟趟跑到门口去张望。我一会儿担心他会不会忘了我们的约会，一会儿又担心他会不会在路上撞车，我不时拿出手机看一下，生怕漏听了他的电话。他没有给我打电话，也没有给我发信息，我竭力忍着，不主动联系他，我自己也说不清是不想打扰他，还是想维持一点起码的矜持。因为坐立不安和一趟趟跑出跑进，我出了不少汗，内衣被汗水浸湿，贴在身上，吹得有模有样的刘海也塌了，潮乎乎地搭在额头上。其实天气一点也不热，要说还冷呢，毕竟冬天刚刚过去。我去洗手间补过两次妆，我想美美地见他，不想让他看见我仓皇失措的样子。

快到七点半他总算到了。他步履匆匆走进包间，脸上竟然也挂着汗珠，跟我一样头发粘在额头上。他瘦了，我不忍心说——也老了，而且老比瘦要明显得多。他走得气喘吁吁，手里还提着一个叮当作响的碎花布兜。说心里话，我成千上万次想象过他的样子，我没有想到他会是这副模样。我不能说失望，我为他感到心痛。两年四个月零七天的婚姻生活就把他折磨成这个样子，他不是娶了心爱的对象吗？他不是跟有钱人家的小姐结婚的吗？王子和公主不是幸福地生活在一起吗？我丝毫没有幸灾乐祸的意思，心里充满了莫名其妙的愤怒和无法言说的委屈。他向我伸出手来，我感觉怪怪的，迟疑了一下跟他略略握了一握，我是怕他尴尬，没想到结果是更加尴尬。我想不起来从前是否跟他握过手，我记得的全是跟他手拉手的情景，我们手心里都攥出汗来了也不会松开，两个人就像连体婴儿一样。那时候多美好啊，回想起来好像每一天都阳光灿烂，那是真正的青春年华，也是真正的甜蜜时光。而此时此刻这一握手，却显出生分，仿佛一下子固定了我和他的距离。

他坐下来拿起菜谱点菜。我以为他会先跟我说说话的，就像我们从前那样，一见面就有说不完的话。我们已经有两年四个月零七天没有见过了，照理应该有许多话要说，他甚至一句也没对我解释为什么会迟到这么久。我很想知道他过得怎么样，他真的得到了自己想要的幸福吗？当然，我最想知道的是他为什么忽然想起来要约我。

我不知道他是怎么想起我的，是不是就像我一样，尽管不与他联系，心里却是一时一刻也没有放下过他？其实我并没有如此的奢望，只要他心里还有我，哪怕只是一个影子，我也知足了。这么长时间，思念在我心中积攒，渴望见到他的冲动就像一只野兽，把我的心冲撞撕咬得鲜血淋漓。可我还是忍住了，关紧了这只野兽，没有做出可能会让自己后悔和难堪的事情。比起见不到他，我更加害怕的是他对我敷衍和冷淡，我清楚自己再受不起哪怕只是一丁点微小的挫伤。我爱他爱得太深，因此受伤也深，我不能再让伤口撕裂。好在是他约的我。

他埋头一行行仔细地看着菜谱，好像在读一本难读的书。好几次他从菜谱上抬起眼睛，问我这个菜吃不吃，那个菜吃不吃。我对吃什么其实根本就无所谓，我的心思一点也没在吃上面。我望着他，细致地看着他脸上浮起的每一个细微的表情，并在心里默默地猜测着他的生活景况。他点好了菜，似乎松了一口气。菜上得很快，每个菜端上来他都先给我夹第一筷子，就像我们要好的时候那样。他的这个动作让我心头涌起一阵阵的热潮，真的我眼泪都差点要掉下来。

他吃得很专心，饿极了似的。不知怎么我觉得就好像是我和他结了婚，就好像是我一直和他生活在一起，就好像我们一天也没分开过。我心里说不清是啥滋味，泪花又一次涌进眼眶。

吃了一阵他放慢了速度，问我："你怎么不吃？"他望着我，十分关切地说，"你怎么越来越瘦了？"

我笑了笑，不知说什么好。

他马上接一句："我倒是喜欢瘦瘦的女孩子，你知道的。"

他露出顽皮的神色。

我又笑了笑，那又怎样呢？我心情复杂。

不过，他这样说话让我感到着迷和愉快，在我看来他就像夜空的星星和节日的焰火那般流光溢彩，顷刻之间我又让他给迷倒了。这么多年，其实我一直没弄清楚过自己到底爱他什么，大概就是爱他这副光彩照人的样子吧。

他忽然露出言归正传的神色说："你知道我是从什么地方来的吗？我是从传染病医院过来的。"他嘴角浮起笑意，"没吓着你吧？"

我不假思索地摇了摇头。虽说"传染病"三个字就像石头扔进平静的水面一样在我脑子里形成不小的震波，但很快就像涟漪扩散一般消失了。他的微笑就像云开日出驱除了我心里刚刚冒出来还没来得及成形的忧虑。

他明亮的双眸凝视着我说："我实在是没办法了，只好来麻烦你。"他嘴角微微向下，做出无奈的表情，似乎带着某种委屈说，"这种时候，不知怎么回事，我第一个想到的还是你。"

我的心又被热潮淹没，表面上我保持着平静。我尽量用平淡的口气对他说："什么事？你说吧。"

他对我说他老婆白苹得了肝炎住在医院里，一岁多的儿子由保姆带着，尽管他经常请假，上班已经是三天打鱼两天晒网，可是非他不可的事情他不能不做，白天做不完，夜里还得加班。他家里医院公司几头奔忙，每天累得筋疲力尽还顾不过来。他告诉我当初白苹家里嫌弃他的家庭条件，坚决反对女儿嫁给他，他们给她物色了一个门当户对的对象，还找了亲戚朋友做她工作，白苹无奈之下从家里跑出来，还没结婚就直接搬进了他的宿舍，让她父母颜面扫地，他们一怒之下不认她这个女儿。后来他们有了孩子，白苹的父母想去看看，白苹坚决不让，双方越闹越僵，结也打得更死。这次她生病也没让家里知道。而他的妈妈早就过世，他的爸爸在二十多年前就再婚了，早成了别人家的丈夫和父亲，他的继母生怕他父亲跟他来往多了会贴补他，对老头看得很紧，他们父子见个面她都要反复盘问，而且还要生气。为了父亲日子过得太平，他尽量不去打扰他，除了逢年过节礼节性拜访，平常跟他几乎没有来往，这种时候自然也不便去麻烦他。"有时我觉得自己就像是一个孤儿。"他这句话让我心里刺痛，我立刻点头答应了在他老婆住院期间和他家保姆一起照顾小孩。

他眉头舒展了，脸上漾起了笑意。他口气温柔地说："我知道只要我跟你开口你肯定会答应的，但我真的没想到你会这么爽快。"

他说这话的时候一脸的孩子气，让我心软。唉，他可真的就是一个长不大的孩子！

吃完晚饭他让我和他一起沿着竹林里的鹅卵石小径散步，他那么自然而然，就好像这是我们一贯的或者说是理所当然的生活内容。以前我们确实是经常一起散步，也不少来这里，那时还没有这个生意兴隆的竹林餐馆，那时的竹林安静清幽，因为有点偏僻，这里来得最多的大概就是谈恋爱的人。记得第一次收到他约我来这里的短信，我和今天一样喜出望外……这么多年过去了，竹林还是这个竹林，风吹过竹叶发出的沙沙声依然这么好听，空气里飘着的阵阵竹叶的干爽的清香依然这么好闻，但其实早已经是物是人非了。

我们默默无语地走进了竹林深处。起先我们中间隔着不远不近差不多一个拳头的距离，有时候这个距离略微大一点，有时候这个距离又略微小一点，但这一个拳头的距离一直存在着。我心里也是一阵甜蜜一阵沮丧，有时这两种情绪掺和在一起，我也分辨不清到底是快乐多一点还是感伤多一点。其实我有许许多多的话想对他说，可我真的不知道从何说起，我也不知道说什么不说什么才是恰当的，所以我等着他说话。可是他不知是因为生分还是谨慎，常常是刚起一个话头，没说几句就中止了。看来两年多没见面我们还是疏远了，我心里不时涌过酸涩和失落。不过，我们却一次次相视而笑，我们都在努力用快乐掩盖尴尬。

我们就像恋人一样在这个熟悉的竹林里绕圈，说心里话我下意识地期待在幽暗的竹林深处发生点什么，比如他情不自禁拉住我的手，再比如他突如其来抱住我……我也有好几次冲动地，或者说是习惯地想去拉他的手，但最终还是打消了这样的念头。我就像从梦中清醒，清晰地想到了现实。我听他东一句西一句说着话，没头没脑地发一些感慨，我不过是听听而已，甚至都没大听清。有好一阵子我专心地倾听着风吹过竹林的声音，没有留意他在说些什么。

夜里的风还是很凉的，尽管已经是春天了，却没有春意。我和他冒着寒气在暗黑的小径上慢慢走着，直到重新走回到灯光明亮处。我们始终保持着不远不近的距离，我们一起走了大约半个小时，这半个小时并没有让我们走回从前。

6 郑小松

凌晨一点多钟方大白突然跑到我家来，他脸色煞白，惊魂未定，跟我说孙猴头进去了，警察把他们一锅端了，吓得我把正抽着的香烟都掉在了地上。

说老实话我真没料到事情会这么严重，孙猴头那么厉害的一个人，他树大根深，据说跟上上下下都通着关系，他竟然会倒！孙猴头在我们这里可是个传奇人物，他是工商界的红人，经常能在电视里看到他和市里的大领导在一起，他白手起家的事迹登在报上，说他家喻户晓都一点不过分。听说十几二十年前他还是城西街头的一个混混，不知怎么七混八混居然混成了一个人物。不过他的传闻也很多，有说他在南方参加过诈骗团伙，也有说他跟一个香港富商的遗孀结过婚，赚到了人生第一桶金，还有说他因为赌博挥霍完了家产回到老家，为了搭建人脉去给银行行长开车，后来得到银行行长重用，东山再起……这些传说也不知真假，但传得神乎其神。最早我是从方大白嘴里听说他的，方大白说起他既很羡慕又带着鄙视，那种感情十分复杂。用方大白的话说孙猴头先是什么都做，后来不是非法的不做。他是我知道的人当中最早做传销的，后来又做起了集资，他把项目包装得掩人耳目，比如“沙漠植树”“慈善互助”“闪电理财”，再比如“外星币”等等。我听方大白说他做的这几个项目都很成功，那些跟着他干的人都挣到了钱，还不是小钱，至少都是大好几百万。方大白最佩服的是孙猴头能把那些项目控制得恰到好处——就像往气球里不断打气，气球膨胀得很大，却没有爆炸。就凭这一条，就让方大白动了心去投靠他。

孙猴头是我们这些渴望一夜暴富的人心目中的财神爷，谁攀上他都是一副扬扬得意的样子，我知道方大白为了搭上他动了不少脑筋，花了不少气力。方大白可不是吃素的，他诡计多端，会走捷径，既端得起架子，又放得下身段，吹牛拍马，见风使舵，样样精通，在我眼里他和孙猴头就是一路人。我是亲眼看着方大白凭着曾经在前后街住过那么一点不咸不淡的老关系，一步一步接近孙猴头，先是觍着脸登门拜访去送礼，后来跟他推杯换盏，做了酒肉朋友，随后跟他坐到了一张麻将桌上，成了赌友，再后来和他一起做这做那，成了合作伙伴。方大白在我们面前那股子得意劲头就别提了，他经常装得很不经意在我们面前提起昨天又跟老孙喝酒了，前天又跟老孙打牌了，还神神秘秘透露一些孙猴头最近又打算弄啥新项目的消息，让我们这些围着他被他看作小弟的人垂涎三尺。我们的的确确是想跟着他一块吃肉喝汤，我们当然都会对他摧眉折腰竭力献媚，尤其当他向我们透露各种所谓好消息的时候，我们对他更加殷勤巴结。不过他对我还算是客气的，应当说是特别客气吧，他说我有头脑，肚子里有墨水，一直对我另眼相看。他经常深更半夜找上门来跟我聊天，用他的话说是“盘道”。这种时候他是最不装的，肯说实话，而且会说掏心窝子的话。

方大白声音低沉，带着神秘说：“前一阵子就听说孙猴头被人告了，我还没太当回事，以为他很快就能摆平，没想到他居然被公安局以集资诈骗罪抓了进去。要说他方方面面早就打通了，都不是普普通通的关系，一般的人是根本扳不倒他的，所以他才敢这样胆大包天。我一打听，原来上头罩着他的那位大哥倒台了。”

他没说到底是孙猴头出事连累了上面的人，还是上面照应孙猴头的人倒台影响到了他，我担心的是方大白自己会不会受到牵连，毕竟他跟孙猴头不少事情都搅和在一起，不太容易撇清关系。就像传染病一样，要是他中招，我们这些离他近的人也可能就不安全了。

“不瞒你说，我早跟他掰了。都是些说不出口摆不到台面上的事情，我怕说出来没面子，所以跟谁也没有说。”

我松了一口气。这么说方大白跟孙猴头闹翻，我们倒还因祸得福了。

想想真是后怕。

方大白却没有丝毫躲过一劫的轻松和喜悦，相反，他很恼怒。以前他即使在背后也从来没有说过孙猴头一个不字，这次他憋不住了，愤愤地说："我早看穿这个人了，虚头巴脑，说一套做一套，对人没有真心，哪里有江湖义气？说穿了就是骗骗人的。一开始我也上当，看他豪爽大气，有人上门都是好酒好菜招待，喝起酒来也痛快，后来我逐渐看明白了，实际上他就是做出这种样子，不过是抛些诱饵出来，如果你吞了下去，他定会让你加倍偿还，而且加倍偿还他还不一定觉得够，会让你再脱一层皮。跟他这么多年交道打下来，我心里一清二楚，想要沾到他的光实在是不容易。"

他越说火越大，似乎吃了孙猴头多大的亏。我劝他这个时候没事就好，真要是跟着孙猴头发了大财，就该睡不着觉了。

他听了不屑地冷笑道："你没听过老话'马无夜草不肥，人无横财不富'吗？我倒是宁肯夜里睡不着觉呢，总比没吃到肥肉要强。"他叹口气说，"外面人人知道我在老孙面前最有面子，人人以为我跟他好得合穿一条裤子，结果他被抓进去，我一点事情没有，这说明什么？这不分明就是说孙猴头体己项目根本就不带我玩嘛！现在人家都要看穿了，其实我就是热面孔贴他的冷屁股，背地里那帮人还不把我笑死？"

他又愤怒又沮丧，闷头抽烟，不管我怎么劝他都不起作用。

几天之后，我听经常一起打牌的圆头阿三传话说方大白在外面抱怨我们这帮子小弟不得力，以前孙猴头也有好赚的项目拉他一起干，他都是带着我们一起上，可惜我们散沙一盘，要么拖泥带水什么事都不落实，要么雷声大雨点小嘴上说要大干一番，既不出钱又不出力，反正是没做出啥像样的事情。我听了也说不出什么，方大白讲的也是实情吧，就说那个出售返租产权式商铺的项目，孙猴头那边做得极其火爆，吸收到了上亿资金，而我们这边根本就没弄起来。不知摆了多少次饭，拉这人拉那人，最后才签了十几份约，至少有一半到交钱的时候又变卦了，交了钱的，还有两个人死乞白赖求着我们又把钱退了回去。我们弟兄几个七手八脚忙了一场，最后根本没赚到钱，连吃饭的发票还有几张在我抽屉里放着呢，我也没敢拿去找方大白报销，怕惹他发脾气。我可不敢得罪他，除了跟着他一起做项目，一块开游戏厅，他还是我的债主，我欠着他三十多万的赌债呢。方大白对我们有多失望其实我是知道的，但这真怪不得我们，我们自己没钱不说，连我们的亲戚朋友也都是些没钱的穷人，我们逮不到肥羊宰，自然就发不了大财。

7 方大白

这次没有跟着孙猴头栽跟斗，他们都说躲过了一劫值得庆幸，庆幸个屁啊！我们没出事，是孙猴头早把我们甩了，有啥好庆幸的？这帮子鼠目寸光的东西，所以跟他们一起啥名堂搞不出来呢，一个个光会围着肉盆子打转，口水流得三尺长，就是吃不到嘴里去。他们都说要是跟着孙猴头进去才叫倒了八辈子血霉，他们怎么不说没跟着孙猴头发财那才叫倒了八辈子血霉呢！他们以为发了财就会进去，他们就不知道发了财还能跑，反正我到现在还是后悔错失了良机。我看过一篇文章，说人的一生中只有寥寥几次机会，错过了就再不可能咸鱼翻身。说起来也是我手上弄的这帮人档次太低，要能力没能力，要背景没背景，混社会没资本，还不是给人垫底当分母吗？他们绝大多数都是游手好闲的小混混，想发财又怕吃苦，想走歪门邪道胆子又小，穷得叮当响，还担心别人要算计到他们头上。唉，是贫穷局限了他们的眼光，捆住了他们的手脚，让他们一次次失去发财致富的机会。

要说孙猴头出事，我其实是相当难过的。尽管那些好项目他藏着掖着不让我沾边，我也在心里发誓不再去吃他的剩菜剩汤，但我不过是自己跟自己发狠，他真要是给我机会，我还是会回头的。他这个人确确实实极其精明，但高兴起来也很大方，毕竟他那么多项目，全靠自己也做不过来。他也很好面子，尤其是那些做给别人看的事情，他会格外大度慷慨，我是拿准了他这一点的。可惜他说倒就倒，说句良心话，等于是我发财致富的一座大靠山倒了。

我听说孙猴头要是谨慎一点是不会出事的。就我知道的，他做这样的事情已经不下七八年了，也是经历过不少的风浪。回想他带我一起做的那个“沙漠植树”项目也差一点出事，后来好在还是兜住了。就是这个项目，我跟着他狠狠地发了一把，我心里其实一直是非常感激他的。我真是有生以来第一次亲眼看见发财是这么轻而易举的事，钱可以像潮水一样哗哗涌来，挡都挡不住。我也是有生以来第一次亲眼看到挣钱的诱惑对人是那么强大，即使画一个饼，都会让大家兴奋不已，神魂颠倒。孙猴头的确是做局的高手，他从银行贷了钱出来租了市中心最豪华的环球大饭店顶层，布置得金碧辉煌，宴会厅一摆就是上百张圆桌，每张桌子蒙着雪白的桌布，椅背上扎着金色的蝴蝶结，衣着笔挺的服务员川流不息，端来水果、点心、咖啡和红酒，那种排场我只在电影里见过。这个项目一开张，简直就像往翻滚的油锅里扔了一根火柴，熊熊烈焰腾地就起来了。一传十，十传百，多少人拿着钱争先恐后往里涌，甚至还有托关系找上门来的。孙猴头那边旋风一般，一个项目接一个项目，越弄越大，而我这边却没有太大起色，老牛破车吭哧吭哧，远远跟不上他的脚步，真把我急死了。这就不说了，来找我的人居然有一些也不是真的来找我，而是想通过我搭上孙猴头，然后直接找他去。我跟他们说项目是一样的，分红也是一样的，但他们就是信不过我。我心里有苦说不出，孙猴头已经成神了，大家相信他，不相信别人。我跟孙猴头弄的最后一个项目是以出售返租产权式商铺集资，商铺已经落成，看得见，摸得着，照理说这个项目很容易让人上钩，孙猴头那边进展得仍然不错，尽管不如从前那样火爆，也还算可以。可是我这边却根本推不动，我又一次遭遇了滑铁卢。让我百思不得其解的是同样的项目，说穿了是同样的骗局，孙猴头撒下网去就能捕上鱼来，而我一样撒网，力气没少费，却没什么成果。孙猴头曾经当面奚落过我，他说这个项目就是出了事，警察都不会去抓我，不是因为我老头子面子大保得了我，而是吸收公众存款在二十万以下都判不了刑，让我自尊心大伤。

孙猴头进去之后我上网查了才知道，他出事的这个项目是以空港物流需要资金为由，承诺以现金返本付息，年投资回报率在百分之十二到百分之十五，吸收到了八亿多资金。八亿多啊，要是用一百块一张的钞票摞起来得有多大的一堆钱！网上的消息不少，但内容大同小异，而且每条都很简短。有一条稍微长一点，提到孙猴头为骗取银行贷款曾向某些领导行贿，数额巨大，目前正在调查之中。看来事情真不小，还连累了这么多官员，据网友的评论说，弄不好他自己连性命都难保，我惊出一身冷汗，这才真正意识到自己躲过了一劫，算是因祸得福。

要说我这人就没有发大财的命，好几次机会就摆在眼前，或者说机会已经触手可及，可是等我伸手去抓，却又扑了空。后来我也悟出来这不光是运气好不好，运气之外，还有别的。有一次孙猴头无意中给我上了一课。那天有个做房地产发财的老板请我们去他刚建好的半山会所玩，这个老板喜欢马，自己有马场，他带我们先去看他的马场，让我们骑马。那些马剽悍凶猛，我不会骑，躲得远远的。孙猴头挑了一匹个头最大的，翻身骑了上去，很潇洒地跑了两圈，我没想到他还有这一手。老板招呼我们去他别墅的餐厅吃饭，大家都不想坐车，要走过去，正好观赏沿途风光。我以为很近，结果走了将近一个钟头才到，走得满头大汗，腰酸腿疼。孙猴头骑着马从我们身边经过时大家还起哄，说山路狭窄可别乐极生悲摔下来。我们到的时候他已经坐在那里悠闲自在地喝茶，看见我，他笑笑说，我比你们后走还先到了，都喝了半天茶了。我说，你是骑马的，不能比。他又笑笑，扬扬得意地说，你两条腿，我六条腿，你比我少四条腿，当然不能比。我听了心里咯噔一下，觉得他讲得深刻，想想自己落后他，岂止少了四条腿？

失去了发财的机会，我最难面对的是我的老爹。我是他唯一的儿子，他现在最大的指望就是我了。他在任的时候有权有势有人奉承，过得风风光光，退休之后门庭冷落，无所事事，所有心思就都转移到了我的身上。我知道他的指望就是我，凭良心说，他对我还是下了很大功夫的，他不爱求人，为我倒是相当豁得出去。可是虽说他当过驻京办主任，人头很熟，也做过不少好事，但是，一个退了休的老人，手上没有能跟别人交换的资源，就等于是退出了历史舞台，其实他也帮不上我多少了。这么些年，他也看清楚像我这样的是不大可能有大出息的，他也不抱幻想我有什么锦绣前程了，知子莫若父嘛。好几次他对我说，他不指望我发大财，只希望我过安宁踏实的小日子。他给我的八字方针是“养家糊口，安居乐业”。经过了这么多年的折腾和受过那么多的挫折，我知道自己很难成为神气活现有权有势的人，我决定向老爹妥协，也可以说我是跟他不谋而合想到一块去了。我跟老婆提出了离婚，打算和她离掉之后娶那个我认定是对的人，从此好好过日子。我快四十岁了，四十不惑，我不能再像年轻时那样天马行空不管不顾了，我感觉自己真正成熟了，我要让我年迈的父母心安，最主要的是我已经没有瞎折腾的心气了，而且再也错不起了。

8 郑小蔓

我进出华夏家已经有一个多月了，这一个多月里我每天都能见到他，有时一天里我们在一起待好几个小时，这是我们分手之后从来没有过的。日子一天天过去，我不仅习惯，而且深陷其中。我似乎以为这就是我的生活，而且这样的生活会一天接一天过下去，永远过下去。醒过神来我感觉就像一脚踏空，惊出一身热汗，心头一片灰暗。

其实我不是第一次走进这个布置得非常温馨讲究的家。之前还有一次，是我被同学拉着来参观新房。华夏和白苹的婚礼我没有到场，尽管我收到了他们联名寄来的请帖。信封上不是华夏的笔迹，他的笔迹娴熟流畅，我熟悉到冷不丁看见会以为是自己写的，而信封上的字迹端正幼稚，一副弱不禁风的样子，我不由想到可能是白苹写的。我和白苹也认识，上中学时她比我低两个年级，我们都是学校歌咏队的，不过跟她不熟。我想她不会不知道我和华夏好过，我们共同认识的人太多了，这里的人都喜欢八卦。我也想到华夏说不定自己就会主动向她坦白，他那个人心地单纯，又相当坦率，爱说真话，不喜欢撒谎。他身上的这些美好品质曾经深深打动我，吸引我，可我也被他这些美好品质深深伤害过。他跟我分手太突然了，他一点弯子没绕，直接告诉我他爱上了另一个女孩，而且马上要和她结婚。他没有解释前因后果，在我的追问下他承认是他移情别恋主动追的她。“我对不起你，你不要为一个不值得的人伤心。”这是他对我说的唯一一句有点像是安慰我的话，而我听了他这句话却更加伤心。他的婚礼我自然是不会去的，那天我班也没去上，躲在家里整整哭了一天，那是我最痛苦最悲惨的一天。到了晚上快十点钟，忽然有人敲门，一群上学时跟我很要好的女同学叽叽喳喳跑进来，生拉活拽要我一起去他家闹新房。我不肯去，但最终没拗过她们。她们说是新郎新娘让她们来请我的，我不能不去，如果我不去，别人会以为我放不下华夏，还会以为华夏跟我余情未了，他们这个婚怎么结得踏实？她们聒噪得我脑子都乱了，想想她们这些话也不无道理，我顾不得一双眼睛红肿得像桃子，由着她们七手八脚替我梳妆打扮了一番，风一样把我卷去了华夏家。那时我是多么善良单纯，简直像个傻瓜。我不知道谁有过我这样的经历，强忍着心痛去给自己心爱的人闹洞房？我记得清清楚楚那一天这个房子的大门和窗户上成双成对贴着大红的喜字，房间里拉着闪闪发亮的彩灯和彩条，里面挤满了喝得醉醺醺的宾客，他们推推搡搡，高声大笑，说些平时不能当众说的淫词秽语，兴奋得不得了。而我却像在冰水里泡过一样浑身发冷，我绷着脸，一点也笑不出来，还生怕一不留神控制不住自己在华夏大喜的日子里当众流下眼泪。我被同学拉进去不到一分钟就转身出来了，我根本没有勇气过去和新郎新娘打声招呼，我只是透过人缝看见穿着西装、面孔喝得通红的华夏，而他很可能根本就没有看见我。

我没有想到的是隔了两年多我还会再次走进这个房子，我更加没有想到的是自己还能亲手抱起华夏和白苹的孩子。当我抱起这个胖乎乎散发着奶香味的小男孩，连我自己都没料到，心里浮起的是一股绵软甜蜜的柔情，就像是抱起自己亲生的孩子。我平生第一次觉得小孩子这么可爱，看他一眼，心都酥了。就像当年见到华夏一样，这个躺在摇篮里的小家伙也一下子俘虏了我的心。

我每天一大清早在上班之前就赶到华夏家，和保姆一起给孩子洗奶瓶、蒸奶瓶、热奶、打果汁、洗衣服、熨衣服，等他醒了，我给他换尿布，替他洗澡，喂他吃喝，能不让保姆插手的我统统自己来。下了班我顾不得回家，直奔这里照顾孩子。有个小孩真是有做不完的事情，这些事情琐琐细细，但哪一个环节都少不得。做这些事情让我充实愉快，而且丝毫不觉得累。有时我到得早，我也会帮华夏给白苹炖汤，我就像是这个家庭的一员，自然而然地融入到这个家庭之中，忙里忙外，尽心尽意，我完全忘记了自己是谁。

能每天见到华夏对我来说是多么开心的一件事啊，而且跟他还是如此亲近，就好像我和他就是一家人。这样一份幸福和甜蜜，是我不曾想过的，我心里暗想这简直就是上天给我的礼物。我经常怀里抱着宝宝，想着华夏，恍然觉得自己就是他的妻子。我无比珍惜这梦幻般的日子，我不去想以后会怎么样，我只顾眼前，不管未来。

华夏对我是那么信任和依赖，似乎比我们恋爱时还要依恋我。他把一张银行卡交给我，让我买日常需要的用品。我推托不了，从他手里接过银行卡我心里沉甸甸的。他是把我当女主人了吗？我真有点百感交集。

他从不过问我钱是怎么花的，买了什么东西，然而花他的钱我比花自己的钱还要精打细算，能不买的东西一概不买，我总是反复比较，挑出性价比最高的那些商品。有的东西我家里有的我就拿过来，尽量替他节约每一分钱。有一天他对我说："谁娶了你，真是好福气。"他说得那么由衷，就好像他完全是个局外人。我不知道他何来这样的感慨，仿佛被噎了一下，眼泪差点掉下来。我赶紧走开去，假装忙别的事情。我心里就像打翻了五味瓶子，什么滋味都有。

我清楚他说这样的话并没有把我错过了的意思，在他家里的这些日子，我看到的恰恰是他非常爱白苹，不说他每天都去医院陪她，不惜把一岁多的儿子交给我和保姆，就说他每天给她送的汤，他是多么尽心尽意。他总是先开好单子，一个星期当中每天的汤都是不重样的，为了新鲜可口，都是他早上四五点钟起床亲手为她炖的，只有他夜里加班，才会关照保姆提前炖好。他提到白苹也是充满柔情，只是他很少跟我说到她，也许他是怕惹我不快，而我却觉得他把她当成自己心头的秘密。有时想到这些，我心里会泛起阵阵酸涩，我会忽然如梦方醒一般想到自己的处境——他找我过来帮他，在他是相信我，对我放心，也是跟我够这个交情，但他考虑过我的感受吗？不说别的，就说我在这个家里出现，其实是多么尴尬，如果让外人知道了，又不知会说出什么。

华夏好像一点没有这样的担心，他坦然得很，而且不是装出来的，是发自内心的。尽管我们过得就像一家人一样，但我们之间是很有分寸的，这个分寸就在我们两个的心里，我们都清清楚楚，就像商量过一样，谁也没有一点越线的意思。我是知道他这个人的，心地纯洁得就像透明的水晶。我太了解他了，所以也很理解他，就像当初他离开我和白苹结婚，我很伤心，但我不恨他，我对他恨不起来。白苹人长得漂亮，性格也好，家里还非常有钱，她爸爸是我们这里鼎鼎大名的家装公司的老板，他还有市政协副主席、市工商联主席、市企业联合会会长等等的头衔，他给市里捐赠了小学、健身中心和图书馆，是我们这里人人皆知的名人。虽说白苹家根本不同意女儿嫁给毫无背景的华夏，但在他们结婚之后还是把他从一个城郊的职业学校调到了市政府工作，而且还给了他科长的职位。假如他跟我结婚，肯定是得不到这些的。从心里说，我多少也是为他高兴的，虽然高兴中混杂着苦涩。

也许我真的是太傻了，尽管无人监督，却自觉和他保持着距离，我对他尽心尽意，却并不越雷池一步。我喜欢看他逗孩子的样子，他那样自然放松，跟孩子一样纯真，在我眼里他不像是一个孩子的爸爸，而像是另一个孩子。望着他的时候，我的心仿佛融化了一般，柔软得就像风中的羽毛，我真希望这样的时光一直延续下去，我心里甚至暗暗希望我们才是真正的一家三口。不止一次，在他去了医院、保姆抱着小孩出去透气的时候，我一个人一边做着家务一边对着锅碗瓢盆落泪——我清楚地意识到自己并不属于这里，只不过是一个匆匆过客而已，甚至只是一个免费的保姆而已。可是，只要一看见他明净的、一点不做作、一点不掩饰的笑容，我又如沐春风，一颗心暖融融的，啥都顾不得计较了。

这朝夕相处的一个多月间，在某几个片刻，我也意外地看到了闪电一般的希望，那种希望来得突然，我除了目瞪口呆，来不及有任何反应。即使冷静下来之后，我思来想去，也不懂那是否是命运在向我露出微笑，我也不知道我是否该在命运向我露出微笑的那个刹那抓住机会，我同样也不知道如果我抓住了机会，是否真的就是抓住了幸福？然而，我清楚一点，假如我真的抓住了机会得到了幸福，华夏是必然要付出代价的，甚至要付出惨痛的代价，无疑，他要失去现在拥有的一切。这么一想，我瞬间被吓住了。

我太爱他了，爱他胜过爱自己。之前我因为爱他接受了他离开，现在我因为爱他不走近他。每当我在深夜时分筋疲力尽地离开他家回自己家的时候，我默默地想念着他，哀叹着自己这份被埋葬的炽热的爱情，心中无比空虚和凄凉。

即使这样，我还是感到非常幸福。

其实，我早该想到这样的幸福时光也是短暂的。当华夏跟我说白苹就要出院了的那一刻，我仍然感到猝不及防。那天他深夜归来，孩子和保姆都已经睡了，我打理好家务正准备离开，他恰好进门。他就站在门厅里，脸上挂着疲倦的笑容，用温柔的语气对我说白苹病情已经基本控制，她不肯在医院里再待下去，这两天就要出院了。我支吾了两声，不知该说什么好。他用就像是安慰的口气说白苹出院后不回这里，她娘家会派车接她过去住上一阵子，他们已经和解。他两眼望着我，欲言又止，似乎一时找不到别的话说。片刻之后他吞吞吐吐地说，不过她出院之后就能到处走动了，随时都会回家……我一听就明白他是在向我下逐客令，心中就像被万千钢针扎一般刺痛。我轻轻点了点头，“好的。”我说，“我知道了。”

我们相对沉默了片刻，我正要走出他家，他一只手轻轻搭上了我的肩头，那一刻空气仿佛凝固了。我在惊愕和晕眩中竟然清晰地判断出他只是出于一种友好的安慰——他不知道这个时候我并不需要安慰吗？我在意乱情迷中瞥了他一眼，惊讶地发现就这短短的一两秒钟，他就像是起了化学反应一样发生了变化，他面颊绯红，乌黑的眼睫毛在轻微地颤动，嘴唇饱满而红润，我闻到了那股熟悉的气息，我的身子瞬间软了，差点倒进他的怀里。好在我及时控制住了自己，十分坚决地拉开了门，而他迅速收回了搭在我肩头的那只手。我们平静地告别，就像往常一样。

次日，也就是白苹出院的前一天，我最后一次去了华夏家，为他和宝宝买了许多吃的和用的东西，把银行卡还给了他，又替宝宝把小衣柜收拾得整整齐齐，这样保姆，当然也包括宝宝的妈妈白苹需要什么能很容易找到。我默默地做着这些，心里默默地和这里的一切告别。我知道我离开之后，大概是再没有机会来了，也很可能再没有机会亲近宝宝了。

9 樊文花

姐姐的运气就是比我好，从来都是这样的。她来这里没多久就找到了男朋友，她是谈了五六个才选定小王的。她那些对象是同时谈的，今天见这个，明天见那个，可热闹了。姐姐不让说，我当然不会说。最后怎么会挑上小王的，我也不知道。我们都叫小王“胖子”，他听了呵呵笑，一点不生气。他在福运大酒楼当厨师，他做的红烧肉和烤鸭特别好吃。小王对姐姐好得不得了，真是把她捧在手心里，她要什么就给她买什么，让我眼热极了。

不过我也没啥不服气的，姐姐比我漂亮得多，她个子比我高，皮肤比我白，眼睛比我大，而且两只大眼睛水汪汪的会说话。除了漂亮她还聪明，会看脸色，会说话，会行事，在家里爸爸妈妈就只喜欢她一个。她去过南方之后长了见识，连名字都改掉了，不叫原来土里土气的“樊大花”，改成了好听的“樊佳音”。樊佳音——多像电视剧里女主角的名字啊。在我心目中姐姐是榜样，我真希望自己能像她那样有吸引力。

来到这里姐姐有个很大的变化，她把从南方带回来的那些漂亮衣裙收进了箱子，身上穿的都是夜市摊子上买的便宜货，跟我穿得差不多，有些衣服还不如我的好。她又不是没钱，我不明白她为什么穿得这么朴素。我忍不住问她为啥放着时髦衣服不穿要穿地摊货，她说这样才好，低调。我追问她，她就笑，只说这么一句："到什么山唱什么歌。"

不过姐姐穿得素净，也不浓妆艳抹，照样把小王迷得神魂颠倒，他天天都要跑来看她，小姑妈笑话他是"下刀子也要来"。小王是田玲给姐姐介绍的，田玲跟姐姐关系特别好，她自称是姐姐的保护神，姐姐有时候开玩笑喊她"妈咪"，她也会脆生生地答应，而且是一副特别自然的样子，把人笑死了。田玲总说姐姐来这里，她不放心，所以才追过来的。她们两个在一起有说不完的悄悄话，好得就像一个人一样。从小到大我就没有一个这么要好的闺蜜，也没有一个能说说知心话的朋友，看她们嘻嘻哈哈，有说有笑，我多么想自己也有一个这样的朋友。

田玲给姐姐介绍的小王是她的一个远房亲戚，她跟姐姐开玩笑说，要不是亲戚，她自己就嫁给他了。可是姐姐对小王并不十分称心，我不止一次听她跟田玲抱怨说他太胖了，个子也不高，眼睛还那么小，长得太不达标了。田玲总是柔声轻语地劝她说小王相貌确实普通了点，但也还过得去，看人要看长处，他人本分踏实，心眼好。姐姐抱怨小王抠门，说他就是表面大方，实际上花点钱精打细算，出门去玩连瓶饮料都不舍得买，实在熬不过去了只肯买一瓶最便宜的矿泉水给她喝，他自己宁肯渴死也不会多买一瓶。田玲还是慢声细语地劝她说他抠也是抠他自己，一点也没委屈你，你是想找个跟你结婚过日子的人，在这些小细节上就不要太计较了。

有一次我听姐姐又跟田玲抱怨小王，田玲呵呵笑着说："你也不是没见过世面的人，出手宽绰肯为你花钱如流水的有一个是本分的？"

姐姐就不吱声了，过了片刻她说："到头来我也就找了个厨子，想想都不甘心。"田玲姐竟然也跟着她叹气。我觉得姐姐真是不知足。

要我说小王真的挺不错，他脾气特别好，总是哄姐姐开心，姐姐有时使小性子，说话呛他，他也从来不生气。他有点好东西都要留给姐姐，发了薪水就会带她上街购物。他请我们吃饭，自己不怎么吃，忙着给我们夹菜，姐姐爱吃什么他立马就把那盘菜端到她面前，忙得不亦乐乎。姐姐叫他也好好吃，他就说："我做厨师的，喜欢做不喜欢吃，看着你们吃高兴。"走在街上他总是挡在姐姐外面，生怕她被车撞到。他跟姐姐去哪里老是手拉着手，就像连体婴儿一样。我看得好羡慕，好想也有这样一个男朋友。

小姑妈也有点看不上小王，总说他土，没见过世面，还嫌他穷。在小姑妈的眼里不如她有钱的都是穷人，她都瞧不起。其实她也看不起我们姐妹俩，她经常挂在嘴上的一句话就是"樊家的丫头一代不如一代"，一点不在乎我们听了高兴不高兴。我们当然是随她去说，不会跟她顶嘴，也不会流露出不开心。我们住她家里，习惯了看她脸色，顺着她说话，用姐姐的话说是“人在屋檐下不得不低头”。小姑妈是这个家里真正的一把手，小姑父是个甩手掌柜，他凡事不操心，只喜欢喝酒和钓鱼两件事，要么从早上起来就喝得醉醺醺，要么约了一帮朋友跑出去玩，家里大小事情都由小姑妈做主。小姑妈管着家里的商店、加工厂、果园和蜂蜜园，每天穿金戴银，板着面孔和雇来的工人说话，耀武扬威，趾高气扬。她说话尖刻，嘴不饶人，什么话都说得出来，还特别喜欢揭别人的短。她对我们姐妹两个有时候也不大客气。她从来不叫姐姐“佳音”，她还像在老家时那样叫她“大花”，有时还故意连名带姓喊她“樊大花”，姐姐乐意不乐意都只好给她赔笑脸。她支使姐姐，就叫：“大花，酱油没了，你去打瓶酱油。”要不就是，“大花，快去替我把衣服收回来。”只要姐姐在家，小姑妈一口一个大花大花的，叫她做这做那，好像姐姐是她的使唤丫头。姐姐总是高高兴兴手脚麻利地去做，从来不会流露出不快，比我会讨小姑妈欢心得多。小姑妈不止一次夸她说：“我家大花伶俐乖巧，在南方真是没白待！”后来我才听出来她话里其实还有对我不满的意思，当时我可一点没有意识到。好几次小姑妈就像是开玩笑地逗姐姐，问她是喜欢南方还是喜欢这里，姐姐只笑不作声，神情非常尴尬。小姑妈嘻嘻笑着追问她：“你说说嘛，南方真那么好吗？人家说那里都是有钱人，男人出来玩舍得大把大把花钞票，真是这样子吗？要我说总归是陌生男女，出了钱就能坐到一处去，而且啥都可以做，想想多难为情……我真是想不出来，你讲点给我听听，让我也开开眼界。”她脸上浮起暧昧的笑容，姐姐还是赔笑，笑得笑容都僵在了脸上。看到这样的场面，我心里真不舒服，我心疼姐姐，觉得小姑妈过分。以前我也听到过风言风语，不过我并不晓得姐姐在南方真做过什么。小姑妈提到南方让姐姐这样慌乱和难堪，我心里特别不是滋味。我替姐姐担惊受怕，生怕她真的在南方做过什么万一让小王知道了，那可怎么是好？

我的心思很快从替姐姐担心转到了自己身上。不说姐姐在南方怎么样，她来这里都交过好几个男朋友了，用田玲的话说她是“久经沙场”，而我自己还从来没有交过一个男朋友呢。夜里躺在床上，我就在心里幻想我未来男朋友的样子。那个人应该是身材魁梧，有力气，能保护我，他要是能比小王长得再高一点再帅一点就更好了。我想不出他的样子，而且他的模样总是在变。不过每天我都想着这个未来的男朋友入睡，这是我一天当中最幸福的时刻。

有一天我跟着姐姐去看田玲，她们两个又是叽叽咕咕说个没完，我一句也插不上嘴。好容易等到姐姐去上厕所，我搂住田玲的胳膊说：“田玲姐，你也帮我说个男朋友呗！”

田玲斜着眼睛望着我，一通地笑。她问我：“说说，你有什么条件？”

我羞红了脸说：“没啥条件。”

她大笑，说：“怎么能没啥条件呢？最起码也要是个男的吧。”

我赶忙点头。

她又问我："你最看重什么？"

我说："对我好就行。"

她认真地点头，说："好，我帮你留心。"

姐姐从卫生间出来问田玲笑什么，田玲跟她一说，她也笑起来，咯咯咯笑得很疯。

我难为情地说："这有什么好笑，我就不能有男朋友啊？"

姐姐笑骂我一句："皮真厚！"

田玲仔仔细细地端详了我一番，笑眯眯地说："端端正正的一个小姑娘，花骨朵儿一般，除了黑点瘦点没毛病，多弄点好的吃吃就养起来了，只怕到时候追你的人一大把，你挑花了眼，哪里用得着我帮你介绍男朋友？"

我认认真真地说："真的没有一个人追我。"

田玲马上换了一本正经的口气问我："你还是个雏儿吧？"

我没听懂。姐姐顿时变了脸色，田玲没看见，还在说："你要真是雏儿的话，等我帮你好好物色一个肯出大价钱的老板。"

我立刻明白了她在说什么，心里很吃惊。

姐姐忽然放下脸捶了她一拳，说她："发神经啊，她傻丫头一个，你跟她胡说八道什么呢！"

田玲咧开两片涂得鲜艳的红唇，媚媚地一笑，转过脸去对姐姐不紧不慢地说："我是说真的，干吗白便宜了臭男人！"

她俩突然脸对脸笑起来，笑得很响很刺耳。

田玲转回身捏住我的手指郑重其事地关照我说："听着，别随随便便就把第一次给男人，自己醒着点神，千万记住我说的话啊。"

她让我点了头才松开手，她把我的手指头捏得生疼。

10 郑小松

连着一两个月我过得昏天黑地，一天当中绝大部分时间都是在麻将桌上度过的。长这么大我还从来没有一口气打过这么长时间的麻将。我喜欢玩牌不错，往麻将桌边一坐觉得特别来劲特别过瘾时间过得特别快，但像这样玩得没日没夜没黑没白，顾不得吃饭喝水上厕所，我也觉得吃不消，这比上班可要辛苦多了。关键是输输赢赢，心情起起落落，输急了的会吵起来，一惊一乍的，让我心烦意乱。好几次我不想再打了，方大白强拉着不让走，我只好陪着继续玩下去。

我算是体会到了什么叫身不由己。每次熬完夜从牌桌上下来，我两条腿都打晃，走路人是飘的。前两天我想起来称了一下体重，竟然掉了十来斤。我付出的惨痛的代价还不是这个，这将近两个月玩下来，我差不多输掉了十二万多块钱。

要说前年我就戒赌了，后来跟老头子闹翻心灰意冷之下破了戒，输过一大笔钱之后我还是很小心的，能不玩就不玩，我知道只要上了桌，局面就不是我能控制得了的。赢了人家不让你走，输了自己不想走，最后肯定是弄得精疲力竭，掏空钱包是常有的事，甚至弄得负债累累。我吃过苦头，晓得其中利害。可是，方大白拉我打麻将那是一点商量的余地也没有。他一个电话把我喊到他家里，麻将牌已经码好在桌子上，他和另外两个老搭档已经坐好在桌子边严阵以待，我还能说啥？想打不想打都得打。

方大白这家伙蛮横霸道是出了名的，高兴的时候他会满脸堆笑，不高兴的时候他说翻脸就翻脸，真像人家说的翻脸比翻书还快。想跟他混就得听他的，你跟着他不一定有好果子吃，你要是违抗他，他肯定有苦头让你吃，拿他的话说是“敬酒不吃吃罚酒”。我和他在一起这么久，早把他脾气摸得透透的。他心狠手辣，我们这些跟着他的人都是知道的，所以大家都有点害怕他。而且他这人疑心重，容不下对他有二心的人，一旦他咂出有那么点苗头，马上就会把人家清除出去。他清理的办法简单直接，就是让大家一起孤立那个人，不仅仅是态度冷淡，不理不睬，有事不帮忙，还要故意找碴去修理人家。比如以前小金子是他的铁杆，后来此人跟孙猴头的一个手下有了交情，偶尔也会去孙猴头那边帮着做些事情。方大白气不过，认为小金子对他不忠心，让我们不要再理他。小金子和朋友一起合伙开店，租好了房子，合同也签了，装修都快做完了，方大白找人去让房东反悔，弄得小金子只好重新找房子重新装修，白白耽误了好几个月。还有一个经常和我们一起打牌外号叫“大油饼”的，不知因为什么得罪了方大白，方大白叫我们不但要孤立他，还要想办法为难他。大油饼家开了一个餐馆，生意特别好，夏天在店门口摆夜宵摊卖卖小龙虾和啤酒据说就能轻轻松松赚上几百万。方大白让我们分头找了餐馆周边的一些没事做的老头子老太太，给他们每人塞上十几二十块钱，叫他们给市长热线、报社、电台、电视台甚至110、119打电话，举报他家餐馆不卫生、油烟污染、噪音扰民等等，搞得餐馆差点开不下去。后来大油饼知道了是方大白跟他过不去，赶紧拿了整箱的烟酒上门去给他赔礼道歉，又摆了三天席给他过生日，还在麻将桌上故意给他放水，方大白这才消了气。诸如此类的例子举不胜举，反正是谁不让他舒服，他也绝不让谁舒服，即便损人不利己，他也不放过。而且他除了收拾看不顺眼的人，还要看我们跟他配合不配合。我们害怕火烧到自己头上，都跟他沆瀣一气，为虎作伥的事情做过不少。现在我是更加不敢得罪他，前前后后加起来我欠了他将近四十万块钱，他要是催我还，我只好去卖肾了，一个不够估计两个都得卖掉。所以他要我做啥我都乖乖地去做，丝毫不敢违背他。

这一段方大白的运气也实在是不好，我听说孙猴头出事之后有人来调查过他，他有没有事情我不清楚，但他着实紧张了一阵子，他自己说吓得赶紧拿了一笔钱出去打点关系，破财免灾。他跟我们抱怨过好多次没跟着孙猴头吃到多少肉，反倒惹了一身骚。还有一件事也让他苦不堪言，他从一个证券公司老总那里得到一个据说是在炒股群里高价出售的“内幕消息”，说有实力庄家马上就要拉升某只股票，对方保证消息确凿，还跟他谈好了分成的条件，他信了此人，迅速全仓买进，等着搭庄家的顺风车大发一笔。没想到他买入不久，就遭遇大盘暴跌，他新建仓的股票一连三个跌停板，随后是一路阴跌，他套得很深，亏损巨大。一连好多天他阴沉着脸，我都不用看大盘，看看他脸色大概就知道当天的股市行情怎么样。我看他也是急红眼了，所以弄了这么个马拉松牌局来收割我们。别人惹不起他还能躲得起，我是连躲都不能躲。就像俗话说的：伸头也是一刀，缩头也是一刀。他运气不好连带我跟他倒霉，我是哑巴吃黄连，有苦说不出。

这一大场麻将打下来，方大白仍然是我们当中最大的赢家——很简单，不赢他不肯散局。这种连轴转的玩法，玩得又大，牌桌上雷霆万钧，惊心动魄。眼看着自己面前那堆作筹码的扑克牌越来越少，我就像掉进冰窖里，浑身寒气直冒。如果我不是咬紧牙关忍住困倦和沮丧，输得肯定还要惨。而且幸亏我还打了好几把特别漂亮的牌，比如清一色、一条龙，甚至还有清一色一条龙外加杠头开花，暗杠、明杠更是开了不计其数，最神奇的有一把竟然是天和。方大白和桌上玩牌的包括围观的人都惊呆了，异口同声说十几二十年麻将打下来都很少见到有天和的，有些人根本就没见过，就这样我才算是扳回一点本来。也正因为打到后来我手气忽然壮起来，一连庄就是五六把，麻将桌上有迷信，风头转了不容易转回去，方大白的气焰才小了下去。他害怕赢到的钱再吐出来，所以他终于肯散场了。当打完最后一把，我差点瘫到桌子底下去。这可真是地地道道的一场硬仗，不仅是对我体力，更是对我意志的一次相当大的考验。

还有一件事对我是更大的考验，直接挑战了我的底线。半年前方大白就经常在我面前倒苦水，说被曹紫云缠得过不去日子。他说这个女人脾气大，作劲大，又是被人捧惯的，说一不二，不顺着她来，她什么事情都可能做得出来。一天夜里他过来找我喝酒，胡聊八聊说到曹紫云，他说："她如果就是吃吃喝喝，买买衣服首饰，这些都好满足她，她提出要跟我结婚，还非结不可，这就不好办了。"他叹气，问我，"你能帮我想想有啥办法吗？"我不敢搭腔。说心里话曹紫云的确是个大美人，在我眼里她充满了女性魅力，她是我认识的女的当中长得最好看，也是最有吸引力的，不过，她的背景太复杂了，一般人都会望而生畏的。我承认她跟我似乎有一种特殊的默契，虽然和她见面也不算多，但从她的一颦一笑里我能感觉到她对我印象不错，甚至是很欣赏。我也不知道她凭什么对我印象不错，更不知道她赏识我什么，但这种感觉非常清晰。比如方大白让我做某件事我很为难，再比如我跟方大白对有些事情意见不一致，甚至很对立，我跟他根本说不通，有两次恰好她也在场，当时她没说一句话，但很快方大白就主动转弯了，事情一下子就顺当了。我直觉是她说了话，从中疏通过，我甚至感觉她一直在暗中帮我，后来证实，的确如此。

方大白跟我直言不讳说曹紫云逼得他没办法，他说他躲着不见她，她就到他家附近去堵他。有一次大半夜他从外面回家，她喝得醉醺醺的站在巷子口等他，包里还装着刀，她威胁他说如果他不答应她要杀了他，然后自杀，等警察到了会看见两具血淋淋的尸体。他赶紧安抚她，生怕她胡来。还有一次她跟他说，她已经写好了遗书，如果他还不赶紧离婚娶她，她就把遗书寄到报社，自己从全市最高的大楼顶上喊着他的名字跳下去，让大家都知道他是个负心汉，她是他害的。方大白说他也是街头混大的，活到这个岁数没怕过谁，却被曹紫云吓怕了，因为她是真敢拿命跟他玩。

方大白话里话外要我帮他引开曹紫云。一天夜里，他正和我在一起喝酒，我喝得有点高，正好曹紫云给他来电话，接完电话他一把握住我的手，一连叫了我几声“好兄弟”，对我抱拳作揖，让我帮帮他的忙。我不知怎么昏头昏脑就当了真，点头答应了他。大概也是因为对他唯命是从惯了吧，我甚至都没有好好想一想这样做妥当不妥当，后果是什么，最后该怎么收场？我一门心思想的就是去替方大白挡枪。

酒醒之后我才意识到这件事太鲁莽了，主要是我不但喜欢曹紫云，而且还很尊敬她。我喜欢年纪比我大，聪明成熟有阅历的女人，我很想跟她做好朋友，但我并没想过让她做我的女朋友。其实也不是不想，而是不敢往那方面想，我觉得自己高攀不上她。

因为喝多了答应了方大白，我就像怀了个鬼胎，反而不好意思见曹紫云，偶尔碰上，我在她面前也很不自然。她太美了，美得我都不敢直视。她皮肤细嫩，五官精致，最妙的是她眼睛里既有水，又有火，而且会说话，看你一眼，仿佛千言万语流进你的心里，你听得懂听不懂不要紧，你会被她那种女性特有的聪慧和柔情缠绕，对我来说这是相当神奇的一种感应，除了她，我没跟任何别的女人有过这种感觉，这就是所谓的心心相印吗？对我来说，她比二十来岁的小姑娘更有味道。她火辣，魅惑，有韧性，而且嗲劲十足，我也不知道怎么形容她，一句话，她是那种能激起男人欲望又能激起男人依恋感的女人。正因为如此，我面对她心理压力更大。

而且，她可是见过世面的，她傍过黄阳那样有权有势的男人，即使落魄了还有方大白这种左右逢源的男人围着她转，我没权没势还没钱，在她面前实在是自惭形秽。她那样一个从前风光过的女人，我不知道她怎么可能看得上我这么一个要啥没啥的穷小子？我害怕自讨没趣，没有胆量往她跟前凑。然而方大白却一次次催我，还有意制造了不少让我接近她的机会，而我一直是畏首畏尾，在她面前说话行事小心翼翼，生怕唐突了佳人。有一天就我和方大白两个人的时候，他还跟我急了，问我到底要磨蹭到什么时候。我不好意思再拖下去，下决心采取行动。我奓着胆子给曹紫云发短信，问她有没有空一起吃顿饭，没想到她很快回复我，说当晚就有空。那天我不但跟她吃了饭，晚饭之后还请她看了场电影，算是迈开了方大白希望的第一步。不过，即使在黑暗的电影院里，我对她依然是十分敬重，鼓了好几次勇气，到最后连她的手都没敢拉一下。

不过随后我们进展得飞快。我没想到这一晚之后她变得很主动，她频繁约我，吃饭、看电影、散步，一个星期总要见上两三次，我想她肯定是背着方大白约我的，和我在一起时她不提他，我自然也不提他，我们心照不宣，似乎保守着同一个秘密。我不知道那一段她和方大白关系怎样，我也不想知道，我觉得那不是我该关心的事。说心里话，她约我，我特别高兴，就像买彩票中了奖一样，比中奖还开心，我约她，她也是态度积极，欣然赴约，从来没有推托过。我们就像两个单纯的小孩，简简单单，清清白白，只图眼前快乐，不往男女关系上扯。她跟我很有话说，日常琐事，人情冷暖，还有以前的情事，以前的纠葛，开心和伤心的片段，想起什么说什么，想到哪里说到哪里，不需要字斟句酌。讲到不方便说的人，她就笑笑含糊过去，讲到不方便说的事，她就中途停下来不说了，再起个话头说别的。她说得很平静，就像在讲别人的事情。我们之间偶尔也调情，也试探，却是谨慎收敛，不露痕迹。我们进进退退，用足心思。

一天黄昏，她打来电话，声音柔弱，有气无力，问我忙不忙，我说不忙，天冷生意清淡，在等着下班。她说她病了，在床上躺了两天了，我赶紧问她要不要我陪她去医院，她说医院倒不必，不过就是感冒发烧。我问她那要不要我去看看她，她伴着笑声说好呀。

我去了她家，她穿着家常衣服，也没打扮，素面，散着头发，果然一脸病容，比平日更加楚楚可怜。见我去了，她很高兴，说说笑笑，似乎病也好了几分。我们水到渠成一般上了床，她毫不扭捏，也毫不羞怯，我不能说感到突然，多少还是有点吃惊，既是意料之中，又是意料之外。

我们有了这层关系之后，既没有意声张，也没刻意隐瞒，方大白显然还是看出来了，他对我的态度忽然来了一百八十度的大转弯，对我极其冷淡不说，而且相当不耐烦，不管我做什么，他都要横挑鼻子竖挑眼，让我不知所措。这我就不懂了，明明是他要我这么做的，我替他做了，他又恼怒，这样出尔反尔，让人还怎么跟他打交道？有一天他叫我去打麻将，打完牌收拾桌子的时候他忽然冷冷一笑，醋意很大地对我说："你快走吧，留点精神去对付她。"我尴尬极了，他明着吃我和曹紫云的醋，让我觉得自己真是猪八戒照镜子里外不是人。除了对我冷嘲热讽，他隔三岔五还要点小手段刁难我，那也是他惯用的伎俩，我很熟悉，很容易看破。

随便举个例子。就在安卓越来过之后不久，又下了一场大雪，他约我们去他家里吃火锅，他说估计这是春暖花开之前最后一场雪了，叫大家合影留念。他出主意让大家脱了衣服赤膊到后院里去拍照，我们都很捧场，说这个玩法新鲜有趣。我们脱掉衣服，只穿裤衩走到外面，个个冻得龇牙咧嘴。拍完照片大家冲进屋子，他却做出跟我有话要说的样子叫住我，随后也一闪身进了屋，他进屋之后迅速关上了门，把我一个人留在了外面。那帮人就像看耍猴一样看着我，笑得前仰后合。我被关在后院里冻了二十多分钟，我心里当然清楚方大白为何要向我下这样的黑手，但表面上大家不过是玩乐，我也只能当他是跟我闹着玩。再说，我和他是绑在一起的，我确实是离不开他，为了能和他合作下去，我只好忍气吞声。

早晓得方大白会是这副嘴脸，我就不跟曹紫云上床了。我不是后悔，也不是得了便宜卖乖，我只是不喜欢打无准备之仗，我喜欢想好了再做。因为一切都在仓促之间发生，说心里话，我确实是有点顺水推舟。跟曹紫云的关系到底会往哪里走，我心里一点儿数没有。

以我的人生经验来看，男女睡过觉，下面要么是结婚，要么是分手，几乎没有其他的路可走。所以和曹紫云上过床之后我有意无意躲着她，我想跟她见面，又怕跟她见面，因为我不知道接下来我该怎么面对她。以往我和女人差不多都是露水关系，想起来约一下，想不起来就相忘于江湖。所以我和女人的关系都很浅，从来没为哪一个女人茶饭不思，自己还觉得自己很潇洒。然而，和曹紫云有了那一层关系，我发现自己就像中了魔一样，对她魂牵梦绕，随时随地会想到她，真是一日不见如隔三秋。夜里我一个人睡在床上，闭起眼睛眼前就浮起她秀丽的眉眼，饱满的嘴唇，尖尖的鼻子，还有她的屁股、大腿、脚踝，当然少不了她纤细柔美的腰肢和胸前撩人的一对乳房，她让我的心烧成了一块火炭。

在和曹紫云好以前，我看女人都很简单，以为就是哄一哄、买点东西送一送就可以的，到曹紫云这里，这一套完全不灵。她跟我说话，通情达理，善解人意，撒娇发嗲，却从不胡搅蛮缠。她也根本看不上那些小恩小惠，她比我有钱，连吃饭都抢着买单。她是啥都见过的女人，所以不管是床上床下，对我来说都是硬仗。

11 曹紫云

夏尽秋来，阴雨连绵，淅淅沥沥下个不停，如果不算中间晴了的两个半天，雨已经连续下了快半个月。以前我是不怕下雨的，而且还喜欢雨天，天色半明不明，既感伤又浪漫，雨声滴答滴答，非常好听。沏一壶热茶，配几只话梅橄榄，坐在窗前，读几页书，呆望片刻雨景，说不出的悠闲惬意。我也喜欢在雨中漫步，尤其是和爱的人一起，合打一把伞，手挽着手，相互依偎，那是多么美妙温馨的图景。

可是，世事难能如愿，这没完没了的雨下得可真让我心烦。外面就像一个水世界，去哪里都不方便。家里也充满了湿气，衣服洗了好几天都干不了，不通风的屋子泛着一股霉味。我的心情和这雨天一样阴郁憋闷，想到的都是自己的伤心事，家里是空荡荡，心里同样也是空荡荡的，仿佛我的世界里里外外都浸泡在湿冷的雨水里。

又有十多天没有见到郑小松了，他给我发来微信，说又被方大白拉到牌桌上下不来了。我问他是输了还是赢了，他说输了。我问他输了多少，他不肯说。我知道他是迫不得已，心里为他难过，也更加为自己难过。我又陷入到就像是习惯性的迷失和沮丧之中，仿佛四周竖起了一堵透明厚实的墙，又一次把我和世界隔开。我感觉仿佛离开了自己，成了另一个人，我就像读一本书，知道那个女人的故事和处境，我对“她”充满同情和怜惜，却又无能为力。

几个月前郑小松突然的走近让我意外和惊喜。他在我对方大白无比失望的时候打来电话，请我吃饭和看电影，他扑面而来的荷尔蒙气息让我欢悦，我就像看见了春天的新绿那样兴奋。他年轻热情，青春洋溢，从见到他第一面我就非常喜欢他，不过我根本没想到他也会喜欢我。我们第一次单独见面，我感觉到他的犹豫和胆怯，我知道我们需要等待一个水到渠成的机会。

而实际上我一直很迷恋方大白，我和他在一起快四年，我一直以为我们是会结婚的。方大白身上有痞气和匪气，还混杂着一些纨绔子弟的习气，在不少人眼里他是一个不折不扣的坏人，而我恰恰被他身上特有的那种玩世不恭又带点邪恶的气质深深吸引。也许是因为我内心深处有极其脆弱的地方，我渴望得到像他这样强悍有力甚至是蛮不讲理的男人的保护。曾经的风光透支了我的情运和幸福，因为头上有一顶“黄阳小蜜”的帽子，我很难在这个城市里过一个普通女人唾手可得的正常生活。我不是没想过离开这里，可是我有年迈的父母，他们故土难离，我舍不得丢下他们自己远走高飞，所以我只能默默地忍受别人的闲言碎语和鄙夷轻蔑的目光。方大白恰恰是在黄阳落马我处境困厄的时候出现在我的面前，他不顾我声名狼藉，和我相好，令我感动甚至佩服。我以为遇到了真正属于自己的白马王子，我对他死心塌地，一心想要嫁给他。从内心来说，我也确实是想通过婚姻来洗白自己，让人们忘掉我的过去。我对方大白的要求不多，只希望他能跟我办一个体面的婚礼，用不着多么铺张和奢华，只要让大家知道我有了一个美满的归宿就行了，甚至办婚礼的钱我自己都准备好了，我还自己买好了婚房。我暗下决心从此洗尽铅华，远离浮华，好好和他过恩爱平淡的小日子，照顾他的一日三餐。可惜我想错了，他根本就没有跟我结婚的意思。

方大白从来没有跟我提过结婚这个话题，我忍不住跟他提，他听了不置可否。有两次被我催逼不过，他回答说要慢慢来，至少第一步先要等他把婚离了。我问他什么时候离婚，他说正在办。这倒是有点出乎我的意料。随后不久，我从一个老同学嘴里得知方大白的确正在跟他老婆闹离婚，据说他们两个人打得不可开交，这婚是非离不可的。我听了心里高兴得很，这么说方大白果然是拿出实际行动了。我还想他不跟我说他和老婆离婚的事情，就是想给我一个完美的结果，免得我夹在当中尴尬。——看看我把他想得多好！然而，好几个月过去了，他再没跟我提一句离婚的事，我再次忍不住问他，他含糊其词，说还在办着，应该快了。有一天我正好又遇到了那位老同学，他说方大白终于把婚离掉了，还恭喜我说从此可以名正言顺跟他一起扬帆启航了。然而，方大白还是一句没有跟我说他离婚的事，似乎这件事情和我没有一丝一毫的关系。其实真就是这样，只是我没有认清形势而已。他离婚之后不是跟我越来越近，反而对我越来越淡。我心里早就感觉到他的心并不在我身上，只是不肯对自己承认罢了。

其实我早知道方大白风流成性，他一边跟我恩爱缠绵，一边仍然在外面招蜂惹蝶，我内心痛苦，冲动之下曾经对他围追堵截。尽管每次闹过之后他都重新回到我的身边，可是我敏感地觉察到他对我不如以前了。我清楚自己的境况，我从前的历史，加上年纪越来越大，我父母成天为我担心，生怕我成了嫁不出去的老姑娘，我自己也结婚心切，只能一次又一次原谅他。

今年春节过后不久，我厌食困倦，去医院一查，竟然是怀孕了。这真是个意外，我又惊又喜，心情复杂。想来想去，我还是没敢把怀孕的事告诉方大白，生怕他以为我以此要挟他。万一他误会了我，钻了牛角尖，话就难说通了。我想不如让他和我结了婚，再把怀孕的事情告诉他，也算是意外之喜吧。我认认真真跟他谈结婚的事，几次三番，他都是闪烁其词，不肯表态。那一段日子我忍受着内心的焦虑和煎熬，为了腹中的胎儿，我放下高傲，低声下气，委曲求全，甚至忍辱负重。然而，即使这样，我也没有能打动他的心。最终我还是小心翼翼地向他透露我“可能”怀孕了，他第一反应竟然是惊恐和不耐烦，他皱着眉头，极其烦躁地说：“怎么可能呢，你不会是吓我吧？我可没打算这时候弄个孩子把自己手脚捆绑起来，真有了也只能不要。”他甚至板起面孔用教训的口气对我说："这种事情，你要搞搞清楚再跟我说。你不晓得男人不经吓，这种玩笑是开不得的！"他的话深深地刺痛了我的心，随后他对我使出的手段也一次次刷新了我对他认知的底线。我做梦也没想到他竟然会拿郑小松做自己的挡箭牌，而且那样急迫，连掩饰都不掩饰一下，就像是着急撮合一桩买卖一样。他让我无比失望和恶心，他对我的负心伤透了我的心。

我跟他再没有什么好说的。我曾经还把肚子里的这个孩子看作是自己的希望——现在这个希望破灭了。我去医院做了人工流产，尽管我很不忍心，可是既然我没能给自己争取到合法的婚姻，我无论如何也不能把一个无辜的孩子带到这个世界上来让人鄙视和冷眼，我自己就受够了别人的白眼和耻笑。打掉了胎儿，我心里的那扇门对方大白永久地关上了。我决定顺水推舟将计就计，笑纳他送给我的最后的礼物。

郑小松倒是一点儿也不像方大白，他不霸道，不油滑，相反，他通情达理，和颜悦色，遇到事情沉着冷静，自制力很强，和方大白脾气火暴形成鲜明对照。说实话，刚认识他的时候我对他印象一般，也许是他对方大白太顺从了，我甚至觉得他软弱和缺乏主见。然而，我很快改变了对他的看法，我发现他是一个心里极有数的人，只要一个眼神，他就能心领神会，跟他聊天也很愉快，他懂得很多，而且很谦虚，从来不说大话，也不爱突出自己。他比方大白细致周全，也比方大白更能体谅别人的心情。有几次方大白喝多了，在酒桌上借酒撒疯，骂了这个骂那个，我看只有他在帮他打圆场。他约我吃过一次饭之后经常给我打电话，而且他的电话并不是例行公事，也不敷衍了事，经常一打就是一两个小时，我反正闲着，有个人说话解闷当然高兴。从前和黄阳在一起的时候，基本上是他说我听，我很少插嘴，他位高权重不说，年纪、阅历、见识也都摆在那里，我年轻、幼稚，在他面前没有我说话的份儿，我也断断不敢造次。我清楚他和我在一起就是图个轻松愉快，所以我时时看他的脸色行事，话也是拣他爱听的说，跟他真正交谈的时候不多，说穿了就是一心一意把他侍候好。我和方大白见面就是上床，上床之外就是吃喝，除了这些他会跟我聊点生意上的事情，让我帮他出出主意，找找关系，我们之间说得最多的都是简单实用的话。而和郑小松不一样，我们两个谈天说地，总有说不完的话。他懂得多，头脑灵活是一方面，更主要的是他让我觉得愿意跟他说，比如女人那些曲曲折折的小心思，还有我过去经历的一些从来没对别人说过的事，跟他都能说。我心里把他当个知己，当然，我从来没有忘记他是个男人。那天，我借着发烧，打电话给他，他马上就来了。我忽然很感动，真心真意和他上了床。

我说不上爱不爱他，我早就不相信爱情，我认为那就是男人女人为了上床找的一个漂亮借口。我以前迷恋黄阳，为自己能做他的恋人不知道有多么骄傲，可是，我和他之间连最基本的平等都没有。他有老婆，有孩子，他从来没对我有过任何的承诺，没对我说过一句会离婚娶我这样的话，而且，他还有别的女人，我要凭借自己的聪明乖巧和宽容大度挤掉她们，保住自己的地位。当然黄阳对我也相当不错，他宠爱我，对我有求必应，他替我创造各种条件，让我顺风顺水做成了不少生意，轻而易举赚到了不少钱。反过来想想，如果他不罩着我，不帮我办事，不给我带来利益，我会心甘情愿对他俯首帖耳百依百顺吗？我和方大白相好，同样也是各有所图。而且，他也有老婆，他也从来没对我说过一句会离婚娶我的话。我跟他床上如鱼似水，下了床其实就不作数了，当我认清这一点，心里的幻影彻底破灭。也是在这个时候，我真正清醒地认识了自己的处境，如果我再不抓住机会，很可能就要孤老终身。我从来没有像现在这么害怕孤独，我的眼前不时会出现自己晚年孤老无依的凄惨景象。所以我抓住郑小松，就像抓住一根救命稻草一样。在某次销魂之后，我要他发誓不离开我，而他却相当迟疑，他的沉默严重伤害了我的自尊，尽管我早已经没有多少自尊可言。他紧闭着嘴唇不吐露一个字，就像没听见我的问话。他什么也不说其实等于是什么都说了。我伤心无比，但我一笑而过，就好像这不过是女人的撒娇和玩笑。

秋雨连绵的日子夜里是那么冷，我一个人孤零零地躺在床上，望着窗外残缺的月亮从云缝里钻出来，又掩没在乌云里，听着近处风吹过树叶的声音和远处一群狗疯狂的嗥叫，我只希望有一个人能在这样凄凉寂寞的夜里陪伴我。因为以前的各种伤害和创痛，我脆弱而敏感，一方面我渴望得到安慰和温暖，一方面我又害怕再一次受伤。我想念郑小松，想念他温暖有力的男人的怀抱，可我连个电话都不敢给他打。我越是想抓牢他，越是不敢把他抓得太紧。

12 安卓越

我又一次坐上大巴，去找郑小松。这次跟上次不一样，我是左思右想才决定去的。一到这种没有办法的时候，我总是会想到他，我也相信只有他不会把我拒之门外，只要能帮，他肯定会帮我。

天气阴沉沉的，出门的时候眼看着就像是要下雪，我犹豫了一下，还是在网上下单买了车票。等我赶到长途汽车站，天空飘起了雪花。大巴车上路不久，雪就下大起来，路上很快结了冰，大巴车放慢了速度，而且越开越慢，本来三个多小时的路程，开了整整七个小时才到，我下车的时候天早已经黑透。

我心里又犹豫起来，就像出门前一样。我很犯怵，因为这次跟上次不同，上次只是因为想他一冲动就跑来了，这次我是真有事情找他，我要向他借钱。我知道他一向也很困难，真不知道怎么向他开口。

我是迫不得已，我妈病了，我不能不管。这么多年，我妈在家里是不能提的一个人，我一岁多的时候她跟人跑了，我小时候家里人都说她死了，我真的就相信了。长到十来岁我才听我的一个喜欢搬弄是非的婶婶说出了实情。我这才算把以前一直不解的家里人偶尔提到我妈时那种说不出来的厌恶和轻蔑弄明白了。这件事是我家的奇耻大辱，也是我家里人心头不能揭的伤疤。我甚至不知道我妈的长相，家里看不见她的照片，凡是有她的合影，她那边都被硬生生剪掉了，还有几张合影中她被挖掉了面孔，留着半截穿着衬衣或者是翻领春秋衫的身子。我只是在一次翻抽屉时偶尔见到过一张她抱着还是婴儿的我的照片，当时我没有悄悄收起来，后来就再也找不见了。直到两个月前，我才重新见到我妈，她躺在邻县的一个小卫生院里，病得奄奄一息。我的一个表姨妈火急火燎跑到公司里来找我，把我领到她的病床前。说实话我没有做好面对她的心理准备，她对于我完全就像是一个陌生人，坐在她病床前我不知道该跟她说什么，我也说不上对她有多少感情。她操着沙哑的嗓音用一种我不熟悉的口音跟我说话，她问我吃没吃饭、要不要喝口水，我就像第一次听到《世上只有妈妈好》那首歌一样，心里忍不住一阵阵发酸，泪水一次次涌进眼眶。

我不知道在我妈的病房里待了多久，也许一个小时，也许半个小时，也许就是十几分钟。我胸口发闷，头昏脑涨，就像缺氧一样。实在受不住了，我猛地起身走出病房，连辞别的话都没跟她说一声。走出医院大门，我伴随着伤心难过竟然感到如释重负，就像完成了考试一样。我一个人往车站走的时候心情复杂，快到车站的时候我突然明白其实自己心里充满了委屈和愤恨。凭什么她为了自己一时痛快丢下我们就跟别人走了？凭什么她想走就走想来就来？凭什么她老了病了孤独无依了又想起我了？我越想越生气，暗下决心再不去看她。

我心里涌起逃脱的轻松，觉得自己这么做真是明智。我实在不愿意坐在她对面看着她被病痛折磨，我更不想坐在她对面看着她死去。对于我她早就死了，她抛下幼小的我的时候就已经死了，我不想眼睁睁看着她再死一次。一路上我缩着脖子咬紧牙关，瑟瑟发抖。其实这一天阳光灿烂，是个风和日丽的日子，可是对我来说比寒冬还冷。

坐在回家的短途公共汽车里，一路上我想的都是童年经历过的不愉快的事情。我想到我爸再婚后我在家里备受冷落，继母带来了一个弟弟，不久又生了一个妹妹，继母的心思全在自己两个孩子身上，我爸也只管弟弟妹妹，我在家里基本上是被忽略的，饿了渴了冷了热了都没人管我，但只要犯一点儿错误肯定有人打我骂我。有几年我爸和后妈把我打发到乡下奶奶家里，和几个堂兄妹一起跟着奶奶生活。他们从来不给奶奶钱，为了抚养我，奶奶岁数很大了还要去村里的小工厂洗塑料，洗一斤又脏又臭的塑料才能挣两毛钱。奶奶因为我妈的事情对我也没有好脸色，她老人家为了我吃了好多辛苦，也常常因为一点儿小事骂我。我生活在委屈和自责当中，经常不知所措。奶奶烦了就会把我打发回去，过不了多久我又会被我爸和继母打发过来。我就像一个皮球被大人们踢来踢去。我虽然有两个家，但这两个家对我来说都没有温暖，我在两个家里同样过着寄人篱下的生活。我就是在这种备受嫌弃的背景下长大，从小就很孤僻，我不爱说话，也不会说话，总觉得自己不合时宜。在家里我是最不讨人喜欢的孩子，是作为累赘存在的。在外面我也没有朋友，谁会跟一个背时的人做朋友？直到上了师范学校遇到郑小松，我才有了第一个真正的朋友。在我眼里郑小松既俊秀又聪明，而且他才不外露，一点儿也不张扬，对人特别实在，你对他好，他对你更好。交到这样的朋友，我真是无比幸运。在学校里我把他当成安慰和靠山，他是我头顶上的阳光，他给我的温暖比我所有亲人给我的还多。我对他产生过深深的爱慕和眷恋，而他从来不会拒绝我的感情。那时我们都很年轻，也都非常单纯，我们一起上课，一起逃课，一起泡图书馆，一起钻录像厅，从早到晚形影不离，我们彼此真心实意，好得就像一个人一样，那是我最快乐最美好的时光。如今尽管已经时过境迁，我们住在不同的城市，难得见上一面，但对于我们过去的那一段感情，我什么时候想起心里都充满了幸福和甜蜜。可是当我想到在这个世界上只有一个朋友无私地给我爱和温暖，而这一切我从自己的家人那里都很难得到，我心里真是百感交集，说不出是什么滋味。

一连几天我尽量不去想躺在病床上的我妈，我努力忘掉她苍黄的面色和无助的眼神。然而，只要不经意之间一想到她，我的心就像被刀割一样疼。就在我度日如年一般熬过了一个星期之后，我又一次坐上了发动机轰鸣四处漏风的短途公共汽车去了那个肮脏的小卫生院，我又默默地坐在了我妈的对面。

她急需要动手术，这个小卫生院没有条件，必须转到大一点儿的医院去。当天我给她办了转院手续，带着她去了市里的医院。她身上的钱连住院的押金都付不起，她嗫嚅地说不看了，要回家去。她那个样子实在可怜，我难过极了，去自助提款机把卡里的钱都取出来给了她，那是我全部的积蓄。第二天我又东拼西凑借了五千块钱给她送了过去。我去医生那里问了她的病情，我知道这些钱远远不够。我硬着头皮去找我爸，他不但不管，还劈头盖脸把我骂了一顿。他火气很大，话说得很难听。他说当初她只图自己快活怎么就没想到还有被人踢出来的这一天？她病得要死，就让她去死好了，这叫现世报，是她自找的。别说我们没钱给她治病，就是有钱也不给她。他叫我要找去找她的野男人，让他出来收拾这个烂摊子。他越骂越来气，面孔涨成了猪肝色，我后悔自己不该跟他说。其实我也理解他，可是到了这个地步，救命要紧，骂人能顶什么用？他要是真见到我妈那个样子，也许就不会嫌我多事了。但可能恰恰相反，他曾经爱过她，也许更加恨她。

在我爸这里碰了一个大钉子，我只得再去别处借钱。接下来的几天里我找遍了跟我家沾亲带故的人，结果是碰了一个又一个大大小小的钉子，到了也没借到一分钱。我就不说我听了多少奚落和嘲讽的话。实在没有办法了，我自然而然想到了郑小松，我知道只有他是不会拒绝我的。

晚饭时分我到了郑小松家楼下，地上已经积起了雪。想起上一次的尴尬，这次我没有熟门熟路自己拿钥匙开门进去，我先给他打了一个电话，他很惊喜，问我怎么忽然跑来了。我没跟他说实话，电话里说不清楚，我只是轻描淡写说想他了过来看看他。他让我自己先进屋歇着，他忙完手上的事情马上回来。

我等了将近两个钟头他才到家。快一年没见，他苍老了许多，面色锈黄，胡子拉碴，本来他就瘦，这下快成细麻秆了。还不到三十的人，看上去就像三十好几。

“你怎么弄成这副样子？”我脱口而出。

他露齿一笑说：“混得惨呗。”

他疲惫地瘫坐在沙发里，随口跟我说起他们游戏厅碰到的事情。他说市里要建一条文明模范样板街，他们那家游戏厅正好被划在里面，本来以为是好事情，说不定能名利双收，结果是各种整治，各种改造，忙得他焦头烂额。事情刚要告一段落，没想到两个礼拜前同一条街上的一家老字号餐厅突然失火，这下子各种调查和自查又得重来一次。这些日子又是拆又是建，又是检修又是检查，忙得不亦乐乎。还没弄完又传来消息，说现在这条街上游戏厅、歌厅、酒吧、美容院太多，要清理一部分，腾出地方让一些文化档次高的店铺进来。这个消息让开游戏厅、歌厅、酒吧、美容院的人又不踏实了，谁也不知道会不会清理到自己头上，大家都争先恐后忙着走门路找关系，鸡飞狗跳，也不知道最后这把刀会砍到谁的头上。他叹着气说：“不招谁不惹谁的，端在手里好好的饭碗不知道什么时候就让人夺过去摔碎了，说不定连锅都给你端了，叫你喝西北风去。唉，每天都过得提心吊胆的。”他这么一说，我跟他也开不了口借钱了。我这人就是背运，来得不是时候。

不过说心里话，看见郑小松我的心情顿时就亮堂了起来，一路上缠绕着我的那股紧张和焦虑的情绪一下子烟消云散，虽然听他跟我诉苦，但我的心情仍然透亮而愉快，就像云开日出一般。听着他熟悉的声音，熟悉的用词，还有那种熟悉的说话节奏，我心里仿佛涌进一股清澈的水流，这股水流冲刷着我身体的每一部分，所到之处都激活了我的细胞，我就像冬眠的动物一样复苏过来，充满了新生的活力。说真的，我忘了此行的目的，被一股热腾腾的欲望烧灼。

我紧挨着他坐着，不时把头靠在他的肩膀上。我小心翼翼地和他亲近，细致入微地留意着他的反应，他没有一丝一毫的不悦，也没有挪动身体，我伸出胳膊搂紧了他，我们静静地坐了好一会儿，时间仿佛凝固了，世界安宁美好。

我把脸贴着他的脸，我正要把嘴唇贴向他，他忽地站起身，动作迅速地从窗台上拿过来一包香烟，抽出一根给我，替我点着，他自己也点了一根。他皱起眉头，眯着眼睛深深地吸了一口，吐出一片烟雾，欢快地说："我早已经戒了，今天高兴，破个戒。"

抽完烟他带我到楼下去吃饭。天太晚了，楼下小街上的馆子都打烊了，只有街角的一家馄饨店还开着门。我们一人要了一碗辣油馄饨和盖浇面。我不由想起当年我们在学校里下了晚自习一起去吃消夜的情景。我情不自禁地说："我真想回到我们上学那会儿。"

他听了一笑，说："那时候并不觉得日子有多好，回过头看看，还是在学校里过得最开心。"

他露出迷人的笑容，问我想不想喝点酒。没等我答话，他要了四瓶啤酒。

我酒量很小，一喝就脸红，而且很容易醉，他是知道的。不过既然他想喝，我就陪着他喝。

他喝得很快，我一杯还没喝完，他已经三杯下肚了。他若有所思地说："你看，从看到你，你一直是高高兴兴的，可是不知怎么我总觉得你有心事，你是不是遇到什么烦心事了？"

我愣了片刻，暗自感叹，真是心有灵犀啊。

他这一问我不能不说了。我把我妈又出现了和她病了的事情告诉了他，我没提一句借钱的事，我实在是不忍心向他开口。

他默默地听我说完，仔细地问了我妈的情况，我说着说着泪水就涌了出来，我没能控制住自己，当着他面眼泪直流。见到我妈我都没有这样，在他面前我一下子崩溃了。

喝完了桌上的四瓶啤酒他又要了两瓶，我说："我不能喝了，我已经难受了。"说着，我跑出门去吐了一次，吐完觉得舒服了一些。

我重新坐下来，面前的啤酒已经换成了矿泉水。他体贴地说："你别再喝酒了，喝点水吧。"

我把刚才的小半瓶啤酒拿在手里，执意说："咱俩难得喝一次，我要陪你一醉方休。"

我们边聊边喝，一直喝到一点多钟，在小馆子打烊前把六瓶啤酒都干掉了。我第一次喝得这么多，走出去的时候脑袋不像是自己的，迈腿就像踩在棉花上一样。郑小松扶着我往他家走，我搂紧了他，就像从前上学时我偶尔喝多了一样。不记得我们都说了些什么，只记得我们一路上哈哈大笑，我们笑得那样开心，那样无忧无虑，完全忘记了烦恼。

到了他家他让我睡他的床，我凝视着他，心里涌动着潮水。我想从他的瞳仁里看到那一丝肯定的光亮，可是，他却转移开了视线，没有和我对视。

我只好问他："那你呢？"

"我要出去一下。"他说，"现在就走。"

"这么晚了你还去哪儿？"我急急地问他。

他没回答我，过了片刻他用安抚的语气说："你踏实睡，明天一早我就回来。"

"这个钟点出去不会是干好事吧？"我酸溜溜地冒出一句。

"睡你的觉。"他低声嘟囔一句。

"谁这么晚还等你？"我带着强烈的不满追问他。

他眯起眼睛笑了笑，温柔地说："你打听得太多了。"

"你不说我就不睡。"我说。

"上次那个，你见过的。"他说。

他围上围巾，走到门口又回过身关照我说："电水壶里有开水，夜里渴的话你自己喝。"

他一走我倒下就睡着了。半夜胃里翻腾，我起来吐过一回，吐完之后躺到床上再睡不着，眼睁睁望着窗户发白。想着他在另一张床上，躺在另一个人的怀里，我心里不仅感到失落，而且感到悲凉。我想起在学校里的一段段往事，毕业前我们那么恋恋不舍，离别的前夜我和他在学校外面的小树林里转了一圈又一圈，记得他对我说，我们愿意不愿意都得长大，以后我们就要像大人那样生活了——当时我们多么感伤和无奈。看来他确实已经长大了。天亮之后我的困劲反而上来了，我迷糊了过去，直到他回家我才醒来。

他带着寒气走进屋里，面颊冻得红扑扑的，看上去气色倒是比昨天要好得多。他问我睡得好不好，夜里有没有不舒服，肚子饿不饿，想吃点什么，我不说话，故意把被子拉起来蒙住头。他过来想拽开被子，我死死拉住不让他拽。我们较了好一会儿劲，都忍不住笑了起来。

他一屁股坐在床上，顺手把报纸裹着的一包东西往我怀里一塞说："凑了三万块钱，你拿回去先应个急吧。"

"你干吗呀？"我说，"我不要。"

他瞪着眼珠说："你跟我有啥好客气的？我总不能让你空手回去。"

我也瞪着他说："我没说要跟你借钱啊。"

他望着我一笑，说："我知道你不到万不得已是不会向我开口的。"他又说，"你现在经历的我都经历过，给妈妈好好治病，她想吃什么记得一定给她买，不要留啥遗憾。”

我眼泪差点掉下来。

他请我吃了中饭，吃完送我去车站。临别的时候他用振奋的口气说：“等你下次来的时候，也许我能让你看到我混得像点样子。”

说完他顽皮地一笑，可我却在他的笑容里看到了忧愁和苦涩。

13 樊文花

我每天都在梦想自己有男朋友，想着想着就真有了，而且还不是一个，一下子就来了两个。怎么说呢？我这两个男朋友一个是单身，一个已经结婚成家，哪个合适哪个不合适应该一目了然吧，可真不是这样，我喜欢的偏偏不是这一个而是另一个，我碰到好大一个难题。我心里就像塞了一团乱麻一样。

先说我的第一个男朋友小彭，他是来我们店修手机的顾客，大约二十五六岁，个子不高，长相很普通，圆头圆脑的，笑起来倒是蛮可爱的。他的手机摔坏了，想买个新手机。他挑来挑去，拿不定主意。我给他推荐了几款我们店卖得比较好的机型，他都不中意，要么嫌贵，要么嫌档次低。我建议他不如把摔坏的手机换个屏幕，等几天店里做活动降价了再说。他听了很高兴，走之前问我要手机号，说以后买新手机再来找我。我给了他我的手机号码，转头就把这件事忘掉了。

过了两三个星期，他给我发短信，约我下班后去吃小龙虾。

接到他的短信我正好快要下班，我马上打电话请示姐姐，问她怎么办。姐姐说你想去就去呗，晚上别回家太晚就行了。刚放下电话，我又收到他发来的短信，说他就在我们店外面的街口等我，接我一起过去。我心头一热，长这么大还从来没有一个小伙子正经八百约过我呢！我后悔早上出门也没打扮一下，粉饼眼影口红什么的我姐姐都现成的，早知道有人约，我应该把自己弄得美一点儿。我跑进洗手间，匆匆洗了一把脸就出去了。果然，在隔着五六家门面的小花坛边他等着我呢。看见我他笑容满面，高兴得不得了的样子，让我心里一下子暖融融的。

他带我去了美食一条街，那里真热闹，有一大串吃小龙虾的摊档，他快步往前走，经过那些热气腾腾油渍麻花的摊位没有停下来，把我领进了一家很大很洁净漂亮的餐馆。哇，这也太高级了吧？我兴奋起来，也有点不安。以前我只在小摊子上吃过小龙虾，都是跟姐姐和田玲一起，每次我们三个人只吃一小盘，吃完我们会把账算得清清楚楚，各人出各人的。我下过几次馆子，都是跟着姐姐和小王蹭饭，还从来没有进过这么高级的餐馆呢。门口有很高很帅的服务员来领座，我一边往里走一边心里发虚，害怕挨宰，不知道这顿饭要花掉多少钱，也不知道小彭会不会让我出自己的一份，一直悬着一颗心。坐下之后他拿起菜单一口气点了好几个菜，我想叫他少点些，因为跟他不熟，不好意思开口，也怕他觉得我小气。菜端上来好几大盘，特别是小龙虾，那么一大锅，够好几个人吃的。他让我放开吃，我怕吃不完浪费，就使劲吃。

最后都吃撑了，还是没有吃得完。

我只顾埋头吃，没有说话，也不知道要跟他说什么。他倒是一直在说话，边说边笑，我吃得太专心了，没太留意他都说了些什么，好像就是一些平常的话，还有一些一点儿也不好笑的笑话。吃完饭他问我着不着急回家，我说不着急，他就领我去逛小商品街。一到这条街上我就走不动路了，这是我最喜欢来的地方，我也不是为了买东西，逛逛就很高兴。我们一个摊子接一个摊子看过去，我停下来，他也跟着我停下来，我以为他也喜欢看那些花花绿绿的小东西，后来发现他不是东张西望，就是在看手机，根本不看那些小摊子。我不好意思再逛下去，加快了脚步，好多摊子看都没看就走过去了。

他察觉到了，笑眯眯地说："你慢慢看，挑挑有什么喜欢的东西。"

听他的口气好像是要给我买，我心里又是激动又是欢喜，还有点不好意思，眼睛都不知道往哪儿看了。

他带我进了一家礼品店，给我买了一包丝袜、一朵头花和一个手机链，我不肯要，是他硬买了塞给我的。他送我的这些东西我都很喜欢，更加让我高兴的是他对我这么好，让我心里隐隐约约感觉到了点什么。送我回家的路上他又请我吃冰淇淋，是三种口味的。吃完冰淇淋他不由分说又买了两大块穿在竹扦上的菠萝，塞在我手里叫我吃。我吃得太饱了，吃不下了，可是他都买来了，我只好又吃掉。

他望着我，笑嘻嘻地说："你真实在。"他又说，"我就喜欢实实在在的女孩。"

啊，这是在夸我吧？吃了他那么多东西，又收了他礼物，他还夸我，我太快乐了，心里美美的。

回到家姐姐还没睡，她说等着听我第一次约会的经历。我不理她，她追着问我那人长得帅不帅，是不是有钱人，我红着脸说他长得不高也不帅，是不是有钱人我不知道。她又问我他请我吃了什么，给我买了什么，我一边告诉她吃了什么，一边把他送给我的三样礼物拿给她看。她扫了两眼，脸上的神情立马变了。

她不像之前那样跟我嘻嘻哈哈，她一脸严肃地问我："这个人你了解吗？他多大岁数？老家是哪里的？做啥工作？一个月能挣多少？他结婚了吗？他是不是正经追你？"她一口气提了一堆问题，我摇头，她沉下脸来说，"你什么都不知道，就跟人家出去呀？"

我说："我之前不是问过你吗？"

她叹口气说："看他送你的东西，这个人不像有什么钱的，我担心你被他骗了。"

她这么说真叫我扫兴，我拿起他送我的东西，塞进了抽屉。

过了两天小彭又打电话约我，我想起姐姐说的那些话，推说自己没空拒绝了。拒绝了之后心里又有点后悔，好容易有一个人约我，这下子又没了。隔了差不多一个星期，他又打来电话要约我，我还是说没空。就这样一连拒绝了他四五次，我想他肯定明白我的意思死心了，可是一天下午，我正上着班，他走进了店里。

他就像是来店里看手机的，他一进门我就看见了，不过我假装没看见。他先看了我们新推出的机型，然后慢慢走到我的柜台前，对我微微一笑，我顿时心跳加速，一股热流涌遍全身，我低下头，不好意思看他。他说他想买个新手机，让我给他推荐一下。刚说了这一句话，我们不约而同笑了起来。店里的顾客不多，我们就隔着柜台聊起天来。聊了十来分钟，他没买手机就走了。第二天差不多时候他又来了，又是跟我聊了一气便走了，也没提买手机的事。之后隔三岔五他就到我们店里转转，看看手机，我知道他其实是来看我的，心里甜滋滋的。有一天我忍不住问他你怎么这么闲，他说他上班的汽修店离这里不远，他们老板被人打伤了，这一段没开门。他问我晚上想不想去看电影，我犹豫了一下，答应了。

他带我去市中心欢乐购物广场顶楼的电影院，他告诉我这是全市最豪华的电影院，他带我吃了烤肠，又给我买了爆米花和可口可乐。他跟我说以前在老家的时候他在县城的录像厅干过好几年，每天从早到晚放录像，看过的电影太多了。他报出一连串电影名字，说这些电影他统统看过，而且都看过好多遍，里面不少台词都会说。他说起电影非常兴奋，滔滔不绝，还给我讲电影里的故事，我觉得他见多识广，知道得真多，对他有点佩服。

他买的是最后一排的票，前面有不少空位子，我想坐到前边去，他拉住我，说电影院是对号入座的，说着对我调皮地一笑。我跟着他在最后面一排坐下来。电影一开映我就被吸引了，也忘了位子不好的事。我正看得入迷，忽然感觉手背有点痒痒的，随即手就被他抓住了。我想挣脱，又觉得不好意思，就没有动。他一下子把我的手紧紧握住了，我紧张得心怦怦怦狂跳起来，不知道该怎么办，我不敢把手抽走，怕那样尴尬。我就一动不动由他握着，很快手就被他攥出汗来。

我专心盯着银幕看，实际上演的什么我根本没看清。电影院里很暗，他趁黑伸手搂住了我的腰，脸凑上来要亲我。我赶紧别过身子躲开了。我觉得这样不好，我不知道他是什么意思，他喜欢我吗？他什么也没对我说过，这算怎么回事呢？我想到了姐姐，她要是知道我跟他不明不白就亲嘴，肯定要骂我的。我用力抽出被他握着的手，做出认真看电影的样子。他大概不好意思了吧，也转过脸去盯着银幕。过了没多一会儿，他的一只手又伸过来搂住我，比上一次搂得更紧。他又把脸贴上来，我还是僵着身子躲开了，没让他亲。他笑了笑，扳过我的脸，额头顶着我的额头，问我为什么？我没说话，他突然搂住我的脖子，嘴唇飞快贴上我的嘴唇，和我吻在了一起。

这是我第一次和男人接吻，我心慌意乱，只觉得两个人的嘴唇都是干干的。有了这第一次之后他大胆起来，一次又一次亲吻我，把舌头伸进我的嘴里，亲得我满脸口水。他还把手放在我的胸口，我推都推不开他。再后来他动作就猛了，也不管我愿意不愿意，把手伸进我的衣服里摸我的乳房。我拼命抵挡，他力气好大，我根本挡不住。

后来他不那么猛了，变得很小心，很温柔，我也不再反抗。他把我搂在怀里，在我耳边轻声问我喜欢不喜欢，我不吭声，他问我舒服不舒服，我还是不吭声。他拉过我的手，放在他两腿之间，我没来得及躲开，碰到了他硬邦邦的那个东西，我吓坏了，差点叫出声来。他按住我的手，按得死死的。他喘起粗气，就像刚刚跑完四百米一样。我羞死了，长这么大没这样难为情过。好在我们座位两边和前面几排都没有人，银幕上又是飞机又是大炮的，轰隆隆响成一片，炸得遍地开花，也没有人注意到我们。我终于明白过来他为什么要买最后一排座位了。

电影结束我都不知道演的什么。我们是搂着走出电影院的。外面灯光很亮，刚开始我还有点紧张，也很不好意思，生怕遇到认识的人，他胆子比我大，一点儿不在乎的样子。

他请我去吃了夜宵，吃完夜宵他问我夜里能不能不回家，我说不行。如果我不回家，姐姐肯定要骂死我的，说不定大半夜还会跑出来找我，小姑妈肯定也要骂死我的，她会骂出特别难听的话，说不定还会告诉我爸爸妈妈，我想想就害怕。他闷闷不乐的，好像很失望。不过他也没强求。他拉着我的手，把我带进一条灯光很暗的巷子里，又是亲又是摸，和我亲热了好一会儿，才把我送回家。

姐姐没睡还在等着我。我一进房间她又是问来问去，我只说跟朋友一起去看电影了，她又追问了半天，问是男的女的，几个人去的，慌乱中我顺嘴说有男有女，好几个人一块去的，她让我以后少跟不相干的男的去看电影，我嘴上答应着，心里想着小彭跟我可已经不是“不相干”的了，不过我一句没敢跟她说。

倒是我们店长刘哥看出了我跟小彭关系不一般。那天中午吃过饭，他笑嘻嘻凑近过来，问我：“谈朋友啦？”我红着脸没说话。他又说：“是该谈恋爱了，你快二十了吧？也不小啦。”然后他又语重心长地关照我说，“谈恋爱可以，别影响工作就行。”

店长说这些话的口气就像一个长辈，其实他也就三十几岁吧。从这天起他跟我话多起来，经常过来跟我闲聊几句，也会跟我开开玩笑，不知不觉他和我的关系近了不少。而且他有事情也会叫我做，比如帮他去买东西，替他去送个什么或者取个什么，还有替他去幼儿园接孩子什么的。这些事情以前他只找店里另外两个女孩悦悦和小蓝去做，他对她们也格外关照，有什么好事都是先尽着她们。不过她们对他好像就是表面上不错，有一天我在卫生间门外洗拖把，无意间听见她们两个在里面议论店长，一个说他“不地道”“明面上一套，暗地里一套”，一个说他是“笑面虎”“心里很黑的”，她们两个还悄声悄气说他是个“大色狼”，我觉得她们是在瞎说，我可是一点没看出来店长是色狼，我觉得他规规矩矩挺好的呀。不过我也不会把无意中听见的她们说的话告诉店长，我觉得那样做不好，不能那样做，再说我和店长也没有那个交情。悦悦和小蓝看店长开始找我做事，她们脸上的神情怪怪的，对我爱搭不理的，我想她们肯定是嫉妒吧。

那个晚上之后小彭有好些日子没来找我，他也没给我打电话和发短信。说心里话我很想他，这么多天没见到他也没有他的音讯还有点担心他。好几次我都忍不住想打电话给他，可是却鼓不起勇气，怕电话通了之后不知道说什么，也觉得自己主动送上门去不好。我每天都心神不宁，盼着他出现，结果一天天希望落空。

等了两个多星期，小彭才终于出现。那天我下班刚走出店门，就看见他从街口的花坛那边飞快地朝我走过来，好像他专门在那里等我似的。我又惊又喜，但我故作镇定。他跑过来拉住我的手，笑得那个高兴。我问他这些天哪里去了？他说哪里也没去，就在店里，师傅出院回来，看着他们加班，每天忙得从早到晚没得歇。我心想再忙打个电话发个短信的工夫总归是有的吧，不过我没有说出来，我不想一见面就责怪他，再说见到他我心里其实也是高兴得不得了。

他请我去吃水煮鱼，吃过水煮鱼他又请我去喝奶茶，喝完奶茶他也没问我一句，就带我上了一辆出租车，我没听清楚他和司机说了句什么，以为他送我回家，可是出租车一掉头往城外开去。我问他去哪里，他用一个热吻堵住了我的嘴。我们就在出租车后座上亲吻起来，他把我亲得透不过气来。出租车开出好远他才说带我去他住的地方玩玩。

出租车开了好一会儿还没停下来，车窗外的路灯光也越来越暗，我想起姐姐老说外面骗子很多，女大学生都让人拐到山沟里卖掉，心里略微有一点害怕。我问他还远吗，他说不远了，马上就到。我觉得他这么喜欢我，对我这么好，肯定不会骗我的。

出租车在一个很大的院子里停下来，四周很黑，看不见一个人影。他告诉我这是他们汽修店原来的地方，现在已经做了库房，他开了大铁门带我走进去。里面很大，我也不知道有几层，他带我三拐两绕走进了地下室，有一排隔出来的房间，他推开一扇门，打开灯，让我进去。这间屋子里堆着轮胎和工具，角落里放着一张双层床，床上铺着席子，没有被子和枕头。他走过去坐在床沿上，招呼我也过去坐。我磨磨蹭蹭朝他走过去，当心着脚下别绊上堆在地上的那些东西。他很着急地伸手一把拉住我，把我抱在怀里，迫不及待地解我的衣服。我吓坏了，死命推开他的手，不让他解。他跟我较了一会儿劲，松开了手。他看着我，笑起来。隔了一会儿他又来脱我衣服，我还是不让。他抱紧我，又开始吻我。我们就这样亲吻一阵，拉扯一阵，我一直没让他把衣服脱掉。他也不生气，很有耐心，他性格真的很好。

过了好久，我想时间不早了，怕回家太晚被姐姐说，我跟他说我要回去了。他拥抱着我，说不舍得放我走。他把手伸进我的衣服里，在我耳边声音低低地一遍遍说："我求你了，求求你了……"我被他说得心软了，抱紧了他。他不管三七二十一，就把我的衣服脱光了。

他让我躺到床上，他激动地趴在我身上，喘着热乎乎的粗气亲吻我。他也脱光了衣服，我们两个就光着身子搂抱在一起。我还是第一次跟男人这样，真的难为情死了，脑子晕乎乎，身体轻飘飘，好像不是我自己了。我心里模模糊糊知道接下来可能要发生什么，不过我不敢去想。

他从上到下亲吻我，很疯狂的样子，就像要吃了我。突然，他“哎哟”一声，直起身子，声音都变了，说：“你怎么回事啊？”我吓了一跳，立刻坐起来，看见席子上有一抹暗红色的血迹，我尴尬万分，真没想到会在这个时候来月经。他脸色顿时阴沉下来，眉头皱得紧紧的，灰心丧气地说：“我怎么这么倒霉，偏偏赶了这么个当口！”

他坐在床沿上，重重地叹了几口气，郁闷地告诉我他们老家的迷信，不能睡来月经的女人，睡了会招晦气的。他把一只手放在我肚子上，揉了一下，脸上又有了温柔的笑容。他关切地问我：“肚子不疼吧？”我摇头。他搂住我说：“那等你好了我们在一起吧。”

他迅速穿起了衣服，也让我把衣服穿好。他骑着他师兄的摩托车把我送了回去。

到家已经很晚了，我从来没有这么晚回家，姐姐劈头盖脸骂了我一顿，问我大半夜的跑哪里去了，跟什么人瞎混，是不是和男的约会去了？我一声不吭，她急了，说我肯定在外头有事情瞒着她，一定要我交代清楚。她教训我说女孩子做了出格的事情名声就坏了，名声坏了就没身价了，要想好好嫁个人都不容易，只能将就，自己拎不清吃了亏哭都没处哭去。她关着房门压低了声音把我训了好一阵。我发现姐姐真是料事如神哎，假如不是月经来了，这会儿我真的就是后悔也来不及了。

一连好几天姐姐对我盯得特别紧，下班稍微迟些到家她的电话就追过来了。小彭也是每天给我打电话，他对我追得也很紧。那天晚上之后我们的关系近了好多，他跟我说话都是直截了当的。他在电话里问我大姨妈走了没有，问我哪天可以去他那里。其实月经已经结束了，我还是对他说没有好。我不敢跟他说实话，心里一直特别犹豫，既想跟他见面，又怕跟他见面。我知道他想那个，我不知道该怎么办。真要是那样了，被姐姐知道了那我就麻烦了。所以我只好躲着他，他打电话我不接，发短信我也不回，反正拖一天是一天。

紧接着发生了一件我想不到的事。那天我正上着班，店长满脸笑容走过来说要麻烦我一件事，他说早晨出门匆忙忘记拿手机了，让我去他家里替他拿一趟。我以前去他家送过东西，认识他家。他说他老婆在家，让我直接敲门。我去了他家，敲了好一阵门却没人答应。这时我的手机响了，电话显示的名字是店长。我正发蒙他手机不是忘家里了吗，怎么又能给我打电话？电话里传来他的笑声，他说："你腿脚真快，我撵都撵不上！"我听得一头雾水。他话音未落，人已经出现在我的面前。

他示意我别出声，掏出钥匙非常利索地打开门，一声不响把我推了进去。他关上门，一把抱住我，用一种开心得不得了的口气说："我终于等到这一天了，我老婆出差去了，小孩送走了，难得山中无老虎，我要称霸王啦！"

他把我抱得双脚离地，一连转了好几圈，我挣扎了一阵他才把我放下来。

我被他转晕了，我问他："你为什么要骗我呀？"

他哈哈笑着说："不骗你怕你不肯来。"

我忽然想起悦悦和小蓝说的店长是色狼的话，不过我还是不大相信他会对我怎么样，平常他一点没对我流露过那方面的意思，我想他就是跟我逗着玩吧。我心里清楚自己不能得罪他，所以也不敢马上提出要走。

店长热情地招呼我坐，把我当成客人一样。我没有坐，像根木桩似的杵在他家门厅里。我心里暗暗盼望这时候有人来就好了，我就可以脱身了，可是，外面静悄悄的，听不到一点响动。店长喜滋滋的，一边沏茶，一边望着我笑。他打开电视，不断换台，问我想看什么。我不想看电视，只想快点走，但我不敢说。

他拉我在沙发上坐下来，叫我喝茶，他自己很入神地看起电视来，好像把我忘了一样。好容易等到放广告的时候，我鼓起勇气站起身说："店长，我走了，离开店里时间太长要罚钱的。"

他笑着拉住我的手说："你忘了这个店听谁的啦？有我在呢，哪个敢罚你钱？"他把我的手轻轻捏了捏，柔声说，"以后就我们两个人的时候别叫我店长，叫我刘哥好了。"

他搂着我的肩膀让我在沙发上重新坐下来，他亲切地问我饿不饿。已经到吃中饭的钟点了，我们坐得很近，我肚子里咕噜咕噜的声音他肯定听见了，我很尴尬，不好说不饿，也不好说饿。他让我踏踏实实坐着看电视，自己起身进了厨房。过了一会儿他端出两大碗热气腾腾的面条，里面放了鸡蛋、海米还有木耳、青菜，上面还洒了香油和辣椒酱，闻着香气扑鼻，看着让人直流口水。

我嘴上还跟他客气，他不由分说把我拉到餐桌边坐下，我只好顺从地吃了。吃饱之后我觉得该走了，可是刚刚吃了人家的东西，我不好意思拔脚就走。我看他收拾碗筷，赶紧抢着帮忙，他用身子挡开我，不让我动手。他自己把空碗送进了厨房，走出来舒服地倒在沙发里，眯着眼睛招呼我说："快过来，坐这儿。"

我鬼使神差走过去坐在他边上，他往里挪了挪，让我也躺下去。我坐着没动，他用懒洋洋的声调说："为什么不呀？躺下多舒服。"

我想拒绝，却没有拒绝，也在沙发上躺下了。

和他并排躺着，我才想起不能这样，这算什么呢？我想到小彭，他知道了肯定要生气吧？店长侧过身，脊背紧紧贴在沙发背上，尽量给我多腾些地方。他闭着眼睛问我："舒服吗？"我没说话。我僵硬地躺着，不敢动，尽量不靠到他。沙发很窄，他再腾出地方让我，其实我也会碰到他。他很自然地伸出胳膊抱着我，就像抱着一个孩子。我很不好意思，但我心里竟然非常感动，长这么大，还没有人这样亲亲密密地抱过我。我想挣脱，又不舍得挣脱。

阳光透过窗纱照进来，屋里暖融融的，他在我耳边低声说着话，我听不清楚他在说什么，好像他说的也不是句子，就是一些叽叽咕咕的声音。说了一会儿他停下来，屋里静得只听见墙上的挂钟嘀嗒嘀嗒响着。他好像真的睡着了，呼吸很匀称，我的困劲也跟着上来了，有一阵子我迷糊了过去，不过我心里却清醒得很，我想一定要快点离开他家。

后来的事情发生得非常突然。店长转过脸，特别自然地亲了我。我吃了一惊，想不到会发生这样的事。他长得那么帅，比小彭英俊得多，而且他结婚成家了，我不相信他会喜欢我。我闭着眼睛一声不吭，后来他再想亲我，我就扭过身子去，用胳膊挡着他，不让他亲。

他倒也不强求，不停地跟我说着话，好像忘了刚才我拒绝他的事情，也没有一点不高兴。突然，他很干脆利索地解开了我的衣扣，手从我的胸前滑进去，一下子抓住了我的乳房。我没有反抗，心里非常矛盾，不知道该不该反抗。他揉捏着我，我人就像泡酥的饼子，软得不成样子，手脚也僵住了一样，根本没有力气反抗。

他又很干脆利索地来脱我的衣服。我心里有个声音说不能这样，我又想到了小彭，如果他算我男朋友的话，那我是有男朋友的人，我不能跟店长这样。他脱掉一件，我立即就穿起一件，我们就像比赛一样。他笑起来，我也忍不住笑起来。其实我一点也不讨厌他，说心里话，我还挺喜欢他的，我一直觉得他高高在上，高不可攀，忽然之间他跟我这么亲近，简直不像是真的。我想起姐姐教训我的话，女孩子吃了亏没处哭去，我知道无论如何都要守住自己的底线，我赶紧拢紧了衣服，低头弯腰蜷缩成一团。

“你不要这么紧张嘛。”店长放开我，他过去打开冰箱，倒了一杯果汁给我喝。他坐回到沙发里，拉我坐直身子，像老朋友一样一只手搭在我肩膀上，笑呵呵地说：“我就喜欢你们这种十几二十岁的小姑娘，青翠欲滴，小树苗一样，身上一点没有被生活摧残过的痕迹，在我眼里又干净又美好。恐怕你自己都没意识到，这可是你一生中最好的时候，你此时不好好享受生活，还等何时？”他坏坏地一笑，跟我很推心置腹地说，“我这个人是有点好色的，不过我从来不会强迫别人。这种事情，只有你情我愿才有味道。”

我低着头，羞红了脸，不作声。

他把我的手放在他宽大的手掌心里摩挲着，柔声细语地说：“其实我早就喜欢你了，我看见你的男朋友到店里来找你，心里可生气可难受了。他一定很有钱吧？我不相信一个又穷又丑的人也敢来找你做女朋友。”

他这句话让我心里咯噔一下，之前姐姐看到小彭第一次约我送给我的礼物就说他不像是什么有钱的人，我去过他住的地方，果真又乱又差，估计他的确没什么钱。我一直以为爱情和钱没有什么关系，但是听店长这么一说，忽然觉得自己之前真是想得太简单了。

店长往自己茶杯里倒了热茶，慢慢悠悠地喝着，就像一个慈爱的爸爸一样对我说：“你现在还小，等到了我这个年纪，你就会知道，青春是宝贵的，好年华不应该浪费，男女要好其实是福分，是件特别开心快活的事情。我为你吃醋，看见别人约你就生气，甚至心都会痛，说明是我真的喜欢你啊！”他把我的手按在他的心口上，露出喝醉了的表情说，“你摸摸，我的心跳得多快啊，它是为你跳的。”

我听了真的好感动，长这么大我从来没有听到过别人对我说这样的话，小彭也没对我说过，我的心麻酥酥的，比点心馅还甜蜜。他双手捧住我的脸，像闻一朵花一样使劲嗅着，十分陶醉地说：“多香啊，我太喜欢你了！”

他轻轻地亲着我的嘴唇，他的吻就像羽毛一样轻柔，小彭从来没有这样吻过我，他跟我亲嘴就像一个饿极的人啃地瓜一样。店长和他一点也不一样，他温文尔雅，风度翩翩，就像电影里的人一样帅，也像电影里的人一样有魅力，我被他亲得晕在了他的怀里。他再动手解我的衣服时，我不但无力抵抗，而且非常顺从。

他压在我身上，我喘不过气来。这就是爱情吗？我被幸福的潮水席卷，忘记了一切。他把我抱得紧紧的，就像要把我揉碎一样。我咬着牙，忍着疼痛，汗从头发里冒出来，我忍不住叫起来，求他轻一点。而他却更加疯狂，动作更加猛烈，猛虎下山一样。就在我感觉身体好像被他劈开的那一刻，他终于像跑到了终点一样停了下来，沉沉地瘫在我身上。

从店长家出来天已经黑了，他没有送我，临出门他给我五十块钱打车，我没要。我刚跟他做了那个事情，再从他手里接钱，我成什么了？外面不知什么时候下过雨了，从晴天到雨天变化真快啊。地上很潮湿，还有一些积水，我小心翼翼地绕开水坑往公交车站牌走。想着这一天经历的事情，我心里乱乱的。我害怕姐姐盘问我，又想到不知怎么去面对小彭，心里有一点害怕，不过也说不上后悔。回到家里因为跟平常下班时间差不多，姐姐一句也没问，我心里一阵轻松。

第二天去上班，再见到店长我很害臊，想起头一天跟他发生的事情，我都不敢看他。他看见我倒还和之前一样，很平常地笑笑，打声招呼，就跟什么事没有一样。他对我还像以前差不多，平平淡淡，不冷不热。我心里其实一直在等他过来跟我说话，毕竟我们的关系不一样了嘛，当着人不方便说知心话，哪怕随便说句什么也好啊，可是他没有过来，也不朝我这边看。他跟悦悦和蓝蓝两个倒是有说有笑的，以前他跟她们嘻嘻哈哈我不觉得什么，这天他跟她们那样子亲热我很难受。我感觉他好像在故意冷落我，心里有说不出的委屈。

快下班前我看他往卫生间走，故意找了个工作上的借口走过去跟他说话，我心里想的是再不抓紧时间，今天就没有机会跟他说话了。他居然跟我说完工作的事情一句多余的话也没有。下班时间一到他和平常一样跟大家打声招呼就走了，对我连个不一样的眼神都没有。

一连几天都是这样，除了打招呼和工作上的事情，他没有跟我多说一句话，而且一点没有再约我的意思。我心里很失落，不知道他为什么这样，我都怀疑那天真的和他发生过什么。

这天小彭发短信约我，问我下班以后有没有空。我想都没想就回他没空，我心里其实还是盼着店长能约我，但一天下来店长还是对我不冷不热的，到快下班我又给小彭发了条短信说有空，他马上打来电话说就过来接我。

他骑着他师兄的大摩托车来到店门口，轰隆轰隆闹得动静挺大，店里不少人都看见他了，我想店长肯定也看到他了吧。我不敢朝店长看，心里觉得解恨，我确实是故意想气他，没想到小彭这么配合，可我又怕店长真的生气。

小彭带我去吃了烤串，然后带我去了上次那个库房。

院子里还是不见人影，不过我不像上一次那么紧张和害怕了，对小彭想要做的事情心里也有数。他带我进了地下室那个房间，这里收拾过了，地下堆着的东西被归到了墙角，上次只有席子的双层床下铺铺上了褥子和一条蓝格子床单，苫住了那条让我想起来就脸红的沾了污迹的席子。他把我拉到床边，抱着我倒在了床上。

他趴在我身上，不要命地亲我，好像要把我一口吞掉。我突然想到自己这样不是脚踩两条船吗？心里觉得很对不起店长。我用力推开他，翻身起来。他一愣，问我怎么啦。我说别这样，这样不好。他问我怎么不好了，我回答不上来。他一把抱紧我，不顾我挣扎，把脸凑上来，亲我的嘴唇，又亲我的脖子和耳朵，他连亲带咬，把我弄得很疼。我让他松开我，他根本不听。我又情不自禁想起店长，想到他的亲吻那样轻柔，就像微风吹过一样，想到他风趣可爱的样子，我多么希望这一会是跟他在一起。我突然有点伤心，起身要走。

小彭一把拉住我，很蒙地问我："你怎么啦？"他捧住我的脸说，"我好喜欢你，做我女朋友吧！"

听他这么说，我心里一酸，眼泪一下子涌进了眼眶——我多么希望这句话是店长说的。

我坚决要走，小彭急了，他死死抱住我，不让我走。外面狗在狂叫，听上去不是一只两只，天也黑透了，这里很偏僻，没有公交车，他要是不送我，我一个人很难回家。我心里焦躁起来，不知道该怎么办。他却还是缠着我不放，在我脸上亲来亲去，还把手伸进我衣服里摸来摸去，我挡都挡不住。突然，我不知哪来的一股力量，抬手给了他一巴掌。他愣了一下，不过竟然一点也不生气，还是抱着我不撒手。他用力把我摁在床沿上，扯下了我的裤子。

结果他没进去就结束了。我们都傻了，没想到事情会这样。

他还想再来，但越急越不行。天很晚了，我必须回家了，他认命一样从床上起来，一声不吭，穿上衣服，骑摩托车把我送回了家。

和小彭有过这次失败的经历之后我更加喜欢店长，我也更加想讨他欢心。我比以前还要勤奋，早晨第一个到店，打扫卫生，整理货柜，在他到来之前烧好开水替他沏好滚烫的热茶。看着他一口一口美滋滋地喝着茶，我心里别提有多高兴了。我想尽一切办法接近他，故意找些工作上的事情去向他请教，其实我不是不知道女孩子应该端庄和矜持，可我就是控制不住自己。我越找他，他对我越冷淡，我很伤心，觉得自己好像走进了一条死胡同。

小彭每天都给我打电话想约我，但我都推说有事拒绝了。他跑来堵我，我跟他说家里来亲戚了，下班后要回家去做饭。反正不管他怎么求我，我都没答应他。看他像晒蔫的庄稼一样垂头丧气，我很无所谓，我自己都觉得自己对他蛮狠心的。我心里只有店长，没有别人。每天我故意从早到晚待在店里，下了日班再留下来继续上晚班，我就是想让店长看到我没有去跟别人约会。我知道自己这样做很傻，不过我也没有别的办法。

大概是被我的诚心感动了，那天下班前店长走过来，小声对我说一句："今天老婆不在家。"说完转身就走了。我激动得心狂跳起来，冲进洗手间开了水龙头洗了好半天脸，脸还是烫的，我太高兴了，我总算等来他回心转意了。下了班我悄悄跟着他去了他家。

一进门我们一句话没说就搂抱在一起，吻得难舍难分，他迫不及待地脱掉我的衣服，把我扑倒在长沙发上，我把之前他对我的冷落忘得干干净净。他的吻还是像羽毛那样轻柔，被他吻着我感觉自己变成了一只鸟，变成了一朵云，变成了一片树叶……这一次我没有觉得疼，我就像游进了大湖，漂浮在温暖的水里。这就是爱的滋味吧？也许是，也许不是，我根本不管它是不是，我贪图这种滋味。我舒服极了，快乐极了，幸福极了，我从心里笑出来。

事情一完他就穿好衣服，做出要送我走的样子，一点不像上次那样做完了之后还跟我亲热了好久。我有一肚子话想跟他说呢，我一边穿衣服，一边抓紧时间问他："前几天你为什么不理我？"

他慢声慢语地说：“我没有不理你呀。”

我又问他：“那你喜欢我吗？”

他面无表情地说：“女的都喜欢这么问。”

我又重复问了他一遍：“那你到底喜欢不喜欢我？”

他还是不紧不慢地说：“你说呢？”

“我不知道啊。”我老实地说。

“不喜欢我干吗要跟你在一起？”他脸上似笑非笑的。

“那你真的喜欢我？”我追问他。

他点了点头。

我扑进他怀里说：“我也喜欢你，我爱你！”

他没说话。

“你爱我吗？”我问他。

他还是没说话，过了一会儿他用严肃的口气说：“我结婚了，你也有男朋友了，我们不能太任性。”

“我马上就和他分手。”我非常坚决地说。

他冷冷地吐出两个字：“何苦？”

他已经显出了不耐烦，我赶紧换好鞋，走出了他家。他和上次一样没有送我。回家的路上我心里有点说不出的郁闷，我一直在想他到底是不是真心爱我，想着想着更加疑惑。

接下来是双休日，双休日一过，星期一我又是早早去上班，打扫干净店铺，给店长泡好一杯滚烫的热茶。店长一进店就大步朝我走来，我还没来得及开口跟他打招呼，他把手里捏着的一团东西狠狠地摔在我面前的柜台上，低声说一句："你想害死我呀！"

我一看是我扎头发的蕾丝辫绳，我不记得那天是怎么忘在他家的，他气势汹汹的样子真把我吓坏了。

我吐着舌头说我不是故意的，他拉长了脸狠狠地瞪我一眼，特别嫌弃的样子，我差一点哭出来。一连好多天他对我都是爱理不理的，好像他认定了我要害他一样。

我心里很难受，不知道怎么向他解释，他也根本不给我解释的机会。看他黑着脸的样子，我不敢靠近他，每天上班就像受罪，我不知道怎么就弄成了这样，只能怪自己太不小心了。我心情不好，蔫头耷脑打不起精神，小彭约我过去我也没理他。他发短信给我，我回他说我病了。他打电话过来，我也不接。

没想到还有更加要命的事情在后面呢。到了该来月经的日子没有来，我一向很准的，可是一天过去又一天过去，没有一点动静。我想到会不会怀孕，心里害怕起来，想问问姐姐，又怕她反过来追问我，只好不说。我一边提心吊胆，一边又抱着侥幸，不相信怎么偏偏会那么巧。战战兢兢又过了十几天，有一天早晨吃完早饭我就吐了。

我想起以前在老家听女人说过"害喜"，知道自己肯定是出事情了。见到店长我想跟他说，但看他那副铁板一样的面孔根本不敢对他张口。那天下班之后，我回到家，一进房间关上门，我就忍不住偷偷哭了。

姐姐突然走了进来，她问我哭什么，我当然不能说。她反反复复追着问，我只好说肚子疼。她说肚子疼有什么好哭的，用得着这么吞吞吐吐吗？我只好跟她说好久没来了。她问我有多少天，我说过了十几天了。她惊得瞪大了眼睛，问我怎么回事，我死活不说。她马上打电话给田玲，第二天一早她们带我去了医院。

化验报告出来，姐姐看了一眼，抬手就抽了我两巴掌，她又要朝我打过来，田玲赶紧把她拉开，旁边已经围了一圈人看我们。姐姐气势汹汹地威胁我要是不说出来是怎么回事就没她这个姐姐了，从此以后她不认我，不再管我的事情。我被她逼不过，说出是店长，姐姐让我先回家，她拉起田玲去店里找店长算账。

那天的结果是姐姐一脸黑线带着五百块钱回家来，她把我从厨房拉进房间，关起房门，把一沓子脏兮兮的旧钞票往桌上一扔，恶狠狠地骂我："不要脸的东西，人都让你丢尽了！"骂完她倒床上蒙头就睡，一句话也不跟我说。

后来还是田玲告诉我这五百块钱不是店长给的，是姐姐从小彭那里硬要出来的。她们去找店长，店长一口咬定他跟我没关系，还说是我讹他，骂我花痴，他还说要辞退我。他叫姐姐去桥头的汽修店找小彭，他说那个外地打工仔才是我的男朋友。

我实在想不到店长会做得这么绝，到了这一步，我才算清醒过来，我的第一次竟然是给了这样一个狼心狗肺的人。

姐姐悄悄带我去做了人工流产。这件事是瞒着别人的，但不知怎么还是被小姑妈知道了。小姑妈真的是长着火眼金睛，什么事情都瞒不过她，而且她耳朵还特别长，也不知道从哪里听说了什么，这个地方事情传得也风快，跟我们村里差不多。小姑妈知道了之后，在家里摔锅砸碗，指桑骂槐，骂了半天还不解气，她直截了当骂了我一顿，把姐姐也捎带骂在里头。她的话一句一句像刀子一样剜我的心，我真是无地自容。骂完之后她余怒未消，对我们两个说："你们不检点，在外头不怕被人戳脊梁骨，我还要在这个地方做人呢。不是我不肯照应你们，也别怪我不客气，你们这个样子，我再不敢留你们在家了。前后街上都有出租的房子，不嫌远还能找到更便宜的，你们赶紧去看看，看好房子就搬走吧。"

我和姐姐都哭了。

三天之后，我们从小姑妈家搬了出去，搬到了城乡接合部的城中村。

14 郑小蔓

离开华夏家，我仿佛把魂丢在了那个家里，回到自己家里我居然觉得很不习惯，比如在厨房做饭，我会低头去矮柜里找调料，而我家的调料是放在上面的吊柜里的；有时想去拿某一只盘子，仔细一想那只盘子并不是我家的，而是华夏家的；我甚至在睡梦里惦记几个放在冰箱里的水果，怕放坏了，醒来才反应过来那几个水果其实是在华夏家的冰箱里。这些恍惚令我非常失落，我觉得自己真是彻底昏头了。

我不知道华夏心里有何感受，他会不会也想我？有一天，我惊奇地发现他上班竟然从我家楼下经过。那天就像是心灵感应一般，我打开临街的窗户，透过枝繁叶茂的法桐树枝，望见一个熟悉的身影骑着自行车正从街对面经过。我家门前这条小街和大街是平行的，比大街要窄得多，而且坑洼不平，店铺林立，早早晚晚上下班、上下学和买菜买点心的人比肩继踵，拥挤不堪，一般人都会走大街不走这条小街，难道他是专门为了从我家楼下经过吗？

那一刻我心里激动不已。后来，我经常在那个时间悄悄眺望窗外，果然一次又一次看到他一闪而过的身影。我似乎证实了他也是爱我的。尽管他不说出来，甚至克制着不流露，但这份爱显然是真真切切存在的。

我沉浸在这种不可言说的爱情里，可是心里却充满了空虚和寂寞。一边是爱而不得，一边我也时常能收到一些追求者的信号，有的婉转，有的直白，我一样都没有兴致，而且内心相当排斥，我把这些统统看作是对我平静生活的干扰。我一般都采取躲避的方式，可是，无论我多么厌烦，也不是谁都能躲得过去的。比如有一个人我不好躲，因为我不能得罪他，这个人就是方大白。

方大白是小松的朋友，几年前小松跟老爸还没有闹翻的时候他还来我家里吃过饭，给我印象是人相当活络，人情世故很练达，很有交际手腕。老爸对他非常赞赏，还叫小松要多向他学习。我倒是不这么看，那时我就悄悄提醒过小松，让他跟他打交道小心一点。后来小松一直跟他往来十分密切，好多事情都是跟着他一起做的。小松不怎么爱说在外面的事情，我也很少问他，我知道的其实也并不多。偶尔他跟我说起方大白，出语谨慎，不知为什么给我一种谈虎色变的感觉。不过他们好像合作得还蛮不错，我问小松，他也是这么说的，我也就放下心来。近来方大白忽然频繁约我，先是打电话说要请我吃饭，隔两日又约我去喝茶，我因为没有心情，都婉言谢绝了。我想我拒绝了他两次，他肯定明白我的态度了，可是他并没有放弃的意思。

那天下午他又打来电话，他在电话里口气郑重地说有点事情要麻烦我。我转动脑子判断他是真有事情找我，还是只不过是一个借口。他说他公司有几封重要的信函想请我帮忙看一看，润色一下，他这么说："你水平高，早就听小松说你文章漂亮，我想请你来帮我把把关，别人我都不放心。"听他这么说我没有拒绝，这对于我不过是举手之劳，再说之前已经拒绝过他两次，我也有点不好意思。况且他是小松很近的朋友和合作者，帮他这点忙也是理所应当。

他听我答应非常高兴，从他的声音里都能听出激动和喜悦。他让我等着，马上开车来接我。我说不用，我自己过去就行。他执意来接，不容我拒绝。到了他办公室，他打开保险柜，取出信件交给我，我帮他修改了，他重新郑重其事地收起来，面露感激地对我说："让我怎么谢你呢？"又说，"别看我自己很少读书看报，我最羡慕你们这些爱读书写字的人。我不是说奉承话，我是真心佩服你。"

我提出告辞，他热情地挽留，说："哪能这就走？还没好好招待你呢！"他不让我走，自己动手煮水烹茶，拿出准备好的各种茶点请我吃，又叫人专门去采月斋买现做的素油点心。他坐在我对面的沙发里，兴高采烈地跟我说起第一次见到我的情景：他在什么地方看见我，当时我穿什么衣服，梳什么头发，他说得清清楚楚。我心里非常惊讶，真没想到还有人会这么注意我。我一边听他说话，一边却在走神——我想到了心里的那个人，如果是他对我说这些话该有多好啊，他都不用对我说这些，即使他什么也不说，就和我安安静静地坐在一起，我都会无比快乐和幸福的。这么一想，我忽然觉得自己跟方大白坐在一起有点莫名其妙，我再坐不住，站起身就要走。他带着惊讶，顺从了我的意思，开车送我回去。

没两天到了周末，方大白又打来电话，说天气不错，问我想不想去游湖。天气不冷不热，正是游湖的好时候。可是我不想游湖，我也不是不想游湖，我是不想跟他这样一个不相干的人去游湖。方大白在电话里用一种听上去不仅熟稔而且亲近的口气说他刚才不知不觉就把车开到了我家楼下，简直就是鬼使神差，他还哈哈笑着说要是我不下去，他就在原地赖着不走。我走到窗边，探头一看，他的银色“大奔”果然停在街对面小花店门口。我实在不知该怎么办，只好简单梳洗一下换了衣服下楼去。

我本想跟他打个招呼、解释两句就推掉的，这样也算不失礼貌。可是当我走出楼门，他走下车快步迎上来，彬彬有礼地替我打开车门，一只手盖在车门顶上，耐耐心心地等着我坐进车里，我却不过他的情面，稀里糊涂上了车。等我一上车，他欢呼着踩下油门，快乐得像个孩子。他那不加掩饰的高兴样子令我不忍拂了他的好意让他失望，我只好由着他带我去游湖。

这天的天气有点变化莫测，我上车的时候还是阳光灿烂，车刚到湖边就刮起了阵阵大风，天色一下变得晦暗，竟然转眼下起雨来。方大白的脸色也随着天色变得阴沉，他露出沮丧的神情说：“看看，好容易把你约出来，老天不肯给我面子。”他话音未落，豆大的雨点落下来，随即就下起了瓢泼大雨。湖是游不成了，他把车开到湖边的餐厅前面，带我进去避雨。

他要了一个包间，点了茶和水果点心。他坐下来，喝着热茶，情绪立马转好。他说从这个包间看出去湖上的风景是最美的，而且下点雨更加别有风味。湖上的景色的确很美，窗前是波浪翻滚的湖水，两岸的树木花草笼在雨幕之中，远处是影影绰绰的黛色小山，一层一层，层层叠叠，就像水墨画一样。但我无心欣赏风景，也不喜欢这场下得不是时候的大雨，我只想快点回去。不过看他那样一副十分享受甚至是陶醉其中的样子，我不便扫他的兴，显然不能刚坐下马上就走。

他又像上次那样情绪饱满滔滔不绝地说起来。他说自从跟我近距离接触之后，对我的印象越加好了，而且看不见我的时候时时刻刻都在想我，他自己都控制不住。他不厌其烦地逐一跟我诉说这几天他是怎么思念我的，他越说越激动，面色绯红，额头冒出汗来，还不断对我说“你让我说完”，其实我根本没有打断他，甚至都没说一句话。他两眼凝望着我，说得十分诚恳，几乎把我描绘成他心中的女神，让我很不自在。他就像喝多了一样，神情跟平常完全不一样。他两条胳膊交叠着放在桌上，坐得端端正正，问我能不能跟我说点心窝里的话，他这副阵势让我有点紧张，我不知说什么好，他一把握住我的手，说他一直非常喜欢我，不仅仅是喜欢，说得直接一点，当然就是爱啦。因为怕吓着我，所以不敢说出来。他用推心置腹的口气说他快到不惑之年，尤其是经历了一次失败的婚姻，才知道自己真正想要找的伴侣是什么样子。他说：“可能你也听小松说过，我不是什么正人君子，年轻的时候确实也是一路玩过来的，不过，我自己认为玩也不全是坏事，至少是积累了一些人生经验，当然还有教训。俗话说：人生苦短，所以更不能浪费时光。怎么才算是不浪费时光呢？那自然是跟自己爱的人在一起。我一心要找一个心静的女人，一个聪明温柔善解人意的女人，为什么？因为这样的女人最适合我。我心中这个理想的女人不是别人，她远在天边，近在眼前。”

我听了忍不住笑起来，我想说我并不是一个“心静”的女人，而且怎么说呢，我也不认为自己是最适合他的女人，因为我丝毫也不爱他。我不知道他知道不知道一个女人只有心甘情愿的时候才会是“聪明温柔善解人意”的，我对他这番坦率的表白实在不知道该如何回复，我只是默默地把手从他厚实暖热的手掌里抽了出来。

他说完了长长的一番话如释重负般地舒出一口气，双目炯炯地望着我，仿佛向我揭开了谜底，脸上露出轻松欢悦的笑容。

“我把想说的话都跟你说了，你不知道我有多痛快。这些话在我心里憋了好久，我其实真是没有勇气面对面跟你说出来。和你坦白说，我可能不是你经常接触的那路人，你也可能对我有某种看法，但是，有几句话我必须要对你说，你要相信我，不管我这个人怎么样，不管我对别人怎么样，我对你肯定会好的，我会把你当眼睛珠子一样看待，而且我一定会说到做到。”

我听了不知说什么好，心里很难说是震动更多，还是惊吓更多。我忽然莫名地觉得委屈，我又想到了华夏，心中真是百感交集。

方大白忽然站起身，走近我，做出要拥抱我的样子，但他只是轻轻拢了下我的肩膀，他笑得特别亲切，就像是开玩笑一般对我说："我可是把我的爱情郑重地交到你的手里了，跟你说的这些话我从来没有对任何人说过，也永远不再会对任何人说。不管你信不信，你就是我心中爱的人，而且是唯一的。"他一字一顿地说，"我真的是一心一意想娶你。"

这算是求婚吗？我听了不知所措。长这么大，我还是第一次听男人对我说这样的话，而且说得发自肺腑，只可惜不是我所期待的。我心里涌过一阵难言的沮丧。为什么不是他呢？为什么不是我爱的那个人呢？我觉得命运真是捉弄我。我忽然觉得眼前的方大白变得陌生起来，他说的话，他说话的腔调，还有他的笑，都与我无关。

我冷冰冰的，毫无表示，连我自己都不好意思，可是方大白却似乎并不介意。他回到椅子里重新坐下，仍然兴致很好地喝茶说话。

下雨游不了湖，他提议开车带我绕湖一周看看风景。雨仍然下得很大很急，雨水就像在天地间织了一张灰色的大网，湖上的景色全部笼罩在水雾之中，我心里没有丝毫兴致，不过并没有拒绝他。

他开得很慢，在我们即将结束绕湖一周的时候，雨忽然小了，而且很快停了。他停下车，打开天窗，新鲜的带着雨后植物清香的空气涌进车里，头顶上有一片乌云散开了，云层泛起白色、淡黄和蓝紫，太阳光从那个缺口里照下来，洒下万道金光，给水面和湖岸涂上了一层明亮的颜色，水面闪闪烁烁，树动草摇，眼前的世界刹那间生动起来，就像换了天地一般。方大白眼睛发亮，眉毛扬起，兴致勃勃地说："这可真是个好兆头啊！"他满面笑容，望着我说，"我会永远记住今天的，你会吗？"

他一副非常陶醉的样子，我没有吭声，就像有一只无形的手把我的心揪了一下。

游湖之后我心里有种隐隐的不安，我不知道自己的态度有没有让方大白不快，他是那种场面人，高兴不高兴自然是不会做在面上，我担心的不是自己，我担心的是小松，生怕万一他不开心把气撒到我弟弟头上。我越想越忧心，觉得应该把方大白约我的事情告诉小松，让他心中有个数。我已经有一阵子没有见到小松了，自从他搬到爷爷留下的老楼去住之后就难得回家来吃饭，他说是嫌路远，不想跑来跑去，其实路能有多远？这个城市就这么大，开车大半个小时就能绕城一圈，我晓得他就是怕跟爸爸碰面。爸爸的脾气向来不好，他习惯了对家里人吆五喝六，我和小松没少挨他打骂，小时候我甚至怀疑他是不是我们的亲生父亲。妈妈去世不久，他娶了跟他相好好多年的小学老师陆菊仙，还给她买了运河新村的房子，不过他也经常回来，做出两个家并重的样子。爸爸把小松从家里赶走之后，他们的关系就跌到了冰点，不管我如何劝说，父子两个都躲着对方，他们偶尔碰面，或者逢年过节不得不见，彼此也是冷若冰霜，即使坐在一张桌子上吃饭，也是各吃各的，一句话没有，就像陌生人一样，看得我心里无比难过。爸爸在家里还像从前那样趾高气扬，估计他在等着小松浪子回头，而小松越来越倔强冷漠，想要让他低头看来是件不可能的事情，所以我对他们还能和好差不多已经不抱希望。

小松还不知道最近爸爸又在折腾事情，他跟几个退休的老哥们凑了一笔钱在乡下承包了鱼塘，说是二次创业。还说正在四处看宅院，想买下来翻新改造作养老院。他热情高涨，劲头十足，春节过后就住到乡下去了，很少回城里来，就是回城也很少回这个家里来。为了在乡下投资，他把放在家里的定期存折拿走了，上面有六十多万块钱，原先说这笔钱是准备给小松结婚用的，现在看来他是不会给小松了。前一阵我因为去华夏家帮忙，心里装满了他和宝宝，和小松联系很少，我甚至都没打电话问问他这一段过得怎么样，心里忽然有些负疚。

晚上我去老房子看小松，他见我突然过去似乎有点惊讶，他说过一会要出去，我问他做什么去，他没有马上回答，停了片刻才说是去打牌。我说这么晚打牌要打到几点？他说他也不想去打，但是他们一个电话一个电话过来催，他不好不去，我进门前他刚刚答应了他们。

我问："来钱的吧？"

他点头。

我看他脸色苍白，眼睛下面有暗黄的印子，我问他："熬夜了吧？"

他苦笑着说："熬了有日子了。"

我问他："你输了吧？"

他不作声，我知道肯定是让我猜对了。

我没敢问他输了多少。

我又问他："跟谁打牌？"

"还能是谁？就是那些人。"他神情疲惫地说，"方大白他们。"

这个时候听到"方大白"三个字我突然心跳加速，仿佛猛然间撞到一个令我尴尬的熟人。其实我早就听小松说过方大白约他打麻将有不少赢钱的花头，一般人都来不过他。以前我也劝过小松别跟他玩，不过那就是随口一说。小松说他叫了就不好不去，他是个得罪不起的人。小松说自己知道把握分寸，让我尽管放心，而实际上怎么样，只有天知道。

"你输了多少？"我不放心，还是忍不住问他。

"也没多少吧。"他说得轻描淡写。

"'没多少'是多少呢？"我反而越发不放心，追问他。

他笑笑，一副避而不谈的样子。

"礼拜天他约我去湖边了。"我犹豫了一下，还是对他说了出来。

"谁呀？"他漫不经心地说，"华夏吗？"

“不是华夏。”我说，“是方大白。”

说出来之后我如释重负。

他惊愕极了，瞪大了眼睛，不过没有吭声。

我看他屋里凌乱不堪，沙发上堆满了衣服，桌上地上到处都是外卖盒、啤酒瓶、空纸杯、用过的餐巾纸、吃剩的半碗面条、喝剩的半瓶饮料等等，简直快成垃圾场了。我动手替他收拾，一边心痛他日子过成这样。

“放那儿吧。”他带着一点不耐烦说，“回头我自己收拾。”

我没有停手，他只好跟我一起整理。

打扫完屋子，我要走了，他也穿了外套准备出门。

“你可要当心点他。”临出门前他说，“方大白这个人……”他欲言又止，停了片刻，他皱着眉头说，“他主意太多，你搞不清楚他到底打的什么算盘。他不但说一套做一套，而且是当面一套背后一套，一会儿一变，没人跟得上他。而且，他是会害人的。”

我点头。听他这样说，我心情有点沉重。

“鸡蛋碰石头那个成语是怎么说的？”他问我。

“以卵击石。”

“对。”他说，“这个人不好惹，你弄不过他的，千万离他远点。”

15 郑小松

前一段又是诸事不顺。郑小蔓说是因为“水逆”的缘故，我不懂啥叫“水逆”，她解释说就是水星逆行，会给地球造成很多的负面影响，人会情绪低落，麻烦不断。我不信这个，我觉得这不过是给自己不顺利和不顺心找个借口罢了。老话里早有类似的说法，我们叫“屋漏偏逢连阴雨”。

之前听到小道消息说我们这条街上的游戏厅、歌厅、酒吧、发廊要关掉一批，吓得我和方大白赶紧四处找人说情，够得着的都找了，求人自然不能空手，请客送礼花了不少钱。这几天又传来消息说这件事暂停了，一种说法是之前是讹传的，另一种说法是上面管这事的人换了，原先那个领导因为贪污受贿出事了。我们也不知道这些消息是真是假，反正只当花钱消灾，别让我们关门就好。可是，刚把心放回肚里没几天，这条街上的桑拿房继上次餐馆着火没多久发生了锅炉爆炸，尽管没有伤着人，可是文明样板街的成果却随着这声爆炸给炸掉了，整个一条街又一次被责令停业整顿。这可真是飞来横祸，城门失火殃及池鱼，让人想哭都找不到坟头。

连方大白都说人倒霉喝凉水也塞牙，他每天也是唉声叹气的。他抱怨说手上做的生意没一件是顺利的，前一段麻将桌上赢的钱投进股市一眨眼工夫又被套住了，真是丫鬟救小姐，一个没救出来又搭进一个，也就指靠这个游戏厅旱涝保收吃口饭，没想到这口饭吃得还这么不安逸。好几次他在我面前半真半假地说他快到山穷水尽的地步了，他这个人说话水分大，我不太相信他真到那个地步了，真是到了那个地步他肯定不会说出来，不过他一哭穷我心里就恐慌，立刻想到自己欠他的那笔钱，生怕他催我还债。其实我不是想赖账，我这个人说话算话，从不赖账，他是很清楚的，要不然他也不会痛痛快快把那么多钱借给我。他也说过不担心我还不起，大概是他看我家老头子有房子还有点钱吧。其实老头子有多少钱我根本不清楚，自从他把我赶出家门之后我们连面都很少见，他有钱没钱都跟我没关系，我不想他的，估计我想也是白想，他也不会给到我手上的。家里有几套房子倒是实实在在的，现在房价涨得这么高，就我住的我爷爷留下的这个旧楼房因为被圈在了寸土寸金的老城步行街里，据说已经相当值钱，还听说有可能要拆迁，一条街的人都等着天上下钞票的这一天呢。用方大白的话说我是有庙的和尚，不怕我跑。不过旧债没还上又欠下新债，这个雪球已经快滚到五十万了，我心里的压力还是相当大的。毕竟真要是卖掉房子还债，那我就成败家子了，所以不到万不得已我是绝对不会这样做的。我尽量攒钱还他，而且在心里发誓，不再跟他借钱。

我以为方大白放出这样的风来又该组织打麻将了，结果并没有，相反他还掏钱请我们这帮人吃了两次火锅。喝到半醉他跟我们谈人生，他说快到不惑之年他终于明白了一个人来到世上命运早已经定好，这个世界从来就是不公平的，你瞎挣扎没卵用，说不定越使劲越背道而驰。既然如此，得过且过最好，当一天和尚撞一天钟，知足常乐，苦日子要当成好日子过，说不定眼前的苦日子就是你往后最好的日子。以前他可是从来不说这种丧气消极的话，他到处投机钻营，就像打足了气的皮球一样，没见过他有泄气的时候。我感觉他好像心劲不足了，大概也是因为这几年屡屡受挫吧。

不过他对郑小蔓倒是追得相当紧，这让我不但烦心，而且忧心。如果说我不知道他是一个什么样的人也就罢了，正因为我了解他，对他一清二楚，知根知底，因此更加觉得有必要阻止这件事，保护好郑小蔓。

郑小蔓除了善良还很单纯，虽说她是我姐姐，但在我眼里她就像一个长不大的小姑娘。她从小胆子小，我觉得她是被老头子的火暴脾气给吓坏了。其实我特别心疼我这个唯一的姐姐，只是我从来没有说出来过。郑小蔓太像妈妈了，妈妈就特别善良温柔，她处处替别人着想，任何时候都把别人放在自己前头，宁可委屈自己也不肯辜负他人，她吃亏受苦一辈子，想起她我就心痛难忍。

我非常担心郑小蔓也会走妈妈同样的路。眼看着她郁郁寡欢，消瘦憔悴，我担心她身体不舒服，她说不是，我猜那大概就是感情上不顺吧。我因为自己过得焦头烂额狼狈不堪，也没有多过问她。前些日子为游戏厅的事出去请人吃饭，在饭桌上碰到一个她的中学同学，那位姐姐说一两个月前看见郑小蔓跟华夏在一起，她问我他们两个是不是又复合了？我一口咬定她肯定看错了。那天回家去，我当笑话说给郑小蔓听，她听了默然不语，突然之间眼泪就滚了下来。她对我承认前一阵确实和华夏有过来往，因为他老婆生病住院，他忙不过来，请她帮忙照顾小孩，不过这事到他老婆出院也就结束了，两个人之间并没有生出枝节。这事过去之后，华夏约过她吃饭，还跟她说后悔当初的选择，只是再也回不去了。

我听了既生气又心痛，她是好了伤疤忘了疼，华夏跟她谈了七八年恋爱，为了娶装修公司大老板的女儿说抛弃就抛弃了她，没想到她竟然还会上门去帮忙，而且眼看着又要掉进他的陷阱。我真有点恨铁不成钢，我说她："你怎么就这么傻呢！"

她羞惭地笑。

我愤愤地说："华夏就是个骗子，他欺骗你的感情，你吃过他亏，怎么就不长记性呢？"

"不是这样的。"她替他辩解说，"他说他对我的感情从来没有变。"

"他说什么你就信？"我恼怒地说，"那好，既然是这样，你让他离了婚来娶你！"

“我不能那样做。”她说，“我怎么能拆散别人的家庭？”

“那你打算怎么办？”我问她。

她低着头，眼里又慢慢涌起泪水。她低声说：“我也不知道该怎么办。”

我余怒未消，故意气她说：“这么说我倒用不着担心你嫁给方大白了。”

她听了破涕为笑，说：“怎么可能？我绝对不会有嫁给方大白的念头的。”她收了笑容，忧戚地说，“其实，很难再有男人能走进我的心里了。”

我明白她的意思是她只爱华夏一个，她这么执迷不悟，我忍不住替她叹气。

这次见面之后不久，一天下午我接到她电话，她带着哭音告诉我爸爸在牌桌上因为和了一把大牌一激动突发脑溢血，被送进镇上的卫生院抢救，她说是跟爸爸一起在乡下养鱼的李叔叔打电话告诉她的，让我们家里赶快去人。难怪那天从早起我就一直心神不宁，莫名其妙地总觉得有点什么事情要发生，没想到应在这件事情上。我问她李叔叔有没有通知陆菊仙，她说李叔叔说了也给她打过电话，但是没联系上她。正说着话，电话断了，隔了几分钟她又打过来，她说已经从单位到了郊区线车站，马上就坐小巴车去乡下，她叫我别着急，她先过去照顾爸爸。

我立刻想到她肯定是不想让我为难。几年前老头子跟我翻脸的时候就说过不认我这个儿子，只当从来没生我养我，他还说过他任何事情都不要我问，就是死了也不要我近前，反正什么绝情的话都说了，可他真病倒了，我当真不管他也说不过去。我犹豫了一阵还是去银行把卡里仅有的一万多块钱提了出来，带在身上。我想过是不是也立马到乡下去，但想到万一老头子看见我反而生气，再加重了病情，那我就罪过大了。我想不如等姐姐先看看情况再说，也就几十公里的路程，我再赶过去也不晚。

我忧心忡忡等着郑小蔓的消息，等到晚上八九点钟还没有等到她的电话，我给她打，不是电话无法接通，就是接通了她没有接听。我打电话给李叔叔，问他我爸爸的情况。他说他把老头子送到医院急救，郑小蔓一到他就回家了，后来怎么样他也不清楚。我再也坐不住了，决定不再等下去，骑上摩托车直奔镇医院。

骑到半路上忽然下起雨来，雨越下越大，加上天黑，看不清路，好几次我不得不停下来，等雨小点再走。我一身泥水赶到镇医院时，已经十一点多钟了。医院有一大半黑着灯，我挨着亮灯的房间走过去，找到了抢救室。

我隔着门上的玻璃窗往里看，老头子躺在病床上，床头吊着输液袋，他脸色蜡黄，眼睛紧闭，不知道是睡着了还是昏迷不醒。郑小蔓坐在他床前一张孤零零的椅子里，脸色比老头子还要憔悴。我推门进去，郑小蔓看我突然到来非常吃惊，我轻声问她为什么一直不给我打电话，她说她晕车吐得七死八活，因为难受坐过了站，又找不到往回的车，只好一路打听着走到镇医院，中间还迷了两次路。到了医院发现手机没电了，楼上楼下转遍找不到能充电的地方，医生办公室有插座但不对外，直到刚才值夜班的护士悄悄让她过去充上电。她一脸倦容，眼睛下面是两片青色的暗影，她说："好在你来了。爸爸一直昏迷不醒，刚才医生只顾抢救，问什么都不说。"

我跑去问值班的医生老头子情况怎样，能不能治好，医生说现在还不好说，只能治着看，不过从他目前的状况来看，预估不太乐观。

郑小蔓战战兢兢地问了一个我想问却说不出口的问题："我爸爸会死吗？"

医生沉思了片刻，用听上去非常专业的口吻回答说："眼下病人的生命体征相对平稳，暂时应该不会死亡。不过也许会成为植物人，即使恢复得好，将来也有可能行动不便或者失去语言功能，他很大的可能余生会在病床上度过。就我的经验，像他这样的病人要想恢复到病前状态，几乎是不可能的。"

我和郑小蔓面面相觑，想到老头子从此要躺在床上离不开人侍候，我的心情沉重而沮丧，真不知道由谁来面对这个难题。我问郑小蔓陆菊仙知道消息了没有，她说她在路上就给她打过电话，她还是没接，又给她发了短信，她也一直没回。

我和郑小蔓两个轮班守着老头子，直到第七天陆菊仙才现身。她说她看见短信了，她正好带着儿子和老娘去香港旅游，因为是跟团，中途回来一分钱不退，太吃亏了，所以他们一直玩完了才回来。她说得理直气壮，我们听了目瞪口呆。老头子已经从抢救室移到了普通病房，不过他还是老样子，仍然昏迷不醒。陆菊仙走到他床边看了两眼，沉着脸说："怎么弄成这个样子了？"她皱起眉头，一脸厌烦地说，"这么大年纪了，玩起来不要命，我一直叫他少打点麻将，他哪里肯听？一点不晓得要保重自己，这下好了，他闭着眼睛一倒，别人的麻烦来了！"

她敞着嗓门，说话不管不顾，我和郑小蔓示意她到病房外面去说，别当着老头子的面说。

她翻我们一眼，还是高声大嗓地说："你们不是说他一直昏迷吗？他要是能听见就好了，不就能醒转来了吗？"走到病房外面，她两条胳膊交叉抱在胸前，挑着眉毛问我们，"他要是一直这样瘫在床上，往后可怎么办，你们姐弟两个考虑过没有？"没等我们开口，她又说，"反正我是弄不了，不说别的，我根本搬不动他，再说我还有小孩要照顾，不光有小孩，还有老人，我是上有老下有小，还要上班，我实在忙不过来。"

她一把推得干干净净，就这么可气。

郑小蔓大概看我脸色不对，她轻轻拉了我一下，柔声慢语地对陆菊仙说："现在爸爸还在住院治疗，等他病情稳定一点我们再商量……"

陆菊仙粗鲁地打断她："还有什么好商量的，我带着他的儿子呢，本来两个人的事情现在都是我一个人的了，我也没有三头六臂，我照顾不了他们父子两个！"

她口气决绝，丝毫没有商量的余地。

“那你就是说根本不想管？”我心里来气，说话也不转弯。郑小蔓赶紧打圆场。

陆菊仙用责备的口气问我们为什么不把老头子转到城里的医院，郑小蔓跟她解释医生说现在还在发病的高峰期，移动病人有风险，最好是等病情稳定了再说。她听了不耐烦地说：“就这种条件的破医院，能看得好病吗？你们是让人家给骗了吧？他们拖着不让走，还不是想多捞点钱？”她带着一股怨怒又说，“我来这里一趟，路上坐车就坐了一个半钟头，那种破公共汽车，颠得我浑身骨头都要散架了。”

她气呼呼唠叨了好一阵，在医院待了不到一个小时就走了。之后她再没有在这个她看不入眼的镇卫生院里出现过。

李叔叔倒是每天都来看老头子，有时一天来几趟，他还亲手炖了汤带过来，只可惜老头子一直没醒，一口没喝上。李叔叔跟我们聊得最多的就是陆菊仙，他称她“老郑的小老婆”，说起她直摇头。他说她“爱管老郑”“霸道”“凶”“门槛精”“小气”，几乎没一句好话。从李叔叔嘴里我们得知了一些以前不知道的事，老头子跟陆菊仙结婚之后日子其实过得并不愉快，陆菊仙脾气暴躁，蛮不讲理，他们争吵不断。陆菊仙还特别向着自己娘家，有一点好东西都要往娘家送，贴补她老娘和兄弟，老头子为这事也特别恼火。他到乡下养鱼，多少也有躲开陆菊仙的意思。李叔叔还透露了一件事，老头子发病三天前，陆菊仙跑到乡下来跟他要钱，说报了旅行团要出去玩，让老头子掏这笔钱。“他们吵了半夜，吵得我们都没法睡觉，乡下房子隔音不好，他们什么难听的话都骂出来了，我们去劝都没有用。”李叔叔叹着气说，“别怪我多嘴说出来，我也是气不过，老郑一倒下去，我们这一摊也弄不起来了。医生说有些病人就是受了刺激才发病的，要不是吵了那一大架，说不定你们爸爸还好好的呢。”

这就叫作孽吧？我听了又气又恨。

老头子在镇卫生院躺了半个月之后转到了城里的医院，之前他一直昏迷，到了城里之后总算醒了过来，而且一天一天在好转，神志也逐渐清醒。看见我起初他没什么反应，后来会垂下眼皮，装作没看见，再之后表情正常了许多，好像默默接受了。医生又给他做了脑部和肺部CT，结果出来，脑部有少量出血，肺部没有感染，医生诊断“虽无明显好转，但病情向好”。三支白蛋白挂下去，老头子脸色明显好看了些。他终于熬过了危险期，我和郑小蔓都松了一口气。

老头子转回城里医院之后陆菊仙一共来过两次。第一次她来的时候老头子还没醒，她跟上次在镇卫生院一样待了不到一个小时就走了。第二次她来老头子已经醒了，而且状况不错，神志还比较清楚，他听见她的声音情绪骤然激动起来，想说什么却说不出来，急得又哭又闹，之后就喘得厉害，把刚喂他吃下去的一点粥吐了出来。之后他又陷入昏迷，而且再没有醒来。不到一个月，他就去世了。

老头子的丧事是他原单位出面办的。郑小蔓害怕和陆菊仙产生分歧闹出矛盾，主动表态一切都按她的意思办，她让我也别说话，我听她的。老头子的丧事办完不久，一天晚上我和郑小蔓刚吃过晚饭，听见有人敲门，开门一看，竟是陆菊仙。她从来没到过我们这个家里来，突然登门，空气有点紧张。我让她进屋坐，老头子已经死了，我想我们跟她的恩怨也算结束了吧。没想到她坐下之后就从包里拿出一个公文袋，说她手里有一份老头子的遗嘱，让我们看看。

我接过来从头到尾看了一遍，看完我直接傻了。老头子的遗嘱上写着他名下的所有财产，包括四套房子以及所有存款、现金、股票、投资等等“全部由他的妻子陆菊仙和儿子郑小山继承”，也就是说他什么也没有留给姐姐和我。这份遗嘱是六年前立的，而且公证过。那时老头子和陆菊仙结婚不到一年，妈妈死了不到一年半，他和我关系还正常，而郑小蔓一直是家里的乖乖女，对他非常孝顺，从来也没有得罪过他，我不清楚老头子是在什么情形下立的这份遗嘱，他为什么要对我和郑小蔓做得这么绝，甚至要把我们母亲去世之后没有分割的一份财产也一起打包归到陆菊仙和她孩子的名下？这份遗嘱盖着鲜红的公章，我知道它的分量。

看完我递给郑小蔓，她专注地看着，脸色严峻，仿佛在经受考验。

陆菊仙用公事公办的口气对我们说：“我就是来通知你们一声，我手上有你们父亲立的这份遗嘱，按照法律你们要是拿不出他别的遗嘱，当然还得是在这份遗嘱之后的，那就必须按这份遗嘱执行，这个你们应该是清楚的吧？”

她露出得胜的笑容。

我和郑小蔓沉默不语。说实话这当头一棒把我打蒙了，我心里充满了愤怒、委屈还有恐慌，这一来等于我什么也没分着不说，连住的房子也成了别人的，可怜的郑小蔓也是一样。

陆菊仙一直在喋喋不休地说话，我心乱如麻，没有仔细听她在说些什么。突然她有几句话钻进了我的耳朵，她说：“这个紫薇庭园的房子，还有正兴街上的老楼，你们父亲的遗嘱上写得明明白白都是归我的，过两天我要去办继承过户手续，需要你们姐弟俩到场签字放弃继承，我来就是跟你们说一声，拜托你们配合一下。”

我说：“你先别这么着急去办什么继承手续，别的不说，房产就不光是老头子一个人的，至少还有我妈的份吧，我妈死的时候没有分割遗产，你不能把我妈那份也一块继承了吧？”

她马上露出尖刻的笑容，咄咄逼人地说：“别当我不知道，你妈活着的时候在超市当个售货员，才挣多少工资？她病休在家那么多年，光医药费花了多少？她还能有钱拿出来买房子？这房子都是你们老子挣来的好不好？”她提高了声音，“反正你们老子是立了遗嘱的，白纸黑字写得清清楚楚，我们就按他的遗嘱执行。”

我不耐烦地说一句：“你放屁！”什么也不想跟她说了。

郑小蔓十分紧张地盯着我，估计我的样子一定很吓人吧。

陆菊仙说：“不过你们放心，手续归手续，办好之后我不会立马就来催你们搬走，我不会做得那么绝情让别人说话。不过我也把丑话说头里，你们要么搬走，要么交房租，反正不能白住在这两个房子里。”

她说得理直气壮，不容辩驳，郑小蔓的眼泪一下子流了出来。

看到郑小蔓落泪，陆菊仙收起了凶悍的样子，她和缓了一点，叹了口气说："要我说你们也不必难过，老话说‘爹有娘有不如自己有’，我爸爸死之前把所有家产都分给了三个儿子，我的三个哥哥都是做生意的，他们个个很有钱，而且老头生病他们哪个也没在他跟前尽孝，就我在他床头喂水喂饭端屎端尿整整服侍了他三年，到头来我连根针都没分到，我那个气呀，真是伤透了心。不过那又怎样？只能眼泪往肚子里咽。”

她说完留下遗嘱复印件就走了。

我气急败坏，拿起她喝茶的玻璃杯狠狠地摔在地上，咬着牙说："我烧了这两套房子，大不了鱼死网破，看她能拿到什么！”

郑小蔓突然放声大哭，她哭得凄厉哀恸，仿佛顷刻间打碎了一切。

我心头一阵糊涂，恍惚觉得这一幕似曾相识。

16 陆菊仙

周围人人都说我占了大便宜，这样的便宜是好占的吗？你们不会自己也去占占试试？我的苦又有谁知道？又有谁体谅？我一个人半夜里不知道哭过多少次，淌了多少眼泪，把枕头都打湿了。而且我也不光是哭，光会哭有啥用？我还要动脑筋，真是绞尽脑汁，一步一步都要自己想到，因为不会有人替我想，我就是这么一个可怜的人。我说自己可怜谁听了都不相信，连我老娘都说我是装可怜，要是我可怜天底下就没有可怜的人了。她这么说就是不心疼我嘛，连亲娘都不心疼，还有谁心疼我？

为了争到这些房产我的的确确费尽了心机，也不是说现在才开始用心，那哪里还来得及？我早就用足心思。老话说“人为财死，鸟为食亡”，人没有财和鸟没有食一样难过。以前我也不懂这些，每天上班下班，忙忙碌碌，一个月挣点刚够吃喝的工资就心满意足。后来看亲戚朋友住进了金碧辉煌的豪宅，开着百万的豪车招摇过市，腕子上一块表就好几十万，手里拎个提包都是好几万的，我心里就不平衡了。一样是人，为什么人家能有而我没有？我一个小学老师，要是靠工资奖金，别说这辈子，下辈子也达不到那个生活水准。我想过跳槽，可是我除了教教小学生没有别的本事，挣钱多的工作就是人家要我，我也做不来。我只好另想出路，既然靠不上自己，那就只能去靠男人啰。

老郑是我大哥的朋友，一开始是我大哥的客户，他们两个人因为业务关系成了朋友。老郑为他们医药公司从我大哥那里进药，在我大哥手里拿过不少回扣。我认识他的时候我和他都已经结婚成家，他除了老婆孩子外面还有一个姘头，有几次还带着那个女人一起过来吃饭。那时候正是他最风光的时候，手上权力很大，而且单位里是他一个人说了算。他一身名牌，手里拿两个手机，请客都是签单，出手相当阔气，送给我的礼物都是高档货，我还真以为他是个有钱人，一下子就被他迷惑住了，跟他上了床。我糊里糊涂怀了孕，我害怕这孩子是他的，跟自己老公不好交代，又害怕往后孩子成了拖累，跟他来往起来不方便，我也担心他不要我了，赶紧跟老公离了婚。嫁给他也是费了好一番周折，中间他也反悔过，还是我大哥出面替我摆平的。你想吧，他们两个人前前后后打了将近二十年的交道，有多少说不清楚的事情，不说我大哥手里抓着他多少把柄，用我大哥的话说老郑是不会拿自己的前途和命运开玩笑的。好在最后我总算是如愿以偿，在孩子出生之前跟他结了婚。可是结婚之后没过两三年，他靠边站了，手上连进货权也没有了，自然也没回扣拿了。到这时候我才看清楚他不过如此，根本不是什么有钱的人，我的算盘落空了。我等于费尽心机离了婚再嫁了一个比自己年龄大了二十来岁的老男人，我心里恨死了。我责怪大哥不提醒我，大哥说都是我自找的，不管下面是火坑还是屎坑，不看看清楚就往下跳，怨不得别人，反正他该帮的忙都帮了，没什么对不起我的。我还有什么话好说的？

我这边已经是很将就了，老郑根本不体谅我，他心里还装着他原先那个家，动不动就跑那边去。我们刚结婚不久他去之前还会跟我打个招呼，我不开心，说他两句，他还会哄哄我，后来他去就不跟我说了。好多次我都烧好了晚饭，左等他不来右等他不来，一打电话，他吞吞吐吐的，我就晓得他又跑那边去了。他对他原先的老婆没感情，这我是知道的，也不担心什么，但他对两个孩子心还是蛮重的。他经常在我面前夸他家姑娘，说小蔓很善良很乖巧，还说将来跟我是能处得来的。他那个儿子让他很头疼，他说他不听话，也不知怎么弄的，老是跟他作对。他告诉我有一次他生气把他赶出了家门，让他自生自灭。我一听就笑了，我说我才不相信呢，你一肚子重男轻女的封建思想，一根针你都想给到儿子手里，还舍得真把个儿子赶出家门？他先还嘴硬说真是把他赶出去了，话都说出口了，从此不认他这个儿子了。我马上说，那好，这么说你现在只有一个儿子了，我去拿纸笔来，白纸黑字你把你名下的财产都写给郑小山。他马上就软了，把话岔开去，不再往下说了。我知道他的心思，他那个人我还不知道？

我把他的脾性摸得透透的，所以我早做打算。他比我大那么多，说句不好听的，他要是哪天突然倒下去我可怎么办？不是还真让我说着了，他在乡下突发脑溢血，我要是早没有那一手，逼着他把遗嘱立好，现在我就是把眼睛哭瞎也白搭。郑小蔓可能真像他说的那样是个温顺讲道理的姑娘，郑小松可不像他姐姐那样好说话。他话不多，眼睛冷冷的，有一股狠劲，我看他就像一条恶狗，那种狗从来不叫，不绷紧了拴它的绳子，随时会扑过来咬住猎物，谁碰到谁倒霉，难怪他们父子俩会闹翻脸。我是真的很怵他，不敢跟他硬碰硬。为这些房产，分明我手上拿着遗嘱，我还是去跟他好说好商量，我害怕和他来硬的惹得他狗急跳墙，说不定他真能捅你一刀。他光棍一个不怕啥，我还有小孩子要养呢。本来通过法律解决干净利索，我还是宁可绕个大弯子搬出李老头子来跟他们姐弟俩协调。说穿了，就是我让步。

这个李老头子也是个怪人，是我去托的他，我提着烟酒去请他，他倒是向着他们姐弟俩，处处帮他们说话，能帮他们争一点是一点，还说他最公道，都是为我们好，烦得我吃不消。他是老郑的老上级，比老郑大了十来岁，你说他一个七老八十的人，怎么连屁股坐在哪条板凳上都搞不清？碰上这种人也算是我倒霉。李老头子倒是负责任，他两边仔仔细细问了想法，问好了把我们拉在一起坐下来谈，来来回回好多趟，我跟他们争来吵去，讨价还价，最后总算把这块蛋糕切分了。

老郑留下的房子一共有四套，我和小孩住的运河新村这一套是我和他结婚之后买的，算是我们夫妻的共同财产，他们是打不着这套房子的主意的；春晓园的那套小房子是老郑买给郑小山的，也在我名下，他们也打不着这套房子的主意。有争议的是他们住着的紫薇庭园的房子和老郑的父亲留下的观雨亭街后来改名叫正兴街的老楼房，紫薇庭园的房子是老郑和他前妻离婚之前买的，房产证是在他们离婚之后拿到的，他们是把原先单位分的老公房卖掉之后买的，老郑说他往里填了不少钱，原本他是准备买了给郑小松结婚的，实际上买了之后他前妻和儿女都住在那里，后来他反而是把郑小松赶了出去。说起来这套房并不能算老郑一个人的，还有他前妻的那一份，他们姐弟就是揪着这一条不放。还有就是老郑的父亲留下的那个旧楼房，虽然破破烂烂，但听说要拆迁，真要是这样的话那就值大钱了。这套房子老郑在父亲死后换成了他的名字，他跟我说过是他自己找熟人改的，如果真去查，说不定不作数。老郑父亲死的时候老郑和他那个老婆还没有离婚，说起来他前妻也有份，这样推下来他们姐弟也有份，所以这也是他们死抓住不放的。还有一条，他们姐弟现在住着这两套房子，看他们那副样子，不谈好条件那是绝对没办法轻易让他们搬出来的。李老头子去问他们，郑小蔓没说什么，郑小松一张嘴就让我出两百万。两百万？他当天上下钞票呢！就是天上下钞票，捡还要弯腰捡好一会呢。我回他两个字：没有。隔一天李老头子又传回话来，说一百五十万也可以。我回他三个字：不可能。我手上的两套房子归我这是没什么话说的，他们姐弟住着的两套房子按遗嘱上写的也得归我，我再宽宏大量他们也占不着多少份额，就敢这样狮子大开口。碰到这样贪心不足的人，我只能不理睬。僵持了一段，李老头子来问我一百万行不行，行的话我这边马上给钱，他们那边马上签字。我还是没答应。老郑是留下了些钱，那我也不能拿出一百万给他们。最后磨来磨去终于谈到八十万。这个八十万也不是全部要我拿出现金来，具体说这里面包含了三项，一项是给老郑买墓地，估算十万块钱由我出；另一项是那两套房子继续让他们姐弟两人住五年，一套按每月六千五算，一套按每月三千五算，一年十二万,五年一共六十万；再一项是我再出十万块钱给他们姐弟俩作补偿。我心里难过了好几天，不过还是咬牙答应了。不答应又能怎么样？拖下去不是个事，拿不到房子我不定心。我跟他们姐弟两个写了协议书，大家都按了红手印子。当然怎么说还是办了过户手续才作数，我害怕夜长梦多啊。

17 曹紫云

好一阵子没有见到郑小松了，前天晚上他来了，心事重重的样子。这三四个月我们只见过寥寥几次，见面时他也是心不在焉的，有时约好了也不来，连个电话都不打，让我空等。上了床也没有多少劲头，就像是完成作业一样。我还以为他有了新欢呢，拐弯抹角反反复复追问他，他说是家里有些事情。他没跟我说是什么事情，我也没有多问。我们勉强还是把这种关系维持了下来。如果是放在从前，我可没有这么好的脾气和耐性，肯定早跟他拜拜了。现在好多事我都能将就，也肯将就，我很懒，凡事得过且过，混过一天算一天，我像一块石头，被生活的激流冲掉了棱角，我不但学会了委曲求全，而且还能装得快快乐乐。接到他要过来的电话，我炖了汤，又去老街上买了烧鸡、酱鸭、蟹黄包子和素油点心，亲手做了几个时令小菜，整整齐齐备好一桌席，都是他爱吃的。他一来我就烫了一壶黄酒陪他喝。

他面色蜡黄，心绪不佳，我很心痛。跟他在一起快一年，尽管我跟他说不上有多么如胶似漆难舍难分，但不知不觉间还是有了感情。将近一年来的接触，让我逐渐看清了他是怎么样的一个人。他虽然年纪轻，却并不单纯，相反，他相当复杂。他表面冷漠，其实并不是一个冷淡的人，他内心里不仅有温度，而且充满了热情。他讲情义，讲义气，肯为朋友两肋插刀，是一个吃得起亏的人。比如他对方大白，不仅对他唯命是从，而且对他一再忍让，被他那样利用和剥削也从不反抗，作为旁观者，我心里很同情他，也为他打抱不平过，还曾经因此差点惹恼了方大白。可能正是因为他身上那种忍耐和冷静激发了我心底的母性，我总想要保护他。有时我看他就像一个弟弟，尤其是当我看见他脱去社会上的那套伪装在我面前变得轻松自在，就像一个毫无心计的孩子一般依恋我，我真觉得很幸福。我就像恍然大悟一般意识到其实我心里还是渴望一份真挚的爱，正因为如此，我甘愿付出更多来换取他的真心。我甚至动过念头想要嫁给他，尤其是我年近八十的父母总是为我的婚姻担忧和操心，我觉得真能嫁给他也还是不错的一个选择。他是知道我的过去的，我不需要向他解释太多，他对我的各种宽容也正是我所看重和需要的。我特别在乎彼此能真诚相待，我不想隐瞒什么，更不想在谎言里过日子。说老实话，我对去跟那些完全不了解的陌生人相亲不但抵触，而且恐惧。有一次我姐夫给我介绍了一个做珠宝生意的商人，那个其貌不扬的小个子男人在见面不到十分钟就神情暧昧地提到了黄阳，他似乎故意要让我知道他对我曾经的经历了如指掌，他也许是想以此来打压我的身价，也许只是缺乏教养和礼貌，面对他当面揭我的伤疤，我突然情绪失控，在酒店富丽堂皇的大堂酒吧里当众痛骂了他一顿，从此以后我再不去相亲。我心上已经伤痕累累，不能再往上面撒盐了，更不能再被砍上几刀。所以我也更加珍惜和郑小松的缘分。

酒酣耳热，我们脱衣上床。事情结束，我们洗了澡靠在床头说话。郑小松比平日更加沉默寡言，我问他怎么啦。他叹口气，欲言又止。我说有什么为难事告诉我，我看看能不能帮得上你。

“有些事，谁也帮不上。”他淡淡地说。

我感到尴尬，我对他确实是一片好意。

“差不多都过去了。”他感觉到了我的情绪，拉住我的手，放在嘴唇上轻轻吻了吻说，“我是个倒霉蛋，我不跟你说，不是不愿意跟你说，也不是不相信你，我是不想让你跟着烦心，你自己就够不容易的了，我不能再让你为我操心。”

他拥我入怀，顿时一股幸福之感在我心中散发开来。

“这么说你是喜欢我的？”我情不自禁地抱紧了他。

他不吭声，用热吻堵住了我的嘴。

第二天，方大白打电话来很着急地约我见面，他一副忧心忡忡的样子问我最近郑小松怎么样。他慌慌张张的样子让我觉得好笑，我说你约我不是因为我，而是因为我的男朋友？他一点不跟我开玩笑，脸色严峻地说他刚听人说郑小松父亲立了遗嘱把财产都留给了后娶的老婆和后生的孩子，郑小松啥也没捞着，连他住的房子都成了别人的，他问我知不知道到底有没有这个事情。

我说我不知道，我确实不知道，他一脸狐疑，好像我故意不跟他说实话。我说郑小松有没有分到家产是人家的家务事，你替他操这个心干什么？他叹气说我不是替他操心，我是替自己操心，我担心借给他的那些钱他还不起，打了水漂。我安慰他说郑小松是个讲信用的人，不会借钱不还的，让他放宽心。他拖长了声调说："但愿他像你说的吧——"他苦笑了一下说，"我倒不是怀疑他的信用，我是怀疑他的偿还能力。"

我没作声。

他斜着眼睛望着我，咧开嘴不阴不阳地笑着说："现在你们怎么样？"

我翻了他一个白眼："你管得太宽了吧？"

他显得特别诚恳地说："要是你们这边稳定，我恐怕多少还能睡得着觉一点。"

他从烟盒里弹出一支烟，含在嘴里点着，递给我。我犹豫了一下，接过来，吸了两口。

他满脸堆笑地说："我瞎问一句，你不要生气，你们两个，有没有那个……结婚的打算呀？"

我愣了一下，心里五味杂陈。我说："你这是吃醋呢，还是担心我跟着他会食不果腹？"

他十分尴尬地笑了笑，说："我哪里顾得上吃醋？你们感情稳定生活幸福我高兴还来不及呢，我说的可是大实话。现在我不求别的，就盼着他能把借的那些钱顺顺当当还给我。说句财大气粗的话，要是放在三五年前，这笔钱对我来说不算什么，但现在我自己挣钱也不易，股市大跌每次都有我，四五十万就不是个小数目了。”

我吐出烟雾，没有接话。

他掐灭烟蒂，似笑非笑地说：“老话说‘不看僧面看佛面’，你要是肯替他作保，我就先不催他还钱。”

“我不管。”我说，“关我什么事？”

“那好，方便时你跟他透一句，叫他早点把钱准备好。”

“你明知道他还不起，何苦逼他？”我脱口而出。

“看来你还是心疼他呀！”他歪着嘴角，流里流气地笑笑，转眼换了严肃的神情说，“你是知道我这个人的，我不喜欢把事情做绝，不过真要是到了山穷水尽的地步，我也是豁得出去的。”他压低了声音，很像是推心置腹地说，“要不是看在跟他盘根错节的关系上，我也不会有这么多顾虑。”

方大白跟我说过这些之后我心里就像压了一块石头，一直被一种隐隐的担忧折磨。不过受他那些话的启发，我心里忽然生出一个主意，我隐约觉得这对我来说未尝不是一个机会，如果郑小松肯和我结婚，他这几十万元的债务我情愿替他偿还。想到这里我心情忽然透亮起来，之前汇积在心头的阴霾顿时一扫而光。

我发微信请郑小松晚上一起吃饭，他痛快地答应了。我订了湖边餐厅的包间，打算在湖光水色中跟他来一次罗曼蒂克的约会。

下午我去美容院做了全套的皮肤护理，还新做了发型，我已经很久没有对自己下这么大的功夫了——想当年我每次赴约之前都会精心修饰，把自己打理得就像一株修剪一新的观赏植物，说实话，那时候我确实是靠脸吃饭的，我知道容貌是女人的资本，我曾用自己天然的武器打败过无数看得见看不见的对手和敌人，我曾经春风得意，自命不凡，回过头想想，真不知道是得天独厚，还是因福惹祸。重新拿起几年前没有用完的美容卡，走进从前去熟的地方，我发现竟然就像踏进一个完全陌生的场所。美容院重新装修过了，过去老式的沉稳典雅不见了，换成了简单明快的田园风格，带着一股浓烈的乡村土气，满眼都是农家乐的审美趣味，先前那些精干讨喜的熟人也一个不见了，换上了一茬长相平庸呆头呆脑的新人。想想过去，再看看眼前，真是别样滋味在心头。

从美容院出来，我焕然一新。我早早来到湖边餐厅，我怀着激动和忐忑的心情等了将近一个小时，郑小松才匆匆赶来。

他赶得一头大汗，满脸的焦躁。我问他是不是遇到什么不顺心的事，他苦笑着说就好像没一件事是顺心的。他说来得晚是因为游戏厅里有人打架，有个看热闹的人报了警，警察来把打架的人带走了，也把他叫到派出所去询问情况。“刚恢复营业没几天又出这样的事情，要不是我们好几张嘴要靠这个店吃饭，真恨不得把这个店关掉算了。”

面对一桌子美味佳肴，他吃得很少。他一次次端起我斟满的酒杯，一饮而尽，我只好放慢了给他倒酒的节奏，而且每次不敢给他倒得太满。几杯酒落肚，他脸上泛起酡红，话也多起来。他对我大倒苦水：每天起早贪黑奔忙，烦事难事都是他去出面，各种辛苦，各种操劳，到头来被算计，没赚到钱反而还赔钱……他很少对我说这么多话，也很少跟我聊得这么深，这天不知怎么了，他忽然把我当成了几乎无话不说的知己。尽管他说的都是些不愉快的事情，可是他对我如此信任还是让我心里有种说不出的高兴，也让我感到和他更加亲近。

他说着说着，说到了家里分家产的事情。他对自己家的事情一向讳莫如深，我还是第一次听他说起家里的事。他跟我讲了他和姐姐在外婆家度过的贫困压抑的童年，还说到他父亲在外面轧姘头，他母亲去世不久就娶了那个比他年轻得多的相好，而且还立了遗嘱把自己名下包括他母亲死后没有分割的财产统统给了那个女人和一个来路不明也不知道跟他到底有没有血缘关系的孩子。

这可坐实了方大白的担忧，不过我没敢在这个时候把方大白找过我的事告诉他。他眉头紧锁，心事重重，我尽量说些宽心的话安慰他，缓解他郁闷的心绪。吃完晚饭，我提议去湖边走走。

月亮刚刚从湖上升起，清辉洒在水面上，两岸点点灯火，湖面波光粼粼，宛若仙境。微风吹过湖堤，夹带着花草的芳香，令人忘掉烦恼。我们手挽着手在湖边走了好久，在一座木桥前停了下来，一起眺望湖面。我们看着月光下翩翩起舞的荷叶和荷花，我靠在他怀里，感觉着他的呼吸和心跳，我抱紧了他，就好像抱着一个半大的孩子，而不是抱着一个强悍的男人，我好心疼他。

“你对我太好了。”他用一种我从来没有听过的温柔口气说，

“我真是没有想到。”

我抚摸着他的头发，心里漾满了柔情。

“我不配你对我这么好。”他声音低低地说。

“真是个傻孩子！”我笑起来。

他突然用两条有力的胳膊箍紧了我，忘情地亲吻我，仿佛要把我吃掉一般。他从来没有像这样激情澎湃，我感觉他是那样饱满、强劲、有活力，就像一只猛兽，像一条奔涌的大河，像一段高亢的旋律，像最浓烈的颜色，我忽然看见了他的另一面，充满了爆发力火花四射的另一面，我真没想到在他瘦削挺拔的身躯里竟然蕴藏着如此巨大的能量。那一瞬间似乎有一股电流穿过我的心间，我心里的某个东西与他接通了，我一下子被他点亮了。

“我们结婚吧。”我几乎是脱口而出，我真的很忘情。

我感到他身体一颤，不过他沉默着，没有回答。我仰起脸，含情脉脉地凝视着他。他眼睛里闪过一丝光亮，但脸上没有表情。风吹动着他的头发，他的脸在湖面的反光里显得那样冷峻和动人。我发现湖上的风大了。

“跟我结婚吧！”我又说了一遍。那一刻我心里除了温情，还有果断。

他脸对脸望着我，眼神是那样温柔和深情。他抓住我的手，紧紧地握着，慢慢绽露出笑容，态度无比坚决地说：“不，绝对不行，我是一个一无所有的穷小子，不但没有财产，还背着几十万的债务，我不能害你。”

我明白他拒绝是出于他对我的真心，他此刻的拒绝比他接受更加打动我的心。

“我不在乎的。”我说。

我真想对他说，不用怕，有我呢。

他摇头，沉默，像一棵孤寂的树。

湖上月色很好，风很大，刮得人睁不开眼睛。

18 郑小松

这个十三天，我是用了许多天来准备的。

我想来想去，绞尽脑汁，脑子里慢慢形成了这个罪恶的计划。我被一股邪恶的力量推动，竭力向心里的那个目标接近。其实我也不是没有犹豫和退缩，有时半夜梦醒，浑身被冷汗浸透，事情还没有发生我已经提前看到了结果，心里充满了恐惧和悔恨，然而我向着深渊迈进的脚步却又是那样坚定。尽管每向前一点，我心里的不安和煎熬都在扩大，但我欲罢不能，而且变得越来越冷酷和疯狂。

我说不清自己相信不相信报应，我根本不去也不敢去想这个问题。在这十三天之前，我有许多个夜晚通宵失眠，我似乎再也找不到睡眠的感觉，躺在床上脑子格外清醒，我能听得见头颅中大大小小的齿轮咔嚓咔嚓旋转不息的声音，我被那种不停的运动折磨得近乎发疯。没有睡眠的世界真的好可怕呀，就像烈日烧灼下寸草不生的荒漠，就像狂风席卷，就像大雨倾盆，就像在污泥浊浪中漂浮。我不知道自己是不是因为害怕而失眠，也许是吧。我亲手制造一个噩梦，在这个噩梦里我是青面獠牙的吃人魔鬼。

我用十三天实现了这个罪恶计划的第一步，我没有想到竟然出乎意料地顺利和容易，简直就像是囊中探物。我的人性并没有在那一刻复苏，相反，我心中的欲望像干柴遇到烈火一样熊熊燃烧。我眼看着自己像一辆制动失灵的车一样在邪恶的道路上飞速驶去，却刹不住闸。

在这个十三天之前，我在心里和这个我曾经安分守己生活的世界作了告别，把该放下的都放下了。我忍痛斩断了和曹紫云的恋情，我其实是不想辜负她，也不忍心辜负她，但我清楚我不离开她就意味着会连累她，会害了她。她那么美，我不舍得让她因为我遭受世人的冷眼甚至唾弃。她也真是红颜薄命，曾经因为黄阳吃足苦头，好在她还凭借他风光过，而我既没有带给她荣华富贵，也没有带给她幸福安宁，却很可能带给她巨大的痛苦和磨难。所以我宁肯辜负她，也不能让她再经受一次灭顶之灾。我狠心地离开了她，我知道她会难过，也许还会流泪，不过我只能这样，我这样做是为她好。她越是对我真心，我离开她越是坚决。

就像钱币有两面，它们出现的时候却是合而为一的。我一边对曹紫云恋恋不舍满怀深情，一边却冷酷无情地把黑手伸向了一个无辜的女孩。

第一天。她叫樊文花，是我用微信摇一摇找来的。以前只有在百无聊赖的时候我才会偶尔用一下这个功能，看到屏幕上出现

"正在搜索同一时刻摇晃手机的人"这几个字我总是感到好笑，可见无聊的人还真不只我一个。樊文花并不是我摇上来的第一个人，这种随机的方式有可能找到的是远在千里之外的某个人，那样的人对我毫无用处。那一天我摇出了一个距我五公里的"渴望爱的小星星"，我心头一亮，直觉这可能是个不错的人选。这个距离不远不近，对我来说相当合适。于是我立刻加了她，并向她发去了问候的笑脸，和她开始了微信聊天。

她二十岁，四川人，有过男朋友，谈过不止一次恋爱，目前没有对象，在驾校做前台，和姐姐住在一起……我和她聊了不到半个小时就摸清了以上这些情况，每一条都符合我预设的要求。她很快通过了粗筛，进入我细聊的分组。

很少有人像她这样第一天就能让我跟她聊到半夜，不是因为她有多聪明、多机灵和多有趣，也不是因为她俏皮幽默有品位，恰恰是因为在聊天中我感觉她头脑简单，没什么钱，还爱虚荣，让我欣喜地发现她正是我苦苦寻觅和等待的那个人——就像俗话说的："踏破铁鞋无觅处，得来全不费工夫。"

我锁定了目标。

第二天。我趁热打铁，继续给这个"渴望爱的小星星"发微信。如果是面对那些经历丰富的女人我肯定是不会这样做的，我会撒下诱饵，然后花上一段沉寂的时间，用冷处理的方法让她们自己先在心里发酵，随后再找准时机下手，那样才有可能手到擒来。而对樊文花这样的女孩子，我觉得没必要绕那么多弯子，我打算采取简单的步骤，跟她直来直去。

我在微信上约她晚上一起吃饭，不出所料，她很痛快就答应了。在选择餐馆上我略动了一番脑子，最后挑选了一家好吃不贵的，我觉得这样会使我和她的交往显得轻松自然。

我提前到餐馆等她，如果不合要求我可以一声不响地悄悄溜走。她来了，跟我想象的差不多：一米六左右的身高，微胖，也许一点也不胖，就是没有什么线条。看惯了身材窈窕凹凸有致的曹紫云，这样平庸的身材实在让我扫兴。不过她小脸蛋倒是红扑扑的，皮肤也白白嫩嫩，一笑起来露出两个小虎牙，加上一对若隐若现的小酒窝，还是蛮招人爱的。“就是她了。”我在心里对自己说。

我请她吃烧烤，我点了大盘的肉，大杯的饮料，她胃口很好，相当能吃。我叫她多吃，她也不客气。她确实挺单纯的，一点也不装，是我喜欢的类型。我一次次加菜，她竟然都能吃掉。只要她能吃，我就给她加，我会让她吃饱的，吃上头我是绝对不会亏待她的。

吃过晚饭我带她去逛店。女人都喜欢逛店，我想她肯定不会例外，果然她非常高兴。我领她去时装街，她到了那里就走不动路了，出了这家店进那家店，一家一家挨着转，逛得兴致勃勃。那些在我眼里花里胡哨、式样落伍、质量不怎么样的衣服她都看得津津有味，还挑出一件又一件来试穿，我只好耐着性子陪她，还装出笑容，做出十分欣赏的样子，用夸张的话赞扬她，她美滋滋的，开心极了，我觉得自己的演技真是很好。

在一个灯光亮得刺眼的小店里，她挑了两件衣服，一副爱不释手的样子，一件是红色的千鸟格外套，另一件是蓝色的缎子短裙，她走到布帘后面换好，迈着跳舞一般的步子摇摇摆摆走到我面前，脸上露出羞怯不自信的笑容，忐忐忑忑地等着我发表意见。我肯定不会让她失望，我做出就像见到大牌明星一样的表情，满脸惊喜地狠狠赞扬了她一番，她只顾高兴，竟然丝毫没看出来我在装腔作势。其实在我看来这两件衣服俗艳不堪，穿在她身上显得相当土气，我真不知道一个人得多没有眼光才会从那么多的衣服里挑出这样两件，她的审美差到这个地步实在让我吃惊和失望。我忍不住想到曹紫云，任何时候她都打扮得赏心悦目，不仅漂亮，而且得体，跟她走在一起绝对脸上有光，再看眼前这个小土丫头，跟她差着都不止十万八千里。不过我心里却也有一丝暗暗的高兴，我觉得越是这样，越好打发。

看她穿着那两件新衣服在镜子前照来照去舍不得脱下来的样子，我叫她买下来，她却犹豫不决，看看这件，又看看那件，好像哪一件都不舍得放下，或者反过来说，好像哪一件都下不了决心买下来。我在旁边看得很不耐烦，不过我没有丝毫流露。直等到她终于恋恋不舍地走到布帘子后面换下了这两件衣服，在售货员轻蔑的目光里朝店门外走去，我才稳步走向收银台，掏出了银行卡。

当我笑容可掬地把装在精美的礼盒里的这两件衣服递给她时，她是那样惊喜和不知所措，简直就像第一次收到礼物。其实我也很少送别人礼物，我想不起来上一次给女人买东西是什么时候，连大美女曹紫云我都没有送给过她像样的礼物——她的美目和红唇在我的脑海里闪过，我心里顿时充满了愧疚和酸涩。

眼前的樊文花却正向我露出热力十足的笑容，她就像阳光下盛开的向日葵那样朴实和明朗。她的笑容把我心里的阴云驱散得一干二净。

第三天。这一天雨从凌晨开始下起，越下越大。一般来说冷天很少下雨，尤其是很少下这么大的雨。外面水天水地，天空和地面同样都是铅灰色，让人很怕出门。因为街道通知要检查卫生，我没办法，只好顶风冒雨去了游戏厅。应付完事情已经是下晚。我回到家，又冷又乏，没吃晚饭就倒在床上睡着了。

一觉醒来快九点了，外面雨还在下个不歇。我从枕头下面摸出手机，摁亮屏幕，上面有好几条新收到的微信，打开一看，全是“渴望爱的小星星”发来的。她问我在忙什么，下班了没有，有没有被雨淋着，今天有没有空见面，一句话，她想念我了。看到鱼儿咬钩，我很开心。我把手机扔到一边，缩回到温暖的被窝里。我清楚已经没必要冒雨出门，我要做的就是让这颗渴望爱的小星星耐心地等一等。

第四天。雨还是淅淅沥沥下个没完，我一睁眼打开手机就看见樊文花发来的问候的动画表情，我没有回复，我打不起精神来。我躺在床上想想这天的事情还真不少，而且都是很烦心的事。店里两台特别热门的游戏机坏了，一天不能用就耽误一天挣钱，昨天打电话过去，会修的师傅正好出门了，还得赶紧另外找个人来修。还有新买的机器一直没有到，也要赶紧催货。我突然想起还有一件事，本来跟我没啥关系，但也落在了我头上——方大白的舅舅要过来，方大白跟人约好了要去钓鱼，让我替他去接站，除了接站还得把他舅舅安排好。我心里一百个不乐意，可是不能不做，而且还得做好。方大白的舅舅不是个好侍候的人，连方大白自己都说他特别烦，这一年多他隔三岔五就来一趟，拉着方大白一起帮他找门路到学校去推销塑胶跑道和教学器材。从前方大白靠着他爸爸的关系走门路还是很方便的，可是今非昔比，他父亲没权之后就完全不一样了，说穿了他要找人疏通关系也只剩下用钱开路了。他舅舅可不管这一套，要求还特别多，他只好硬着头皮陪他一趟趟往学校跑，他没少在背后抱怨，但抱怨归抱怨，舅舅的事情不能不办。大概他实在是烦了，所以才找我做替罪羊。他是我债主，所以他让我做什么我都不敢有半个不字。

我冒雨出门去接方大白的舅舅。刚从火车站接上他，电话就响了。我摁下接听键，电话里就响起樊文花脆生生的嗓音，她问我在哪里玩呢，我说我没玩，在外头忙事情呢。她说大礼拜六的你还在忙什么撒？她完全就是一副小情人的口吻，我心里暗笑，赶紧换了柔情蜜意的口气说我在接待客人呢，她又追着问是啥子客人？男的女的？小妹妹啊，你问得太多了吧？我和她嘻嘻哈哈说笑了几句，答应等忙完联系她。

本来这一天方大白的舅舅中午和晚上都约了学校里的领导吃

饭，我得跟着他一起去，他拉着我的意思很清楚，就是要我替他买单。结果中午他喝得酩酊大醉，我把他送到宾馆休息，他倒下呼呼大睡，睡到傍晚才醒来，跟我说他喝不动了，晚上的客先不请了。我好高兴得了这意外的空闲，赶紧约樊文花晚上出来吃饭。

我决定快速拿下她，所以自然要请她吃顿好的。我请她去市中心欢乐广场顶层的那家玫瑰西餐厅，那是曹紫云最喜欢的餐馆，我决定带土丫头去开开洋荤。

果然这顿饭的效果特别好，不是说樊文花喜欢吃西餐，相反，她对端上来的奶油浓汤、鱼子酱、生蚝、烤牛排、马铃薯泥、通心粉等等并没有像曹紫云那样露出掩饰不住的欣喜，她连刀叉都不会用，不是把勺子掉到地上，就是把茶杯打翻了，一顿饭吃得手忙脚乱狼狈不堪。但看得出来她既忐忑又激动，而且对我充满了信赖。这才是我们第二次见面，她已经跟我什么都聊。她说周末是她最无聊的时候，姐姐去跟男朋友约会了，把她一个人丢在出租屋里，她自己待着特别冷清特别寂寞。她说她很羡慕姐姐，姐姐长得比她漂亮，找的男朋友对她好得不得了，样样听她的，为她花钱可大方了，什么都舍得给她买，而且都挑好的贵的买给她。她说她最羡慕的是姐姐过几天就要出嫁了。

她的简单和纯朴让我感到放松和愉快，我已经好久没有接触过像她这样涉世不深没啥心机的小姑娘了。我甚至想假如自己找这样一个女孩子结婚成家，生上一两个孩子，过着安逸平稳的小日子，一辈子一转眼就过去了……这个想法让我心头一震，我立马想到了自己心中的目标，我找她可不是为了过安逸平稳的小日子的，我深深地吸了一口气，让自己集中精神，回到预设的剧情之中。

吃完浪漫的晚餐，我没有马上送她回家。为了推进剧情，接下来我打算请她去看电影，当然最好是一场浪漫的爱情电影。那天运气很好，通宵电影票买一赠一。我让她挑选座位，她毫不迟疑选了最后一排，我在暗喜中略感惊讶，这个乡下丫头竟然跟我想到一块去了。

坐在黑暗的电影院里，我的心思肯定不会在电影上。我不时在她耳边说上几句话，有时搭一搭她的肩膀，或者是搂一搂她的腰。我的撩拨很快有了效果，她主动靠过来，挽住了我的胳膊，热乎乎的身子靠在了我的身上。

我抱住她，试探着去亲吻她，没想到她比我还要急切。她迎上来，嘴唇热乎乎地贴到了我的嘴唇上，柔嫩灵巧的舌头伸进我的嘴里，她的呼吸变得急促，和我亲得难舍难分。说老实话，我都觉得有点不适应。有一阵我心里为自己不能沉醉其中而感到沮丧，而跟曹紫云还有其他的女人我是从来没有过无法融入的感觉。我一边和她深情地拥抱亲吻，一边在思考着下一步该怎么走。我脑子里十分清楚我并不是在跟她谈一场风花雪月的恋爱，我是为了捕获她。想到我的最终目的是毁灭她，我心里闪过一阵针扎般的剧烈疼痛。

她很陶醉这种黑暗中的亲热，而且毫不掩饰自己的渴望。我以为这一段进展起来需要一个漫长的过程，没想到电影开场不到二十分钟就完成了前戏。再在电影院里坐下去就没有多大意义了，我问她想不想跟我回家，她热切地抱紧了我，在半明半暗的光线里向我绽露出一个略带羞涩的甜蜜笑容。

那一刻我多么希望自己和她一样纯真，对别人的意图一无所知。

我把她带回了家，直接就上了床。她对性的热切出乎我的意料，我想不到她小小的身体里蕴藏着那么巨大的能量，我真得打起十足的精神才能对付她，看来什么事都不像想象的那么简单。不过这么容易就把她勾搭到手，我很得意，甚至都有点恍惚了。

第五天。我们一起在床上迎来黎明和清晨。尽管一夜没睡，我们都精神不错。经过我一夜的浇灌，她犹如绽放的花朵一般艳丽。

“喜欢我吗？”她柔情似水。

“喜欢。”我含情脉脉。

“真的喜欢吗？”

“真的喜欢。”

“你好棒的！”她娇羞地说。

“从来没有人这样说过。”我故作谦虚，随即深情款款地问她，“做我的女朋友好不好？”

“真的呀？”

“当然是真的。”

她带着速度和重量猛地扑进我的怀里，我们再一次如胶似漆般亲吻在一起。当我们亲吻时整个世界仿佛都笼罩在甜蜜的云雾里。

这一天，我和她正式确定了恋爱关系。

第八天。我抽空回家去向郑小蔓借电动车，樊文花刚刚学会骑，瘾头大得很，想让我带她练车去。

前两天我和樊文花没有见面，她调休了两天陪她姐姐和准姐夫一起出去买家具，他们快要结婚了，她也跟着一块忙，我算是松快了两天，集中精力把游戏厅里的事情料理了一番，又在家补了补觉。略微清静下来我发现自己非常累，躺下去骨头都是酸痛的，就像快要散架一般。尽管和樊文花进展顺利，甚至超乎想象的顺利，可是我心里却一点也不轻松。我清楚后面要做的事情还多，而且都是高危动作，除了头脑冷静胆大心细不能露出一丝一毫的痕迹，关键时刻还要下得去手。说老实话，我心里不是没有矛盾，有时候我突然胆战心惊想收手不干了。可是不继续下去不但前功尽弃，还等于给自己找来许多的麻烦。我就像悬在峭壁上，往上很难很危险，往下也同样很难很危险。我知道开弓没有回头箭，我其实是没有退路的。一想到这，我既绝望又无奈。

郑小蔓做好了晚饭等着我。我一进门就看见桌上摆着热气腾腾的几个菜，那股熟悉的家的气息扑面而来。我们一边吃饭，一边聊起了家务事。她说陆菊仙来过好几次，催她叫上我一起去办过户手续。我埋头吃饭，头也不抬地说："她急啥？别理她。"

郑小蔓说："我也是让她别着急，我跟她说答应你了总归会去办的。"

"谁说的？"我说，"真还未必。她占了我们那么大的便宜，我们反悔了又怎么样！"

郑小蔓瞪大了眼睛望着我，她眼睛下面两个眼袋好明显。

"你真要反悔呀？"她惊愕地问我。

"答应她太便宜她了。"我说。

"这样不好吧？"她说，"不是都谈好了吗？协议都签了。"

"房子在我们手上，我们还怕了她了？"我蛮横地说。

"她会告我们的。"她说。

"让她告去吧。"我说。

郑小蔓忽然就不说话了，我马上想到她跟我不一样，她在公家单位上班，而且她在单位里一向表现很好，积极要求进步，前一段她告诉我她的入党申请被批准了，她已经是预备党员了，而且她那个部门主任快要退休了，如果副主任升上去，就会空出一个位子，她是除了主任和副主任之外资格最老的员工，而且业务也很好，她自己分析很可能会有升职的机会。在这么个当口，她当然不希望发生节外生枝的事情。如果真被陆菊仙告了，让她单位知道了，很可能对她不利，说不定还会影响她的前程。看着她心事重重郁郁寡欢的样子，我心里相当难受。

郑小蔓小心翼翼地说："毕竟她和爸爸夫妻一场，不看僧面看佛面吧。我已经答应她跟你说，要不我们这一二天就跟她去把手续办了吧？”

我越想越气，老头子人都死了，还给我们招来这么一个祸害，依我心思，根本不想去给陆菊仙签那个字，可是替郑小蔓想想，我真是骑虎难下。

郑小蔓重重地叹了一口气说：“我愁得夜里都睡不着觉。可是我们不去签字，她真跟我们打起官司来，房子还是她的。现在她毕竟还肯按协议办，她说了只要我们去签字她立马就把钱打过来。”

“那好吧。”我权衡再三，答应了。因为我也实在需要钱用。

郑小蔓如释重负，但随即她神情黯然，我心里很不是滋味。

吃完饭，她收了桌子，沏了茶来喝。我打开手机，把樊文花的照片给她看，对她说：“我交了一个女朋友。”

“真的？”她露出灿烂的笑容，仿佛心情在一秒钟之内变好了。她接过手机，关切地问我，“多久了呀？”

“没多久。”我说。

她仔仔细细看了照片，没有马上说话。隔了好一会她才问：“你们定了吗？”

我“嗯”了一声。

她收了笑容，皱起眉头。

“怎么啦？”我笑问她。

“好像跟你不是太合适。”她直截了当地说。

她真是好眼光。我不知道该怎么跟她说，当然我也不能跟她细说。我拿过手机，随口说一句："她不是挺好的吗？"

她沉下脸色，十分严肃地对我说："你条件这么好，婚姻大事可不能马虎。"

她可真是我的亲姐姐！我这条件还能说好啊？我听了不知道是想笑还是想哭。

她接着说："你二十七岁了，确实也该结婚成家了，不过我还是劝你慎重，毕竟婚姻是终身大事，你再着急也不能随随便便找个人就结婚吧？"

"我可不是随随便便找的她。"我跟她强调说，"我真是费了一把劲找的。你看看她，年轻、单纯、健康，样样合我意，有什么不好的？"

"她和你不般配。"她斩钉截铁地说。

我一下子被她堵住了，不再跟她争辩。我脑子里飞快闪过的情景是小时候她把自己留着的糖果给我吃，我发烧的时候她坐在床边陪着我，自己默默流泪，把两只眼睛都哭红了。我心里一酸，不再去想。

吃完饭我骑着她的电动车走了，去陪樊文花练车。我告诉樊文花我把她照片给姐姐看了，她微红着脸，忐忐忑忑地问我："姐姐怎么说的呢？"

我不假思索地说："姐姐夸你呢，她很喜欢你。"

第九天。我和郑小蔓去和陆菊仙办了过户手续，我们签了字，她把十万块钱转给了我们。她给我和郑小蔓一人转了五万，她说：

“我也算对得起你们爸爸了。”我不知道她这是从何说起，听着真像是一句笑话。

事情办完我们各自走了。走出一段郑小蔓折回身，追上我说：“明天请你女朋友到家里来吃个饭好吧？”

我说：“其实没这个必要吧。”

她笑问：“怎么这么说呢？”

我想了想说：“那好吧。”

我知道她是给我做面子，我不想拂了她的心意，当然，她请这顿饭，这出戏也就更像了。

第十天。郑小蔓请吃饭樊文花特别高兴，她说她是第一次“上门”，她特意化了很浓的妆，擦了她姐姐的粉和胭脂，抹了她姐姐的口红，问我好看不好看。说真话一点也不好看，她抹得红的红白的白，一点也不自然，冷不丁一看能吓人一跳，还不如她平常那种素面朝天不加修饰的样子呢。不过我还是赞美了她一番，反正说几句好话也不费劲，哄她高兴呗。看她开开心心的样子我心里真替她酸楚，一个女孩子去男朋友家里，连搽的脂粉都不是自己的，还有什么可高兴的？

郑小蔓为了招待我的女朋友倒真是下了功夫，尽管我跟她说了家常便饭就行，她还是做了一大桌子菜：八个凉菜十个热菜加上汤和甜品整整二十道，算上饭前一茶四果，统共加起来是二十五道，这在我们这里算是最排场的宴客了。让我特别感动的是她趁樊文花在客厅看电视的时候悄悄把我叫到厨房，把一张银行卡塞给我，红着眼圈说爹妈不在了，她这个做姐姐的尽点心意。她说卡里有六万块钱，让我买点准备结婚的东西。我不肯要，她坚决要我收下。她说她在公家单位上班，每个月旱涝保收，不像我，这个月挣了钱，下个月还不知道能不能挣到钱。昨天陆菊仙转钱，她就想让她全都转给我，因为不想跟她啰唆，才没有说，今天正好一块儿给我。我跟她推了好半天，最后还是收下了，这钱算是我的启动资金吧。她还按我们当地风俗给樊文花包了一个六百六十六元的红包，还送了她一条大红的羊绒围巾，做得真是又体面又周到。

樊文花受宠若惊，感动得都快流泪了。眼前的场面温馨欢乐，我心里的一个角落却寒冷紧缩。就好像郑小蔓在配合我演戏一般，当然，她完全不知情。她太善良了，不管自己高兴不高兴都要让别人高兴，她是那种任何时候都肯委屈自己的好人，我实在无法想象她要是知道事情的真相会怎么想。

这一天十分圆满。樊文花很开心，我离实现目标更近了一步。

第十二天。因为我的姐姐郑小蔓见过了樊文花，樊文花的姐姐樊佳音也要见见我。当晚她在她男朋友的餐馆里摆了一桌，请我和她妹妹吃饭。其实我是不想搞七大姑八大姨见过来见过去那一套，因为我暗藏的企图，对我来说是越简单越好，越省事越好，枝节一多容易露出破绽。不过我也不能不顾风俗人情，有些事情是想省也省不了的。

这天正好是星期天，我带樊文花去商店里逛了整整一天，给她里里外外买了好几身新衣服，大包小包我们两个人四只手都快拎不下。她说从小到大没有人给她买过这么多东西，她开心得就像喝醉了一样。看她这么开心我也挺高兴的，我肯定要先把她哄好，她才会相信和依恋我，后面的事情才好办。所以说为了我的计划我是不惜给她花钱的。比起最后能获得的收益，这点钱算得了什么？

我让樊文花换上崭新的衣服，打扮得漂漂亮亮，我们一起去跟她姐姐和准姐夫吃饭。现在她是我女朋友了，我不能让她太寒酸。

樊佳音订了一个豪华的包间，很上档次。樊佳音虽说和樊文花是亲姐妹，但她们两个人完全不一样，无论是相貌、气质还是穿衣打扮、言谈举止，几乎没有相同之处。樊佳音显然是见过世面的，就她那一笑，不深不浅，不远不近，既端着又不装，竟然让我想到曹紫云。她一条亚麻色针织裹身裙，脖子里简简单单一条白金项链，耳朵上一对白金扁圆耳环，往穿得焕然一新的樊文花旁边一站，把樊文花衬得就像小时装店门口的塑胶模特。不过对我来说却不但不失望，而且心下暗喜，这只是再次证明我选对了人。

刚坐下不久，包间里又热热闹闹涌进来好几个人。樊佳音给我介绍说是小姑妈一家：小姑妈、小姑父、他们的儿子康康，还有康康的爷爷、奶奶和小姑。面对突然出现的这些亲戚，我虽然有点意外，但应付自如。这顿饭吃得相当不错，我接了好几个见面红包。樊佳音真是太有心了，我也更加要把下面的戏唱好。

散席之后樊文花跟我回到家里，她喝了两杯白酒，这是她第一次喝酒，本来红扑扑的脸更加红润。她扑进我怀里，趁着酒兴我们缠绵得难舍难分。

在无比亲密的气氛里我跟她提到了结婚。

她张大了嘴巴，惊喜异常，就像不相信自己的耳朵。

“你真的——要跟我结婚？”

“是啊。”我说，“嫁给我好吗？”

“那我能跟姐姐一块结婚吗？”她问我。

“当然可以啦！”我说。

“姐姐和小王明天就去领结婚证——”她就像期待开奖一样两眼紧紧地盯着我。

“我们也明天去登记结婚。”我一锤定音。

随着一声快乐的高喊声，她像一发炮弹冲进了我的怀里。

第十三天。我们醒得很早。樊文花一早就睡不着了，她去梳洗化妆，一会儿跑来说种在花盆里的茶花开了，一会儿又跑来说后窗口有喜雀在叫，她蹦蹦跳跳，一刻不歇，欢快得就像个孩子。我躺在床上装睡，我不忍心看她那副快活的样子。

吃过早饭我们去了民政局婚姻登记处。

郑小松，男，二十七岁，樊文花，女，二十岁，自愿结婚，经审查符合《中华人民共和国婚姻法》关于结婚的规定，准予登记，发给此证。

我们领到了大红的结婚证。

我们结婚了。

19 樊文花

郑小松对我太好了，我太幸福了！我没想到自己能遇到他，幸福来得太突然了，我简直不敢相信这是真的。

我过了太多的苦日子，倒不是说我吃不饱穿不暖，也不是说每天挨打受骂，而是我心里总是有说不出的委屈和苦恼，而且有些痛苦不能对人说，也没处说。我能跟人家说我爸爸妈妈从来没喜欢过我吗？我能跟人家说我姐姐比我运气好，我除了羡慕还嫉妒她吗？我能跟人家说我稀里糊涂谈过两个男人，但我没有真正尝到过爱情的滋味吗？我能告诉别人因为我没有经验意外怀孕被小姑妈赶出家门，而且还连累了姐姐吗？这些苦我只能放在心里，有时半夜醒来，翻来覆去再睡不着，回忆起自己经历过的这些事情，我躲在被子里哭过好多次。

认识郑小松以后完全不一样了，我好像突然跌进了蜜罐子里，拿姐姐的话说，我都快泡成蜜饯了。我哪里想得到这样的好运会降临到我的身上？我很小的时候就想要嫁人，说出来肯定要惹人笑话，我看到别人举行婚礼，或者在电视里看见人家结婚的场面，心里就痒痒的，眼热得不行。我不知梦想过多少次自己穿上雪白的婚纱，一桌挨一桌去敬酒，被家里人和亲戚朋友围着热热闹闹地说笑，我在这样的幻想里陶醉，可以忘掉周围的一切。从小到大，这个幻想一直伴随着我，现在眼看着就要梦想成真。

其实我心里也知道自己盼望出嫁是渴望逃离那个每天一大清早睁开眼睛就有做不完的活的家。从记事起我就要做好多的家务，扫院子、烧火、洗碗、洗衣服、割草、喂猪、喂鸡，有了妹妹之后还要带小孩。有时候事情没做好，或者动作慢了，或者忘记做某一件事了，妈妈会冲我大叫大嚷，爸爸更加干脆，大巴掌劈头盖脸就打过来了。被爹妈打骂我心里特别委屈，也特别难过，他们不打骂姐姐，不打骂妹妹，偏偏就打我一个，我不知道他们为什么这样。挨打受骂他们还不许我哭，他们迷信，嫌哭丧气，如果我哭，他们更加生气，下手也更重，更要往死里打。最初隔壁邻居听见我哭还会过来拉架，后来我被打得多了，成家常便饭了，我哭得再声嘶力竭也没人过来拉架。只有我大姑妈心疼我，可是她住在县城里，难得回来一趟。每次她回娘家，总是撩起我的袖子和裤管，看看有没有伤痕。她跟我爸爸妈妈说过好多次，不让他们打我。可是她一走，他们打我打得更加厉害。我忍着，因为大姑妈让我忍着，她说等我长大就好了，到时候我会有自己的家，由我自己做主，我说了算，父母再管不着我，那时我的日子就好过了。——可不就是这样吗？还真让大姑妈给说着了。

我特别珍惜和感激郑小松给我的爱，还因为之前我受了不少感情上的伤害。回过头想想，我是那么幼稚和轻信，店长分明是在骗我，我却还以为他是爱我的。在得知我怀孕之后，姐姐去店里找他算账，让他三言两语支去找小彭，小彭给了五百块钱，从此再不理我，电话、微信都把我拉黑了，我也没有脸面再去找他。做完流产之后我去上班，店长就跟没事人一样，连一句问候的话都没有。他跟别人倒是有说有笑，好像存心气我似的。没过几天，一大早我刚到店里，会计过来对我说，店里解雇我了，让我跟她去结账。我问会计还有没有别人被解雇，她说没有。我蒙了，忍住气去问店长怎么回事。店长回答我说店铺合并，每个店都在裁人。我问他为什么是我，他冷冰冰地说轮到谁是谁，也不是他一个人定的。我说你是店长，你怎么就不能为我说句话？我的眼泪不争气地涌出来。他眯着眼歪着嘴笑着说，那我难不成把自己给裁掉？我知道说什么也没有用了，心里有说不出的委屈。我是流着泪走出店门的，他连送都没送我一下，一副无动于衷的样子，我真是伤心透了。

我更加没想到的事还在后面。过了一个多月，一直没有联系的店长有一天忽然打来电话，问我找到工作没有，他说有人辞职腾出位子了，愿意的话可以马上回去。当时我跟着姐姐和田玲推销化妆品，我没有关系，也没有经验，就是替她们打打杂，我其实一直在找合适的工作。我一听喜出望外，以为店长是回心转意了，还这么关照我，也没多想，第二天就回去上班了。

回到手机店我比以前更加勤快，也更加珍惜这份工作，对店长我也更加用心了。我的心都在他身上，他说一句话，笑一笑，皱一下眉头，我都特别在意，当成大事，小心谨慎看他的脸色，生怕他不开心。以前的事情我当然是不会再跟他计较，我一句话也没提过，当然他也没给我提起以前事情的机会。他对我不远不近，就是特别正常的工作关系，除了为工作上的事情，他很少跟我说话。

这样过了两三个星期，他偶尔也跟我闲聊两句，对我亲近了一点，我受宠若惊，不过丝毫不敢流露，对他更加小心翼翼。

一天我正要下班，他走过来轻轻捏了一下我的手腕，脸上露出那种我已经很久没有见到过的很亲切的笑容，我吃了一惊，心咚咚跳起来，赶紧四下张望，生怕被人看见。他倒是一副非常沉着的样子，一句话没说，用眼神示意我跟他走。我就像中了魔一样，居然收拾了东西就跟着他走了。我以为他要带我回家，心里很紧张，又有点说不出的高兴，特别矛盾。他走在前面，我跟在他后面，他三拐两绕进了一条僻静的小巷子，在巷子的尽头等着我。等我走近，他推开门，进了一个干净的院子，开了锁，把我带进了房间。没等我反应过来，他一把抱起我，把我放到了床上。

他压在我身上，亲了我。我躲开他，拼命挣扎，要他放开我。他一只手摁住我，一只手捂住我的嘴，让我不要叫喊。他力气很大，动作很猛烈，我拼命挣扎。忽然他笑起来，说：“你不想我吗？我还挺想你的。”

就他这么一两句话就让我松下劲来，我愣怔着，不知所措。

他把两只手摁在我的肩膀上说："我总想着你的好，难道你一点不想着我的好吗？你走了连个电话也不给我打，要不是我想办法把你找回来，我们这辈子恐怕连见面的机会也没有了。"

他这几句酸话我居然听得非常感动，我像第一次一样又成了他的俘虏。当我躺在他怀里的时候竟然是那么心甘情愿。我觉得自己还是爱他的，我也不知道自己为什么吃了那么大苦头还不长记性。

事情结束之后他从裤子口袋里摸出一盒药，扔在我面前，说："你把药吃了，别再弄出事情来。"

他一副公事公办的口气，好像生怕我再给他惹麻烦。我拿了药，塞进包里。他好像很不放心，非要看着我把药吃了。看他对我很关心的样子，我的心又软了。

他三天两头约我，每次都是来这个僻静的小房子。他得意扬扬地跟我说他家亲戚出国了，让他看房子，所以才有了这样的便利。后来我才知道他不光带我来这里，还带别的女孩子来。他很会说甜言蜜语，他对我说他比以前更加喜欢我，我居然就当真了，把他的虚情假意当成了一腔真情。

有好几个月我们保持着这种地下关系，店长叫我别对任何人说，我连姐姐都没告诉。当然我也不敢告诉她，她如果晓得了，不知道会怎么骂我呢。店长嘴上说喜欢我，但我清楚他也就是嘴上说说的，这几个月里他想约就约，不约的时候也不怎么理我，而且他约我只有一个内容，就是睡觉，事情一结束他就让我走，连话都懒得跟我说。可是，就这样我还是顺从他，我想用我的温柔和听话打动他，我觉得自己跟他有了这种关系，我就是他的人了，既然我是他的人，我就不应该计较他。

可是无论我怎样对他百依百顺，他还是甩了我。我们结束得很突然，也许就是对我来说很突然，他是早有谋划的。有一天我刚到店，他走过来悄声对我说这里要撤店了，他像向我透露秘密那样对我说，要是自己主动辞职的话可以拿到三个月的薪水作为补偿，要是走得晚到了一锅端的时候那就连补偿都拿不到。我问他该怎么办？他说当然是主动走啦。我问他走不走，他说他肯定也要走，不过他是店长，不能得到消息第一个跑，那样给上级的印象会不好，他要走也得把这里的事情安排好了再走。我觉得这个消息太突然了，不过我也并没有想到他会骗我。当天他就催我去办辞职，我看别人都没动静，就有点犹豫。我跟他说我问问姐姐再说，他马上沉下脸说你还信不过我吗？到下班前，他告诉我悦悦和小蓝也提出辞职了，让我趁会计还没下班赶紧去办手续。

我领了三个月的薪水离开了手机店。店长不像以前那样跟我见面频繁了，他偶尔还约我，我问他离开没有，他支支吾吾的，说快了快了。过了大约一个月，他告诉我说他也走了。可是有一天我路过手机店，看见里面彩灯闪闪，人来人去，店还开得好好的，丝毫没有撤店的迹象。我进去一打听，原来店长也并没有辞职，他调到总店去了，据说很快就要升职，辞职的只有我和悦悦、小蓝三个人。会计正好看见了我，打过招呼之后她又跟我聊了一会天，她有几句话我印象特别深，她对我说："你好好的辞什么职啊？记得我跟你说等等看，你为什么不肯听我的话？"我这才想起来当时她确实是这么说的。临别她关照我说："小姑娘以后遇到事情要长点心。"

我知道店长去了总店，出门就跳上公共汽车跑总店去看他。我想给他一个惊喜，也想他说不定还能像上次一样再让我回到店里，如果能把我弄到总店就更好了。我一点没有气恼他骗我辞职，心里打的都是如意算盘。我没想到他看见我一点也不高兴，问我怎么跑这里来了。他勉勉强强跟我说了几句话，说总店管得严，上班不让闲聊，让我快走，以后不要再到班上去找他。他答应下班以后联系我，可是却再也没有联系我。

我以为他忘了，主动联系他，但他不接我电话，我给他发微信发现他把我拉黑了，我蒙了，意识到他是不想再理我了。我这才想到他调总店为什么要让我还有悦悦、小蓝一起辞职，大概就是怕我们留在店里给他造成不好的影响吧？因为店里别的人一直在议论我们，毕竟世上没有不透风的墙。

店长就这样干净利落地把我甩掉了，还让我自觉自愿地离开了跟他曾经一起工作的环境——我是过了好久才想明白的，我总算看透了他是怎样的一个人。

离开手机店之后除了帮着姐姐推销化妆品和跟着小姑妈打打杂，我在餐馆、超市、小宾馆、宠物店都做过，那一段我不断被炒，不断找工作，后来在网上看到消息，找到了驾校前台的工作，虽然比起在手机店不但挣得少，而且离家远得多，但总算是待下来了。这里的人都对我很好，他们都是实实在在的人。回过头我想想真有点恨店长，他欺骗了我的感情，让我丢了工作，而且还做得那么绝情。我更恨自己，上过他一次当不够，又再上他一次当，我真是太傻了。

因为有过和店长的那些事情，我更加觉得郑小松对我好。所以，说心里话，他一出现，店长在我心里就彻底成为了过去，我对他再没有一丝一毫的留恋。

我把和店长的事情跟郑小松坦白，不过我刚说了没几句，他就阻止我，他说："那是你的经历，是你的隐私，用不着告诉我。"他还安慰我说，"一个人有点秘密是正常的，不用放在心上。"我还以为他会追究的，姐姐就说过一般男人都会追问女人的过去，郑小松没有，我一直为自己的过去不安，一直觉得自己不清白，没想到他一点不介意。他真是一个有胸怀的男人，我心里对他除了爱还有说不出的感激。

我长这么大还从来没有一个人像郑小松这样对我好，他对我特别关心体贴。人家说男人结了婚之后就会变，可他结婚之后反而对我更加宠爱和迁就。他对我每天吃什么穿什么吃得好不好穿得美不美特别在乎，样样放在心上。除了带我去外面吃，他也自己动手给我做。他不让我下厨房，说怕油烟呛到我。他不但给我做饭，还给我洗衣服，我从记事起就没有人给我洗过衣服，都是我给别人洗，他对我这么好太让我感动了。我不知道他看上我什么，我问过他，他说在他眼里我什么都好，他一见我就想娶我。他真就是这么说的，我只能说和他有缘吧。从前我不怎么相信缘分，因为他我不能不相信缘分。

姐姐老是说看一个男人对你好不好，最简单的就是看他肯不肯为你花钱，这方面郑小松绝对是没有话说。结婚以后他更加舍得为我花钱，什么东西都是挑好的贵的给我买，好像只有这样才能表达他对我的感情。他带我去商店里买衣服，我总是挑价廉物美的，而他为我买的都是很好看而且质量好的，他喜欢买有牌子的，他看上的总是比我看上的要贵得多。衣服是这样，化妆品什么的也是一样。姐姐一看他给我买的那些东西，脸上的表情都不一样了，她竟然流露出眼馋，还问我能不能试试那些衣服。她以前可从来没这样过，我买的衣服她一眼都看不上。试过衣服她说："他真肯为你花钱，他没糊弄你！"我听了心里美滋滋的，从小到大，我也总算在姐姐面前挺直了一回腰杆。

结婚是我这一生中最幸福的时刻。结婚这一天，郑小松带我去市中心最大的商业大厦买了一只钻戒和一条黄金项链还有一条黄金手链，他亲手把这些亮闪闪的首饰给我戴上，我幸福得只会傻笑。我从心底里庆幸自己找到了一个这么好这么爱我的丈夫。

第二天吃过午饭郑小松说要带我出去转转，他骑着摩托车把我带到了以前上班的电子数码超市，我瞬间想起了店长，尽管他早已经不在这里上班，我还是莫名其妙有点紧张，心头的旧伤口也似乎在隐隐作痛。不过郑小松并没有带我走进我以前上班的那个手机店，他在隔着几个门脸的另一家更大的店门口停下来，搂着我走进店里，把我带到最中间的柜台前，让店员拿出手机让我挑。

想到他已经为我花了那么多的钱，我心里很过意不去，我说："我的手机挺好用的，不用买了吧。"

他十分坚决地说："你的手机太旧了，该换个新的了。"

我的手机还是姐姐淘汰的，小王给她买了新的，她就把旧手机给了我。我用过的几个手机都是姐姐用过不要的。

我执意不要，快步朝店外走去。郑小松拉住我的手把我拽了回去，他搂着我，温柔地说："这个你比我懂，你自己挑吧。"

最后我还是没拗过他，他给我买了一个最新款的苹果手机，比姐姐的那个更好。我明白他的意思，他就是要让我高兴和得意。

结婚第三天，早晨我在郑小松的亲吻中醒来，我一睁眼他就说要给我一个惊喜——这两天他已经给了我一个接一个惊喜，我不知道他还有什么惊喜要给我，心里充满了期待和喜悦。

他说为了迎接大领导来视察，上午街区的领导会到游戏厅检查，他怕小伙计应付不了，自己要过去照应一下，事情一结束马上回来，吃过中饭带我去看电动车。我一听心里那个高兴，我早就想要一辆电动车了，我好羡慕人家骑在电动车上从街上飞驰过去，真是好帅啊。我姐姐有电动车，他姐姐有电动车，就我没有，他知道我心里也想要。他一说要带我去看电动车，我立马就坐不住了。

可是天公不作美，从早起天就阴沉沉的，没到中午就下起雨来，他赶回家来时衣服都淋湿了。等吃过午饭雨越下越大，他站在窗前望着天空，皱着眉头说要不改天再去吧。我的兴头被他勾起来，很想冒雨去看车，他却懒洋洋的，说夜里没睡好，上午又是一通折腾，又累又困，想睡个午觉，他哄着我说反正说好了给你买肯定给你买的，也不急这一两天，何必湿漉漉去跑一趟？他脸上露出甜蜜的笑容，拖我进屋跟他一起睡午觉。

上了床他又精神了，搂着我亲热。我说你不是累了吗？他说这一会儿不累了。我说你不是很困吗？他说这一会儿哪还困啊？我们在床上折腾了一下午，一分钟也没睡。他说被我弄得兴奋了，困劲都没了。他抱着笔记本电脑敲敲打打，我以为他在玩游戏，我就靠在他身上玩手机。过了一阵子他叫我，让我看电脑屏幕，说他在网上给我看保险呢，我问他要保险做什么，他说你要买电动车要上个保险才安全。我说电动车还没买就要上保险呀？他没说话，过了片刻他像是自言自语地说："我干脆给你买份贵点的吧，这样你出去练车就更安全了。"说着，他给我买了一份一百万元的人身意外险。我看着"一百万"这个数字吐了吐舌头，这么多的零，我数都数不过来。我不懂保险，也不知道练个车干吗要买这么贵的保险，不过我相信他肯定是为我好。我在他脸上亲了一口，心里充满了感激。

他搂着我躺在床上聊天，跟我说起买保险的重要性。我以为他以前推销过保险，问他，他说不是。他迟疑了一下跟我说他的前女朋友很有见识，她就给自己买了高额的保险。他跟我从来没提过他过去的事情，这是他第一次说到他从前的女朋友，我特别感兴趣，想听他说说，可是他却不肯说。我追着问他，他才说她比他大，对他特别好，拿他当小弟弟，常给他买东西，连出去吃饭都是她买单。“后来呢？”我问他，我是想问他后来他们怎么没有成。他却说：“后来我不过意，也买了一样礼物送给她。”他说着探身从床头柜的抽屉里拿出一个透明的文件夹，递给我，“我买了一份保险送给她。”

我拿过来看了看，他给她买的也是一份人身意外险，保额是三百万。不看还好，一看我心里立刻酸起来，他给她买三百万，给我才买一百万，我一直以为他爱我，看来根本就不是这么一回事。我马上不高兴了，把保单扔还给他，连笑容都装不出来。

他好像根本没有注意到我生气，跟他平常一点也不一样。我和他认识到现在，还是第一次生气，他却毫无感觉。到第二天他就像是回过味来了，问我昨天是不是不高兴了，他不提我都快过去了，他一提我心里又泛起醋意，我忍不住又生起气来。我脸也不洗，头也不梳，他给我做好了早饭我也不吃，一个人窝在沙发里刷手机。他过来哄了我半天，后来他肯定是意识到了什么，笑嘻嘻地拉我到电脑前，又给我买了一份两百万的人身意外保险。他问我这下是不是高兴了，我笑了。其实我心里还是没有特别开心——我的两份保险加起来才跟他给以前的女朋友买的一样，他都跟她分手了，而且她不过是他的一个女朋友，那我在他这里算什么呢？他大概是看我笑得勉强，马上就明白过来了。他抱着我，在我脸上亲了一口，笑着说：“改天我再给你买一份旅游保险吧，等我赚了好多钱就带你游山玩水去，我们走遍全世界，好不好？”他笑嘻嘻地问我，“这下你高兴了吧？”

我当然高兴啦，他对我这么好，我能不高兴吗？这个小小的波折让我相信他是真的爱我的。

20 安卓越

最近一段奇怪了，我老是想到郑小松。以前他跟我开玩笑，说我只有两个时候想得起他，一个是失恋的时候，一个是没钱的时候，我说其实还有一种时候我也想得起他，就是既失恋又没钱的时候，可是这一阵我既没失恋，钱上也没到弹尽粮绝的时候，却老是想到他。也不是专门去想他，就是思绪忽然就飘到他的身上。因为想起他，我也回忆起不少上学时候的旧事，那时候真是年轻单纯，不知烦忧，再看看眼下，日子过得真是灰暗愁闷。

已经有好长时间了我老是失眠，近来尤其厉害。夜里不管多晚睡下我都要翻来覆去折腾很久才能入睡，有些夜里干脆通宵不能入睡，最惨的是一连好几夜睡不着觉，脑子清楚得都能做数学题。我的白天和黑夜仿佛打通了一般，白茫茫灰蒙蒙连成一片，我好像再也找不到那种沉沉睡去的感觉。想想能睡得香甜多么幸福，而失眠令我烦躁、虚空，甚至胆战心惊。

睡不着觉的夜里我经常用手机听歌，我听得最多的是周杰伦的《东风破》，每次随手一开就是这首歌。这首歌是我和郑小松在学校时最喜欢的，听到这首歌我眼前就浮现起我们两个歪在床头，用同一副耳机，一人耳朵里塞一只耳塞听歌的情形。“一盏离愁孤灯伫立在窗口，我在门后假装你人还没走。旧地如重游月圆更寂寞，夜半清醒的烛火不忍苛责我。一壶漂泊浪迹天涯难入喉，你走之后酒暖回忆思念瘦。水向东流时间怎么偷，花开就一次成熟我却错过……”每一句歌词好像形容的都是我们那时的情景，有几次我听着听着喉头一紧，泪水涌满了眼眶——一个人在夜里是很容易多愁善感的，而在失眠的深夜会更加脆弱。

有一夜，失眠之后我终于在天亮时分睡着了。我做了一个梦，梦见和郑小松约好一起去吃火锅，我到了火锅店，他还没有来，我突然发觉自己什么也没有穿，赤身露体出现在大庭广众之下，我窘极了，不过好像并没有人注意到我。我非常难为情，想赶紧去找点衣服穿上。我想起学校体育馆的柜子里有运动服，就去了体育馆。在梦里我隐约知道那里并没有我的柜子，我找到了写着郑小松名字的柜子，打开一看，还真有衣服，我就穿上了。等我回到火锅店，郑小松已经等急了，他让我赶紧吃，吃完跟他一起走。我没有问他要到哪里去，心里仿佛清楚要去干什么。紧接着，梦境里我们走在一条崎岖不平荆棘丛生的山路上，越走越陡，越走越难走。我问郑小松，还要走吗？他说还要走。我感觉前面好像快没有路了，而且我走不动了，郑小松还一个劲儿往前走，他叫我不要停。我跟着他，前面真的没路了，我刚要问他怎么办，我惊愕地发现他浑身已经结成了冰。我意识到这是因为我穿了他的衣服，他才冻成这样的，心里充满了自责。我听见他说这跟我没关系，他还竭力露出一个疲惫的笑容。我不知道该怎么办，我快急哭了，我想去抱住他，他艰难地抬起僵硬的手，做了一个阻拦的姿势，我很清晰地意识到他是为了我好。他用微弱的声音说我们回到火锅店就好了，那里暖和。我想背起他往回走，可是他太沉了，我背不动他。我咬紧牙关拼尽最后一丝力气把他背到身上，他一下子就把我压倒了。等我挣扎着转过身，我惊恐地看到他就像打碎的石膏像一样摔成了好几块……我哀号着从梦里惊醒过来，心里充满了无法形容的悲伤。醒过来好半天，我的眼泪还在往下流，那种绝望的感觉一直压在心上，久久没有消散。好在我不迷信，很快就把这个梦给忘记了。

今年因为春节晚，年刚过完天气就转暖了，河边的柳树条子泛出了鹅黄，抽出了嫩绿的叶子，性急的花已经开得一片一片的。我们公司组织去踏青，我不喜欢这种集体活动，觉得闹哄哄的，平常为点小事情小利益你争我斗的同事要一起吃饭一起睡觉一起游玩，想想都受不了。我不想去，提出留下来值班，经理高兴坏了，正求之不得呢。他们一走公司顿时清静了，我什么也不做，搬把椅子坐在走廊上晒太阳，感觉阳光都更加暖和。

我被太阳晒得迷迷糊糊，一抬头，竟然看见郑小松步子轻快地跑了进来，我还以为自己看花眼了呢，真是惊喜交加。他比上次见到更瘦了，头发理得短短的，倒是特别精神。我抑制着内心的兴奋，故意平平淡淡地问他怎么想起过来的，他露出那种诡计得逞的笑容说："想你了，给你一个惊喜不行吗？"

他的笑容太有魅力了，对我来说简直就像迷药一样。说真的，毕业到现在也过去好几年了，看他这么一笑，就仿佛回到了和他在一起厮混胡闹的学生时代。

他说他乘的长途汽车在半路上抛锚了，三个半小时的路程走了五六个小时，要不然早就到了。我问他累不累，要不要先歇一会儿？他说还是先吃饭吧，已经饿了一路了。我问他想吃什么，他说去吃火锅吧。

吃着火锅我依稀想起之前做过的那个梦，眼前的场景忽然变得熟悉和真切起来，一时间我心里有说不出的惊恐和混乱。他问我发什么呆呢，我说想起做过的一个梦，我没有跟他说梦见了什么，那个梦带来的挫败感和毁灭感在我心里闪过，好在他没有再问。

他问我妈妈最近身体怎么样，有没有好转，我说不但没有好转还加重了，她得了尿毒症，每三天要透析一次，除非换肾。而换肾的话除了风险很大，既没有肾源也没有钱。上上个礼拜我们家里的各路亲戚还聚在一起商量过这件事，他们七嘴八舌出了一堆主意，凑了一点钱，加在一起也就万把块，别说换肾远远不够，就是日常用药也支撑不了多久，我正为这事发愁呢。他两眼望着我说："你别着急，我们一起来想想办法。"

我知道他是安慰我，就我们这样的小年轻，两手空空，也没有什么大本事，能有什么办法想？不过听他这样说说我也觉得很暖心。

“可惜你也不是个有钱人。”我叹着气说。

“要是别人这么说我就急了。”他笑着说。

“我以为毕业了有工作了只要肯吃苦就能挣着钱，没想到还是什么时候都缺钱，钱怎么就这么难赚呢？”我说。

他望着我，脸上似笑非笑，没说话。

“你呢，你怎么样？过得好不好？”我问他。

“什么都好。”他深深地叹了口气，“就是还欠着五十多万的债。”

“这可怎么办？”我马上想到上次他给我的三万块钱，可我这会儿连这三万块钱都拿不出来。

他从口袋里掏出一盒烟，递给我一支，自己也拿了一支。他不是说戒了吗，这又抽起来了？

“还能怎么办？”大概是因为嘴里含着香烟，他声音沉闷地说，“想办法呗。”他狠狠地吸了一口烟，张大了嘴巴吐出烟雾。他眯着眼睛，用一种意味深长的眼神望着我说：“如果有一个办法能挣到钱，而且还是能挣到一笔大钱，你肯不肯干？”

“我根本就不相信有这样的办法。”我垂头丧气地说。

他微微一笑说：“老话说‘马无夜草不肥，人无横财不富’，在社会上混了这几年我算是明白了，像我和你这样的，没有背景，谁也靠不上，而且还安分守己，靠自己一双手土里刨食，不说一辈子受穷，至少是一辈子都发不了财。我也是考虑再三，决定冒一回险。这一辈子我就赌这一次，成就成了，不成我也认了。”他的眼神里发出一种很强的热力，就像阳光一样灼人。他凝视着我说：“你跟我一起干吧，有了钱我们一起享福。”他露出那种一生中也见不到几次的迷人笑容，“谁让你是我最好的兄弟呢！”

深夜，我们在我的小屋里并排躺在我新换了干净床单的小床上，我们已经有好多年没有这样静静地美美地躺在一起了。我打开手机放歌，我们用同一副耳机一人一个耳塞听《东风破》：“谁在用琵琶弹奏一曲东风破，岁月在墙上剥落看见小时候。犹记得那年我们都还很年幼，而如今琴声幽幽我的等候你没听过。谁在用琵琶弹奏一曲东风破，枫叶将故事染色结局我看透。篱笆外的古道我牵着你走过，荒烟漫草的年头就连分手都很沉默……”

我和他靠得这么近，我能闻到他的气息，多么熟悉的味道啊，让我沉醉，让我酥软，让我想哭。我伸出胳膊搂住他，真想就这样直到永远。

我们听歌，吸烟，聊天，从深夜一直到黎明。他详细对我说了他的计谋，真的把我吓坏了。我万万想不到他那么理性冷静的一个人竟然会想到要铤而走险，他不仅赌上了自己的全部，还要赌上我的一份。

“你害怕了吗？”他轻声问我。

“当然。”我如实说，“我害怕啊。”

“其实我也害怕。”他说。

“你是害怕做不成？”我问他。

“做成做不成我都害怕。”他说。

“那还是别做了吧！”我口气坚决地说。

好长一段折磨人的沉默，屋里迷漫着下半夜的寒意，静得令人心慌，我感到一阵彻骨的寒冷，禁不住打了一个哆嗦。我很想把他抱得更紧，但我没有动。

他的声音在寂静里响起来：“如果有机会，我也想为了一个崇高的目标做点事情，我也想做个有出息的人，一生只做好事，不做坏事。其实，我心里也非常憎恶为了自己的利益和欲望去损害别人。以前我说不上是一个好人，但我不是一个坏人，可是现在不同了，我是一个坏人，一个彻头彻尾的坏人。”

我说：“现在还来得及……”我想竭力劝阻他，可是我的声音听上去却是那样软弱和无力。

他顾自说道：“如果我说自己是不得已的话，那多少人比我更加不得已，他们也没有这样做。我清楚自己走的是一条邪路，也许就是一条走向深渊的不归路，我不是一念之差，我是经过深思熟虑的，我心里不是没有挣扎。我为什么要这样做？我实在是没有其他办法啊！我根本不是为了幸福，我就是为了不再受穷。”

可是不管怎么说，一个人不能平白无故地夺走另一个人的生命吧？我只要想一想他的计划心脏都会一阵抽紧。

“别那样做好不好？我们还可以想别的办法。”我抓紧了他的胳膊，我的手指狠狠地掐着他的肌肉，我希望他能清醒过来。

“还能有什么办法？能有办法我会出此下策？”他在我耳边低沉地就像是下达命令般一字一顿地说，“你考虑好了十天之后来找我。”

“真的要这么做吗？”我心里惊悸惶恐，感觉就像踩在刀尖上一样。

他默不作声，紧紧地抱住我，显得那么绝望，却又是那么坚定，不容置疑，也不容改变。我的脑子顷刻乱了。这个世界上如果有一个人能让我丧失理智，那就是他了。

21 曹紫云

我出门准备去超市买些吃的，刚走上大街迎面就遇到了郑小松。他搂着一个土里土气的小姑娘，两个人看上去十分亲热。这就是他的对象吗？真的是大大出乎我的意料。我以为他找了个国色天香呢，至少也应该是如花似玉吧，他跟我分手的态度那样坚决，我还以为他找到天仙了呢！为了这样一个土丫头，我都替他觉得不值。我的自尊心再次受到严重的伤害，我真没想到我在郑小松眼里连这个小丫头都不及。也是啊，我年纪比他大，再过两年我就四十了，而且我还有不光彩的历史，他嘴上说不在乎，心里怎么可能不在乎？不然他干吗要做出这样的选择呢？结果明明放在眼前，我还能再假装看不见吗？我躲避不及，正有点不知所措，他倒是大大方方抢先跟我打了声招呼。

他把那个女孩送进路边的一个小商店里，自己快步朝我走了过来。

“你好吗？”他口气平淡，但我却在他的眼神里看到了关切和热情，甚至还有那种无法描述的饥渴，我怀疑自己一定是看错了。

“你过得好就行了，我好不好有啥关系？”我冷冰冰地说。

“还生我的气呀？”他声音轻柔地说。

我假装没听见，不理他。

他有点不知所措，尴尬地笑着。他似乎是下意识地想来拉我的手，可他的胳膊刚伸出来又缩了回去。

“我结婚了。”他朝身后面努了下嘴，意思是刚才那个女孩就是他老婆。

“哦，恭喜啊。”我故意用居高临下的姿态对他说，“我是不是应该说‘祝你们恩爱幸福，白头到老’？”

他眼睛望着别处，我们陷入了沉默。

我打量了他一番，比几个月前更瘦了，脸色仍然不好，大概因为头发剃短了，似乎有点凶相毕露，而以前我从来没有看见过他这副样子。我相当吃惊没和他见面的这几个月他就像是换了一个人一样。我突然莫名其妙地感到有点说不出来的难过，我轻声问他：“你过得还好吗？”

“怎么说呢？”他闷声闷气地说，“其实是很不好。”

那一瞬间我竟然感到心疼，我不知道该怎么接他的话。

我从他脸上看到了难言的忧伤，还有那种欲说还休的隐忍，我忽然发现我对他的内心一无所知，虽说我跟他有过肌肤相亲，甚至还跟他如胶似漆，但我对他并不真正了解。

“你倒是越来越美了。”他就像是脱口而出，他的声音那么温柔，他的眸子里就像汇聚了五彩云霞一样放出异样的光芒，我鼻子一酸，仿佛昔日重来，我差点掉下泪来。我不是因为他夸我，这一辈子我听到过太多赞美的话，尤其是年纪轻春风得意那会儿，走到哪里都有人奉承，赞美已经打动不了我的心。我是因为他刹那间的真情流露，即便是在我们两个耳鬓厮磨最最亲密的时候，我也没有看到过他像这一刻这样真诚。

我似乎看见了一束光，我似乎就沐浴在那束光里头，我的心头又升起那种蠢蠢欲动的感觉。我们已经断了几个月了，我发现其实还是余情未了。

我们再一次陷入沉默。我们四目相交，仿佛在静默中等待着什么。

突然，他对我甜蜜地笑了笑，走过来靠近我，就在人来人往的大街上紧紧地拥抱了我。他在我耳边说："你好好保重自己。"

瞬时我热泪盈眶。

我心里清楚这就是告别，等不来什么了，也不会再有奇迹出现。

22 郑小松

我就像进入角色一样成了双面人，我既是一个快乐体贴的新婚丈夫，又是一个冷酷无情的邪恶魔鬼。我和老婆开开心心地打发着日子，陪她东逛逛西逛逛吃吃喝喝，买她喜欢的东西，但凡能讨她欢心令她高兴的事情我都会做，而且做得尽心尽意。而在这副恩爱温柔的面貌遮掩之下，我完全是另一副嘴脸。我处心积虑细致周密地部署和调整着我心中的计划，这是我一生中赌的最大的一把，我押上了我的全部身家性命，还有我最好的朋友的全部身家性命。我花费无数心思规划安排每一天的生活，甚至设计生活中最微小的细节，因为每一个细节都决定成败，我不能失手，因为我没有再一次机会了，我输不起。只有在这个时候，人生对我来说才是真正的舞台，而这个舞台可能是天堂，也可能是地狱。

樊文花对我已经是非常相信，要说她从来就没有不相信过我。几天前，我让她打电话给保险公司，把保单上的法定继承人改成我的名字，我的理由很简单，我和她是一家人。我对她说，如果她给我买保险，我肯定会把继承人写成她，这不是为了钱，而是为了表达我对她的爱。那么，也就不必多言，她该怎样做她自然就明白了。果然，她马上就给保险公司打了电话，做了一件令我非常愉快的事。

对我来说这可是至关重要的一个环节。

她让我高兴，我自然也会让她高兴。

上个礼拜，我听见她在用家乡话打电话，打完电话她眼圈红红的，我问她怎么啦，她说没事，我再三追问，她才说出想大姑妈了。她跟我说过不少她小时候的事情，我知道她家姐妹多，父母拿她不当一回事，只有她的这位大姑妈对她不错，她和大姑妈的感情最深。我安慰她说，你想大姑妈我们等过年的时候一起去看望她，她还是悒悒不欢，过了一会儿她开口说她想接大姑妈过来玩一趟，问我行不行。我马上想到这样横生枝节很可能会干扰和破坏我的计划，我含糊其词，没有立刻答应。她改了保单之后，我马上主动提出接她大姑妈过来。她高兴极了，真是一蹦三尺高。

她给大姑妈打电话请她来玩，大姑妈欣然答应，说收拾收拾东西就上路。我立刻把这个信息告诉了安卓越，按照我们的约定，还有三天他就到，我让他先缓一缓，为大姑妈让道，等她走了再说。

等了一个多星期大姑妈还没到，我问樊文花大姑妈到底什么时候来，还来不来？她又给大姑妈打电话，大姑妈说这就去买火车票。又等了一个礼拜，大姑妈还是没有来。我这边计划推进不了，又担心时间太长安卓越变卦，焦虑不堪。终于樊文花告诉我说大姑妈买好了火车票，因为没出惯远门，她不是一个人来，她让儿子壮壮陪她一起来。

真是节外生枝。我能说什么？我只能好好接待呗。

总算把大姑妈和壮壮接来了。他们娘儿俩打算在这里玩一个月，我心里叫苦不迭。对我来说这可不是平平常常的一个月，这是相当关键的一个月，额外加进任何一件事都有可能摧毁我精心安排的计划，令我之前的所有心血白费，甚至还会置我于危险的境地。每一天我都过得战战兢兢，如履薄冰，我一边尽力安排好他们娘儿仨的生活和游玩，一边不露痕迹地安抚着安卓越，生怕他因为漫长的等待而失去耐心。

好在大姑妈因为很少出门，出来五六天就不耐烦了，她忽然茶饭不思，说是想家了，要回去。樊文花依依不舍，我却暗暗高兴。我巴不得他们快点走，我好办自己的正事。樊文花拗不过大姑妈，含着眼泪让我替她买火车票。出乎我意料的是壮壮不想跟他妈妈一起回去，他主动要求留下来——这完全是因为我热情过度，给自己惹了这个不大不小的麻烦。都怪我把壮壮带到游戏厅去玩过几次，他迷上了游戏，想留下来打工。这孩子高考两次落榜，对读书没兴趣，也不想再复读，本来大姑妈是想带他出来散心的，回家让他继续用功，结果这下子让他心散了。我不能跟他们说靠游戏厅的那点分成我连自己都快养不活了，除了方大白安插的那个只用管饭不用付钱的小伙计，根本雇不起人，但为了我的计划，我没有拒绝，我不能让樊文花不开心，我做了这么多努力，不能因为这件事白费了。我做出十分痛快的样子留下了他，答应每个月给他开三千块工钱，吃住就在我家里。壮壮很高兴，大姑妈也很高兴，我知道最高兴的是樊文花。她对大姑妈一心想知恩图报，我当然要成全她。现在我的生活重心就是围绕她的，只要她喜欢，我就不会不乐意。

大姑妈娘儿俩来这一趟尽管我赔了十二分的小心，但还是发生了一件挺悬的事，着实吓得我不轻。

樊文花喜欢把我买给她的衣服首饰还有七七八八的东西一件一件拿给她大姑妈看，我知道她就是炫耀。有一天我经过房间门口，居然一眼看见大姑妈手里正拿着我给樊文花买的人身意外险的保单，我唰地惊出一身冷汗。

我在门外听见了如下对话：

大姑妈："好好的，做什么要买保险呀？"

樊文花："买保险就是保平安，你别往别处想。"

大姑妈："那钱不是白花了吗？"

樊文花："不是白花的呀，出了事情保险公司会赔的。"

大姑妈："哪个花钱是为了买出事情的？"

樊文花："哈哈哈，话不是这么说的！我跟你说不清，反正人家都买的。"

大姑妈："我不懂你们城里人的这一套，我看就是白花了冤枉钱。"

樊文花："是他给我买的。"

大姑妈："有钱也不能这样大手大脚乱花，你们年轻人不知道节俭过日子，这种钱花出去买的什么看不见摸不着的，以后就别买了。"

樊文花："好的好的，都听你的，以后买根葱也打电话去向你请示好了。"

大姑妈："你这孩子，不是我说你，你也要自己长点心。"

樊文花："我怎么不长心了？"

大姑妈："说真的，我最放心不下的就是你了。"

樊文花："你放心，我没事，我过得这么好，你不是都看到了吗？"

我怕大姑妈和樊文花聊得太多，赶紧推门进去，打断了她们的谈话。我做出不经意的样子，把保单接过来收了起来。说了几句闲话，大姑妈的话题又转回到保险上面，她说有人到她村子里去推销农业保险，真出了事情保险公司是不肯赔的，跟保险公司要出钱来可费死劲了。她村里有人买了人工养鱼的保险，夏天发水把鱼塘冲了，到现在还没拿到赔偿，也不知道还拿得到拿不到。我小心谨慎地和大姑妈说着话，樊文花也在旁边听着，我还得留意打消她的疑虑，不让她多心。好在大姑妈很精明，很世故，却文化不高，她肯定没有真正看清樊文花那两份保单的底细。即便这样，我已经吓得魂不附体。

直到把大姑妈送上火车，我才算透过一口气。

安卓越终于可以登场了。

安卓越是我们这个戏里至关重要的一个人物，如果没有他我一个人是无法完成设定的情节的，我不仅需要他高度默契的配合，还需要他坚守秘密，关键时候还要能够做出牺牲。这一切除了他，我在这个世界上找不到第二个人来完成。所以，尽管他比原计划晚来了三个多星期，我家里还多出了一个壮壮，但我仔细盘算了一番，并不影响大局。

一切将按计划进行。

在安卓越没来之前我就跟樊文花打招呼说我的一个老同学要来家里借住一段，她一听还有点不乐意，她喜欢热闹，又怕家里多个人不方便，我跟她说我这个同学人非常好，特别讲义气，出手大方，而且他心灵手巧，什么东西都会修，还做得一手好菜。我看她还没有同意的意思，我又接着说他来也不是白住，他会出房租的。她一听马上就露出欣悦的笑容，爽快地点头答应了。

安卓越到来的第二天，他去农贸市场买了鸡鸭鱼虾鲜菜鲜果，回来大大地露了一手，整整齐齐治出一桌席来，请我和樊文花还有壮壮喝酒。我们推杯换盏，别说喝得有多高兴了。吃完饭，安卓越还乘兴拉着我们去楼下的歌厅K歌，之前我不知道樊文花那么喜欢唱歌，而且唱得还相当不错，尤其是爱情歌曲，唱得很有感觉。安卓越非常机灵，他挑了不少男女声二重唱的歌，一首一首陪着她唱。两个人歌声交融，笑意盈盈，由生而熟。我冷眼旁观，这无疑是个良好的开端。

我帮安卓越找了一个上门维修电脑和家电的工作，这个工作时间灵活，方便我们的行动，实际上也就是一个掩护而已。樊文花自从结婚之后就没有好好去上过班，她嫌路远，三天打鱼两天晒网，驾校那边没开她，不过不上班就不发她钱，我顺水推舟让她不想去就在家歇着，我跟她说反正不靠她那点钱过日子。按照计划，我应该多给他们单独接触的机会。这不难办，我外头有许多事情要忙，游戏厅的、供货商的、维修师傅那边的、街道上的、方大白的还有方大白舅舅的，都要我去应付和处理。一天当中我大部分时间都在外面，给安卓越腾出了更多施展的空间。

要说也真难为了安卓越，他虽然聪明机灵，可是他从来没有和女人谈过恋爱，要他迈出那一步可真是不容易。也许对他来说，首先要克服的是心理障碍吧。有时看着他迟疑畏缩的样子，我真替他着急。当然，我很理解他，可是，这并不是和女人的事情。我暗地里开导过他好几次，让他别把樊文花当成女人，这是执行任务，我甚至启发他说把这当成是战役。我终生难忘他那为难的表情，不过他答应我一定尽力而为。我对他强调不光是要尽力而为，而是要做得万无一失。

为了配合安卓越，从他进入我家起我和樊文花再没有同过房。和这之前的热烈频繁截然不同，我对她极其冷淡。刚开始她并没有太大反应，甚至好像没有当回事，可是过了一阵她忍不住了，问我为什么不理她。我假装平静地否认，我故意轻描淡写，好像这根本就不应该当回事。从这天起我有意无意躲避她，每天我都在深夜她睡着之后才回家，一大早她没有醒来我又出去了。这样几天之后，她夜里不睡觉，专门坐等我回家。我明知躲不过，还是坚决不碰她。她问我为什么，我说最近太累了，她很不开心，我由着她去。我裹紧被子假装睡着，反正是任她怎么折腾，她也叫不醒一个装睡的人。

我很清楚自己在做什么，我就是在把自己老婆往安卓越怀里推。没多久，我就看见事情开始有了进展。其实要说有时候理智是清醒的，可是感情又是一回事，当我看到樊文花的目光越来越多地停留在安卓越身上，看见她对安卓越笑得那般倾心和甜蜜，尤其是吃饭时她会把好菜夹到安卓越的碗里，我的内心还是忍不住会冒出阵阵醋意。我不知道为什么我对她那样好，她照样会把感情转移到别人身上，而且毫无障碍？有时想想我也灰心，令我不仅怀疑爱情，也怀疑人生。不过话又说回来，她对我这样，反而让我心里更加轻松一点，也让我更加容易去实现自己的目标。

看得出来樊文花对安卓越越来越钟情，我催促安卓越抓紧行动。他很不情愿的样子，似乎越来越畏难。这个时候可不能退缩啊兄弟，这时候稍一犹豫可能就会前功尽弃，我可不想看到功亏一篑。我暗地里给他打气，不止一次跟他说再咬咬牙，干完我们就可以远走高飞，去过我们想过的日子。每次听到我说这样的话他都显得十分振奋，但是一两天后就像药效过去了一样，他又疲沓下来，我需要不断跟他说好话，哄着他。其实我自己心里又何尝没有犹豫，我不止一次在良心的折磨下想放弃不干，可是想想自己的困窘，我立马清醒过来，放弃就是意味着我半辈子甚至一辈子债务缠身，也许永无出头的日子。不行，我不能那样悲惨地过上半辈子甚至一辈子。我亲眼目睹亲戚朋友当中有好几个人就是这样的，他们粗茶淡饭，节衣缩食，却还是贫困潦倒。我想翻身，所以我不会放弃这件事，我一定要干下去，干到底。我拿出更大的耐心去抚慰和说服安卓越，我知道只有我给他注入更多的能量，他才有力量去完成这个无比艰难的任务，换句话说，只有我更加爱他，他才会把这份爱传递到樊文花的身上。

那天下午下起了大雨，我给安卓越发短信，催他采取行动。他隔了好一会才回短信，说他不知道该怎么办。我急了，拨通了他的电话，借着说别的事情，叫他不要拖延，即使是火坑，也要闭着眼睛往下跳。

当晚，快十二点钟我才带着壮壮回到家。安卓越那边房门紧闭，房间里悄无声息，他好像已经睡下了。樊文花还没睡，靠在床头玩手机。我故意说："今天怎么这么安静？"樊文花抬起头朝我一笑，她笑得迟缓而淡漠，透出身心愉悦的松弛，我敏感地意识到安卓越得手了。忽然间我的心像被尖锐的东西划过，我走出房间，在黑暗冰冷的厨房里吸了好几支烟，才平复了心情。

接下来几天我继续给他们制造机会。我像一个导演一样要求安卓越演得甜蜜一点，更加甜蜜一点。安卓越愁眉苦脸，而我面不改色。我自己都觉得自己表现得就像一个职业杀手那样冷静和冷酷。

按照我们预先的计划，安卓越很快搬出了我家。一方面为了他和樊文花来往方便，另一方面这也是我们留的一个后手。

安卓越和樊文花来往了一个来月，就在昨天，他买了一辆我一直答应给她买而没有买的电动车。当他骑着那辆鲜红的电动车出现在我家门口的时候，樊文花的电话响了，她激动地跑下楼去，扑进了他的怀里。我站在窗口，目睹了楼下的这一幕。不要以为我的心情有多么糟糕，我只是觉得快要熬到头了。

安卓越做得毫不走样，他真是一个值得信赖的好兄弟。

23 樊文花

一个人同时爱上两个人是什么感觉？我是又快乐又难受。要不是亲身经历，我以为一个人爱上两个男人，又正好被他们喜欢，肯定是一件特别幸福的事，其实真的不是这样。以前我根本就不相信一个人会同时爱上两个人，可是这事真的发生在我身上，我爱郑小松，我也爱安卓越，和他们两个人在一起的时候我都很开心，如果因为什么见不到另一个，我就会特别想念那个人，想到心里发疼。

郑小松对我这么好，我却背叛他，又和安卓越好上了，我真是太不应该了。可是我心里又不觉得自己背叛了他，我对他和对安卓越同样都是真心的。我肯定是很爱郑小松的，他对我当然也是没的说，舍得为我花钱，对我大方得不得了，把我宠到天上去，长这么大从来没有一个人对我这样过，所以我对他特别依恋。他也很喜欢我依赖他，听他的话，只要我对他言听计从，他就特别高兴，而我稍微有点不顺从，他就会不耐烦。他倒是没有对我发过脾气，但他冷淡的样子也挺怕人的，有件事真说不出口，我不知道自己怎么惹他不高兴了，好一阵子他不再碰我，他躲躲闪闪的，给自己找各种借口，让我心里特别别扭。

我不知道是不是结了婚就会这样，我吞吞吐吐问姐姐，她说不应该这么快吧，这才结婚多少日子？不过她又说早晚都会淡的，让我别太放在心上。我怎么能不放在心上呢？老公对我冷冰冰的，我心里很难过，很委屈。

有一天郑小松上班去了，我和安卓越闲聊，他说郑小松对我可真好，我不知怎么没忍住，跟他说你看见的是这样罢了。我抱怨了几句郑小松不像结婚前那样对我好，他对我说了很多宽心话，他说这是一时的，估计是外面的事情太多让他烦恼了，他拼命挣钱还不是为了我？我想想也是，心情好了不少。安卓越真的很会安慰人，而且他特别细心，特别温柔，我很感动，心里暖洋洋的。他刚来家里我还不太欢迎他，没想到他是这么好的一个人，长得还那么帅，比郑小松还高还壮，他戴上墨镜的样子就像电视里的明星，我好喜欢他，真的为他动心。

我没留心从什么时候开始，早晨我起来刷牙的时候牙刷上已经挤好了牙膏，起先我以为是郑小松做的，也没当回事，后来我暗中留意，发现竟然是安卓越做的。这样的事情还有不少，吃过饭他会抢着帮我洗碗，我洗好了衣服他会帮我晾起来，他喝茶的时候总是特别自然地替我也沏一杯，尽管都是小事情，但郑小松不会这样。每天在一起生活，安卓越让我感觉到他的心在我身上，我心里甜蜜蜜的。

那天雨下得好大，我一直睡到中午才起来。安卓越做好了午饭，我们一边吃中饭，一边聊天，他给我讲了不少他小时候的事情。其实他小时候过得也挺苦的，不过他说起来却好像很快乐。他说："我很小的时候没人一起玩，也没有玩具，我会和桌子、椅子、柜子、书本、碗、筷子说话，我以为它们听得懂。我也以为花朵、树叶、鸟、蝴蝶、蚂蚁和人是一样的，都会说话和笑。"天啊，他真的跟我一模一样，我小的时候也是这么想的，我在山里走路的时候就听见过风和树和云朵什么的在说话，山也会说话，山上下来的溪流话特别多，说个不停，石头也能说话，不过话很少，经常老半天也不说一句。我跟他说这些，他听了哈哈大笑，他说就是这样的，一点也不错。我觉得他真的是我的知已，要是郑小松听我这么说，肯定会说我是神经病。

我和安卓越特别说得来，我心里的的确确喜欢他，不过我真没想到后来会跟他那样。他在我面前一直很严肃，尽管也说笑，但是并没有那种意思。我们有好多时候单独待在家里，不过他从来没有什么亲热的举动。那天真不知怎么了，事情发生得好突然，我来不及想，也来不及后悔。说心里话，我没有后悔。

吃过午饭安卓越叫我到他房间里听歌，他替我戴上耳机，给我放歌。后来我们用一副耳机一起听歌。再后来他拉我跟他并排躺在他的小床上，我们紧紧地挨着，他自自然然的，好像这样很正常。我生怕郑小松突然回来撞见，那样我就说不清楚了。不过过了一会儿我就把这件事忘了，我被他放给我听的歌声吸引。

“像一棵海草海草海草海草，随波飘摇，海草海草海草海草，浪花里舞蹈，海草海草海草海草，管它骇浪惊涛，我有我乐逍遥……”

我一口气听了好几遍，我从床上起来，跟着歌声跳起舞来，他也跟我一起跳了起来，我们太开心太欢乐了。

他跟着旋律唱起来：“你我只是这茫茫人海中不知天高地厚的那一棵草，所以不要烦恼开心就好，用力去爱用力微笑。人海啊茫茫啊，随波逐流，浮浮沉沉，人生啊如梦啊，亲爱的你在哪里？亲爱的你就在这里……”

他唱得太好听了，我被他的歌声陶醉。

他伸出胳膊试试探探想搂抱我，我没有犹豫，扑进了他怀里。

我们拥抱了很久很久，好像要永远这样拥抱下去。

“我从来没有这样拥抱过一个女人，你信吗？”他很动情地在我耳边轻轻说。

我不相信，他比我大了好几岁，而且长得这么帅，怎么可能没有拥抱过女人？但我说我相信。

他关掉了歌声，我们搂抱着倒在床上，亲亲密密地说了很多话。他说他一看见我就喜欢我，越来越喜欢，真想带我远走高飞。我问他为什么不找女朋友，他说孤独是他这类人的生活方式。不过他马上就笑了，搂紧我说：“现在我终于找到女朋友了！”

我主动亲了他，他很羞涩，好像还很紧张，跟刚才热烈奔放地唱歌的时候完全就像是两个人。一个下午我们就亲来亲去，亲得嘴唇都快脱皮了。他小心翼翼地，迟迟不敢动手，我真的相信了他以前没有过女人。我也不知为什么，他拘谨的样子反而更加吸引我，他真是又可怜又可爱。

天很晚了，早已过了晚饭的钟点，郑小松和壮壮随时可能回来，我想从床上起来，他却死死拉住我不放。后来我们还是做了那件事情。我们做得很匆忙，事情结束他趴在床上喘气，一声不响，就像是很难受一样。我不知道他是怎么啦，催他快去洗澡，要么快点穿上衣服，我生怕被郑小松撞上。他一把抱住我说："原来我也可以这样的！"我不明白他在说什么，我以为他是自责，看看又不像，似乎很轻松，我不知道他到底是怎么一回事。我拿起他的衬衣替他穿在身上，帮他扣上扣子，又把毛衣给他套上，又给他整理好头发，我抱住他结实的肩膀，在他脖子里亲了一下，我觉得他就像是我的孩子。

跟安卓越有了这一次，我和他更加亲近，不过，我也害怕，每天都提心吊胆的，生怕被郑小松看出来。安卓越跟我商量，他说他想搬出去住，这样我们约会更加方便。我想了想也确实是，每天在郑小松眼皮底下太让人紧张了。安卓越马上租了房子搬了出去，我也松了一口气。

我没事就去找他约会，经常从早到晚泡在他的小房子里。郑小松每天早出晚归，他根本顾不上我。我玩到很晚才回家，他比我更晚。好在有安卓越，要不然我可太寂寞了。

安卓越搬到了城边上，离大湖很近，他喜欢带我去湖边散步，好几次我们一起去看日落。日落的时候湖面是金色的，湖边的树和草也是金色的，连空气都是金色的。安卓越是这样说的："光彩夺目，美得就像一个梦。"他太浪漫了，我喜欢听他说话，郑小松是从来都不会这么说的。

除了浪漫，他对我也很大方。他给我买了好几件漂亮衣服，还送给我一条沉甸甸的白金手镯，他送我的衣服和手镯我不敢穿不敢戴，都藏在柜子里。我跟他说过不要送我东西，我不敢拿出来用，太浪费钱了，他马上说那我就送你一样可以拿出来用的礼物。

他说到做到。星期天我和郑小松正在家里吃中饭，突然接到他的电话，他的声音在电话里喜气洋洋的，他叫我下楼去看看他给我送来了什么。我飞奔下楼，看见他单腿撑地，骑坐在一辆红色的电动车上，那辆崭新的电动车在阳光下闪闪发光。他笑着对我说："看看，是你喜欢的吗？"

噢，我太喜欢了！郑小松早就答应给我买但一直没有买的电动车，没想到他给我买来了。我满心欢喜，激动地扑进了他的怀里。

24 安卓越

答应他的，我都做了；答应她的，我也都做了。他让我做的，我一丝不苟，毫不走样；为她做的，我挖空心思，尽可能给她惊喜。男人跟女人真的大不一样，男人折磨自己往往是因为野心，女人折磨自己往往是因为诱惑，而我折磨自己是因为我的心太软。我不想欠郑小松情分，因为他是我最好的兄弟，我也不想欠樊文花情分，因为她把我当她最贴心的人，我尽最大的可能让他和她都高兴，能做的不能做的我都去做，我知道自己这样不对，但我真的不知道自己怎么样才对。

我特别希望我的心在任何人面前都是坦坦荡荡的，但这很难做到，对我来说根本就做不到。如果我不履行诺言，我会害了朋友，如果我履行诺言，我会遭到天谴。所以，我怎么做都是错。

我一直以为自己是一个有情有义的人，但我其实是个没头脑的人。我想做个好人，可是一个没头脑的人怎么可能做个好人呢？

我清楚下面的事情更加难做，从现在开始，不论怎样，我是再没法做个好人了。

25 郑小蔓

早晨，我刚走进办公楼就接到华夏的电话。我很少接到他电话，我们一般都是通过微信和短信联系，而且他也从来没有在这个钟点给我打过电话。我直觉他肯定有事，心咚咚跳着，眼看着电梯到了我也没有上去，我跑到大厦外面去接他的电话。

华夏在电话里先说了句道歉的话，他说："真不好意思，我给你惹了麻烦了。"

我问他出了什么事，他说前几天他为了查一份资料把一个已经不用的旧手机翻出来充上电，没想到他老婆竟然偷偷看了他的微信，她发现了前年她生病住院期间华夏请我去家里帮忙的事情。"我家顿时就像发生了地震、台风、海啸，而且是同时发生的，简直没法跟你说有多糟糕。"华夏说，不管他如何解释，白苹都不依不饶，他没办法，跟她赌咒发誓，要她相信他。经过几天严酷的突审、盘查、追问，以及找当时的保姆外调，白苹初步相信他没有出格，但对他的疑心仍然没有消除。

“我想求你一件事……”华夏在电话里说得吞吞吐吐。

“你说呀。”我心急如焚。

他语速很慢，像是难以启齿。他说：“我被老婆逼得实在没有办法，我跟她说你有男朋友，而且你们就要结婚了，她不信，非说眼见为实，她要见见你和你的男朋友，我和她能不能请你和方大白一起出来吃顿饭？”

这可真是难为我了。方大白一直对我紧追不舍，我躲他还来不及。

“行不行呀？”他语气急促地催问我，“你听见我说的没有？”

我立刻答应了他，根本没假思索。

“太好了，太好了，就这么定了！”他说，“这下我可以松口气了。我订好餐馆就发给你，方大白就麻烦你替我请一下。”

我还是痛快地答应了他。

挂了电话我心情非常复杂，我觉得自己做得没错，我就该这么做，我必须这么做，我只能这么做，因为他是华夏。对我来说，只要华夏需要，我都会尽最大的努力去做，何况是去吃一顿饭？——可是一想到要和方大白一起去赴约，而且是面对华夏两口子，我心里还是感到了无法形容的煎熬。

我实在没想到华夏会在紧要关头搬出方大白来做自己的挡箭牌，我为他的机智叹服。其实这一年多来我和华夏也就见过几次面，每次也就仅限于一起吃个饭，顶多再一起散一会儿步，不过我们确实是很知心的朋友，我们之间几乎无话不说，所以我才会把方大白追求我的事告诉他。而我对方大白一直是躲着的，当然是从来不会主动约他，华夏也是知道的。现在为了他家的安定团结我只好破例一回了。

我打电话给方大白，他很惊喜。我对他说了华夏夫妇想约我们吃饭，他似乎愣了一下，不过顶多停顿了一两秒钟，他就高声大笑起来，就像什么都知道似的扬扬得意地说："我也不问你为什么华夏两口子会想起请你和我吃饭，不过我还是蛮高兴的，你知道我最高兴的是什么吗？你终于肯向别人承认我们的关系了。"

我自然没有反驳他，我还需要他配合我把这出戏唱下去。

方大白确实聪明，他其实早知道我和华夏的关系，我也不知道他是怎么知道的，我清楚他想知道的话很容易，这种事情是瞒不了人的，我也根本就没想瞒人。不过方大白毕竟是老江湖，之前他没有在我面前提过一句华夏，就像他对我们的事情毫不知情，而当我简明地跟他说了几句白苹对华夏的误解，他立刻心知肚明一般，不但欣然答应去赴宴，还特意关照我不要有心理负担，尽管放心大胆去吃这顿饭。

我承认方大白演得相当不错，虽说我跟他没有真正谈过一分钟的恋爱，但他自然而然不露痕迹地进入到我男朋友的角色，或者干脆说他就是我的未婚夫。他对我呵护备至，却又得体自然，毫不夸张，说真的，他就像是一个通情达理又非常真心的爱人。他的演技如此高超，不仅轻而易举骗过了白苹，甚至把华夏都骗了，有好几次我看见他不经意间流露出惊讶、怀疑和失落，似乎我对他隐瞒了真相。我当然没有，我爱的还是他，而且只是他，要不然我又何苦忍受着内心的折磨和痛苦来演这一出戏？

这顿饭无疑起到了效果。席散华夏就给我发微信，说白苹很轻松，也很高兴，看来她是放下了。而对我来说，这出戏却还没有结束。走出餐馆，方大白就抑制不住喜悦之情，他殷勤地替我打开车门，要约我再去喝一杯。我没好意思推托，刚麻烦过他，我不能做得那样绝情。他开车带我去了城里最豪华的大饭店，刚在咖啡厅坐下来，他忽然兴致勃勃地说："要说我们也没必要在这里坐着了，我去开个房间，我们到房间里舒舒服服待着好不好？"

虽然他是询问我，而且还带着几分玩笑的口气，我还是觉得相当尴尬。我张口结舌，不知该怎么说才能表明态度又不伤情面。好在他马上转弯了，哈哈笑着说："我这个人大大咧咧惯了，你就见怪不怪好了。"又说，"你千万不要不高兴啊。"

我只好笑笑。

他看我没有不高兴，就向我推心置腹起来。他说他知道我是个心地善良又洁身自好的好姑娘，也理解我此时此刻的心情，所以特别尊重我，也特别敬重我，愿意按我的心意行事。他表示他一心想娶我，只等我点头答应他。他这样说："今天我们干脆把话说开了吧，我是真心喜欢你，爱你。我有过失败的婚姻，懂得珍惜，不管怎么样我会对你好的，而且我也相信你只要肯和我结婚，也会对我好的。正因为这样，我愿意慢慢等着你想通。"他还说，"说句不当说的，你对他情再深，他是有老婆的人，别的我就不便多说了。听我一句话，你没必要再耽误自己了。”

他试探着来握我的手，我躲开了。

我心情非常沮丧，不是因为他说了这些话，而是吃完那顿难以下咽的晚饭，我明白了一个其实早该明白的道理：我和华夏再不能这样藕断丝连下去了，这样会让我们都生活在痛苦和不安之中。我还想到，也许人家华夏早已经走出来了，只有我自己还深陷其中不能自拔——这其实是我心里最不愿面对的。

不过即便这样，我也没有打算嫁给方大白，我宁肯一个人孤独终老，也不会随随便便嫁给一个自己不爱的人。

在随后的闲聊中方大白说到了小松，而且话题一直围绕着他。他就像是很不经意地向我透露小松这五六年前前后后跟他借过好几十万块钱，刨掉归还的，还欠他五十多万。而且，去年秋天小松已经把手里的游戏厅的股份都卖给他了，跟他不再是游戏厅的合伙人，而是每月从他手里开四五千块钱薪水的打工仔。我一惊非同小可，汗一下涌了出来，内衣粘贴在身上，我没想到我心爱的弟弟生活得如此艰难，而他却没对我吐露过一个字，我差点在优美的钢琴声里哭出来。方大白及时地安慰了我，他让我别担心，也别烦恼，他这样说：“要说欠这点钱也算不了什么，他年纪那么轻，头脑又聪明，不拘做点什么就挣回来了。”他又说，“我以为你知道的，没想到你居然一无所知，小松那孩子太要强了，他不跟你说，就是不想要你替他操心，你就干脆装作不知道，要不反倒辜负了他。”

他又跟我聊了好一阵子，我心里乱糟糟的，也没有仔细听他在说什么。不过有几句话我倒是听见了，他说："你可不要烦愁，这点钱真不是什么事，说句直来直去的话，如果你肯嫁给我，小松和我就成了一家人，一家人不说两家话，他欠我的五十多万我一笔勾销，游戏厅的股份我也还给他，就当是我们做姐姐姐夫的送给他的礼物，你看好不好？"

我听了不知道该如何说。

他细小的眼睛里闪烁着光芒，脸上带着憧憬的笑容说："真要是这样该有多好！"

他伸出他宽厚的巴掌来握我的手，这一次我没有再躲开。

第二天，我把郑小松叫回家，我跟他说我考虑准备嫁给方大白。他一听立马就急了，提高了声音说："我不是早跟你说过方大白是坏人，你嫁谁都不要嫁给他！"

我说："我没有别人可嫁。"

他狐疑地望着我说："你到底是怎么了？"他问我，"出什么事情了吗？"

"没出什么事。"我说，"昨天他向我求婚了。"

"求婚？"他不相信地说，"是他逼你的吧？"

我矢口否认。

他求我说："你千万不要跟他结婚，我比你了解他。他是个心里一套嘴上一套的人，就是人家说的口蜜腹剑。他的坏主意特别多，而且他会用各种方法把你一步步骗进他的圈套。你要是上了他的当，就再难逃脱了。我吃过他的亏太多了，我太知道他是怎么回事了。”

听他这么说，我反而更加拿定了主意。

“这就相当于跳火坑，不管怎么样你都不要嫁给他。”他气急败坏地说，“你嫁给他的话，即使你不后悔，我也会替你后悔的。”

26 方大白

我真是太高兴了，郑小蔓终于答应嫁给我了，我心里暗自庆幸好在我一直追她，没有放弃。我这个人情运一向不错，我不敢吹牛说我在女人面前所向披靡，我没那么好的运气，但我相信一条，就是心诚则灵。在我眼里女人都很善良，也都很感性，她们喜欢感情用事，因此不管你是用情、用钱、用性，还是用品行、用表现、用伪装、用欺骗，只要能够打动她们，就很容易得到她们。当然，对我来说得到一个女人不是目标，我想要的是一个不管遇到什么困境都能和我同舟共济的人，这样的人是需要沙里淘金那样挑选的，郑小蔓就是我精挑细选出来的，在我眼里她太完美了，我会像攥着一颗珍宝一样紧紧地把她攥在手里。

和郑小蔓恋爱真是妙不可言。之前她对我就像月亮一样高高在上，我看得见却够不着，一直撩拨得我心里痒痒的。那天夜里我带她去湖边散步，她终于愿意我亲吻她，我是那样小心翼翼地靠近她，轻轻搂住她，把嘴唇贴在她的嘴唇上，就好像她是一朵娇贵的鲜花，是一件珍贵的易碎品。当我们亲吻时，我觉得整个世界都是甜蜜的。

我和郑小蔓谈了一个礼拜恋爱就去领了大红的结婚证，我们成了合法夫妻。

我终于娶到了梦寐以求的心爱的女人。

我觉得我兑现承诺的时候到了。我对郑小蔓说，我打算找个好日子，把郑小松的借条都还给他，他借我的钱就算一笔勾销，再重新跟他签一份协议，把游戏厅的股份也还给他。还有，我要办一场最体面最风光的婚礼，让别人羡慕我们。郑小蔓听了我说的话，她的眼睛亮起来，接着却又变得冷冰冰的，好像有什么难言之隐。我问她怎么看上去像是不开心，她犹豫了好一会，终于说出来郑小松反对她嫁给我，她是背着他跟我领的结婚证。

这完全出乎我的意料，我跟郑小松合作了那么多年，说句不算是大言不惭的话，是我一路提携的他，我不知道给过他多少次机会，他有困难需要人拉一把的时候都是我毫不犹豫向他伸出热情的手，我实在没想到换来的竟是恩将仇报。我不知道他哪里来的对我这么大的怨怒和敌意，不说别的，我跟郑小蔓结婚，作为小舅子他能得到这样一大笔的好处，我是诚心诚意拿出真金白银和股份来给他，郑小蔓不会不告诉他，他也不是个不会算账的人，可是就这样他还要反对我，可见他对我有多恨！这当头一盆凉水真把我泼醒了，那好吧，我也别那么傻了，我收回我愚蠢的念头好了。我娶的是郑小蔓，他只不过是郑小蔓的弟弟，我用不着多理他。

我问郑小蔓："那我们的婚礼他会来吗？"

郑小蔓咬着下嘴唇，一脸为难地说："我不知道啊。"

我拉住她的手，她的手冰凉冰凉，她就像一个迷路的人那样茫然不知所措，我看着心疼。

"就这么一个弟弟，姐姐的婚礼还不来吗？"我冷笑道，"这一点吓不倒我，他来不来随他的便，我绝不会让你为难的。我把话放这里，以后我们跟他干脆就是井水不犯河水，他过他的，我们过我们的，看看谁比谁过得好！"

27 郑小松

郑小蔓和方大白打得火热，真让我想不到。她一直迷恋华夏，对她那个中学时代就开始的初恋恋人死抱着不放，人家早就结婚成家连小孩都生了，她还不死心，生生把自己耽误到现在，也真是傻得可以。我还真没有看出那个华夏有什么好，在我看来他就是一个自私自利的小人。一个男人利欲熏心趋炎附势，我真不知道这样的人有什么值得爱的？我是真希望她赶紧找到一个真正合适的人，摆脱华夏的阴影，好好过她自己的生活。我太希望她过得幸福了，她是我相依为命的姐姐，也是我唯一的亲人，我必须把她保护好。可是她忽然转头跟方大白好上了，这是我更加不情愿看到的了。方大白是什么人别人不清楚我还不清楚吗？他拉我打牌，借钱给我，说句那什么的话，其实就是在给我挖陷阱呢，让我越陷越深，到后来想爬都爬不出来。我不能说我现在这个样子都是方大白害的，但他也真没少坑我。我不知道他转了一圈怎么又把黑手伸向了我姐姐，我可不能让郑小蔓再毁在他的手里。

我想来想去，想不出郑小蔓到底是看上方大白什么。只有一个解释，可能还是因为钱吧。我不知道方大白给了她什么许诺，他那个人是最会画饼的，什么事还没影呢，他就能吹得天花乱坠，等你真上了他的贼船，就会看到那些泡影会一个接一个破灭。他还喜欢假装有钱人，装得还特别像，所以我怀疑郑小蔓是上当受骗了。

其实郑小蔓并不是个特别爱钱的人，她很素淡，不像有些女孩那样贪图物质享受，就是跟樊文花比起来，她对物质的欲望也要淡得多，而且她也说过她并不喜欢方大白，这么说，她跟他走到一起并不是为了自己，那就是为了我，她可真是傻到家了。

我正想抽空去找一趟郑小蔓，跟她说说让她离方大白远点，圆头阿三忽然跑到游戏厅来找我，他做出一副来打游戏的样子，我直觉他不像是没事过来玩的。他现在是方大白用得最顺手的小弟，直接说就是方大白的一条狗，我估计他来大概是为了替他主子传什么话吧。果不其然，他打了几把赛车，停下来，逛到我面前，用一种神神秘秘的口气说方大白家里要装修，最近好像手头比较紧。我没理他，他说他给我透个信，不要到时候他催我还钱我手忙脚乱。我听了心里莫名其妙很来气，可是我知道这事跟他没关系。我忍着心烦，和颜悦色跟他说要是方大白问起来就带个话给他，就说让他再缓些日子，利息照算就是了。我没料到圆头阿三居然放下脸来，问我说你拿什么还呀？他说这话完全是方大白的声气，我就像突然在一只狗身上看到了人的嘴脸一样，把我恶心得不行。不过我知道跟圆头阿三生气没有任何意义，他不过就是个跑腿的。我还是跟他一团和气地说你把话带到就行，剩下的我跟方大白说好了。

打发走了圆头阿三，我默默想了好一会，我判断方大白和郑小蔓应该还没有实质性进展，要不然他不会在这时候派圆头阿三过来跟我提还钱的事。我清楚他做事的步骤，他吹过风之后就会有行动，而且他动作迅猛出手凶狠，我意识到他留给我的时间不多了。

好在，我这边行动的时机也已经成熟。

28 安卓越

尽管我早就知道这一天我要做什么，可事到临头我还是心慌意乱。

事前我一次次去湖边察看地形，对那条线路已经相当熟悉，甚至在梦里都不会走错。我不止一次梦到这条线路，有时是我和樊文花一起，有时除了我和樊文花，还有郑小松，还有的时候就我一个人。梦里这条路很长，而且千变万化，和真实的景象完全不一样。我特别奇怪的是那些梦毫无关联，但它们加在一起却好像是同一个梦。从这样的梦里醒来，我心里总是充满了说不出的恐惧，不管梦里的情形是顺利还是不顺利，我总有一种毁灭般的沮丧。不过因为有梦为证，说明我确实是睡着了，我的失眠症倒是不治而愈。

越是事到临头，我越是胆怯，不但胆怯，我真的于心不忍。毕竟她这么年轻，我和她无怨无仇，我怎么忍心害掉她？尽管我心里一点也不爱她，尽管与她肌肤相亲我也并不动情，但是亲近却像是腐蚀剂一样，销蚀了我的意志。想到我要对她下手，我的心就狂跳不止，眼前一片漆黑，真的就像面临世界末日一般。

我和她感情日深，这本来是戏里的情节，但我已经分不清戏里戏外。郑小松不断催促我行动，我已经不能再拖下去了。那天和她告别的时候我忍不住流下眼泪，也许她以为是我出于对她的爱，其实我流下的是绝望的泪水——我的心已经死了，一个人只有心死了才能去做罪恶的事情。看到她热切的充满爱意的目光我特别受不了，她真的是太单纯太愚蠢了。正因为她的单纯和愚蠢，她才会闻着爱情虚幻的味道一步一步走入圈套，对自己的危险一无所知，在最后一刻即将来临时仍然能忘情地浸泡在情欲的蜜汁里。

最黑暗的夜晚不可阻挡地来临了。按照事先郑小松和我的设定，我约樊文花当晚九点钟到湖边骑电动车兜风，这天郑小松和壮壮都会在家，在樊文花要出门的时候郑小松会劝阻她一下，当然，他应该是拦不住她的，因为我一直在发信息催促她。

我早早去了湖边，我吹着五月天气里雨后微凉的小风，就像一条警觉的狗一样，在幽暗的光线里密切观察着湖堤上的动静。

九点零二分，长长的湖堤上有一个暗色的剪影飞快地朝这边移动，我看清是樊文花骑着电动车远远地驶来。那一刻湖面上星光闪烁，无比璀璨。

她骑到凉亭边上，一脚刹车，利索地从车上跳了下来。这是我们约定的地点，平常糊里糊涂也没有什么方向感的她居然没有走错地方。我仔仔细细打量了她一番，她穿着那套肯定是她自己觉得特别漂亮的红白相间的千鸟格上衣和闪闪发光的蓝色缎子短裙，上衣下裙虽然不搭，但穿在她身上却浑然一体，看上去土洋土洋的。因为刚下过雨不久，湖上的风吹过来带着几分寒意，我关切地问她冷不冷，她露出两只小虎牙甜甜一笑，摇了摇头。借着路灯光我看见她一绺头发粘在额头上，鼻尖上还有细小的汗珠，她一路上肯定赶得很急。

我情不自禁地拉住她的手，她急不可待地扑进我的怀里，热乎乎的嘴唇贴在我的嘴唇上，湿漉漉的舌头伸进我的嘴里，不加掩饰地把带着炒韭菜气息的肉欲传递给我。我在迟疑中抱紧了她，手伸进她的衣服抚摸她的乳房。她陶醉地瘫软在我的臂弯里，嘴里发出抑制不住的呻吟声。我的胳膊感觉到她的体重，天哪，她是那样毫无保留地把身心交到我的手里。我突然觉得无比感动和难过——我对她越来越健壮结实的身体其实根本没有欲望，我抱着她，感觉她重得就像石头和铁块一样。她压在我心口，让我喘不过气来，可我对她却充满了怜悯和痛惜，尤其是想到接下来要发生的事情，我真想把此生对女人的柔情全部献给她。

“你想我了吗？”她滚烫的呼吸喷在我脸上。

“当然想你啊。”我用梦幻般的声音说。

“我想你想得吃不下饭睡不着觉，我想你想得心都疼了。”她喃喃地说。

“我也是。”我重复着她的话，“我想你想得吃不下饭睡不着觉，我想你想得心都疼了。”

“真的呀？”她一脸纯真地问我。

“当然是真的。”我同样是一脸纯真地说。

“你爱我吗？”她满怀期待地仰望着我，等待着我的答案。

“这还用说？”我充满柔情地说，“这个世界上你是我爱的唯一的女人！”

“你会一直爱我吗？”她非常认真地问我，好像向我索要一个终身的承诺。

我沉默。

“你说呀？”她就像是撒娇，但看得出来她其实特别在乎。

我点点头，郑重其事地说：“我会永远爱你的。”

她似乎放下心来，身体变得柔软舒展。

“那我们怎么办呢？”片刻之后，她似乎又愁烦起来。

我又是沉默。

她忽然问我：“如果郑小松知道了我们的事会怎么样？”

我想了想说：“我不知道。”

“你说他会不会杀了我？”

听见“杀”这个字，我不由打了个寒噤，心里就像被利刃划过。

然而她问得单刀直入，却没有一点害怕的神色，我意识到她问的不过是一个假设性的问题，她根本没有嗅到任何危险的气息。而我倒差点神经过敏，吓得不轻。

“你后悔了？”我忍不住问她。

她没有回答。

沉默了好一会，她嗫嚅地说："其实我真有点后悔的，我不应该对不起郑小松。"她两眼望着我，就像是掏心掏肺地说，"我爱你，真的爱你，不过，我也爱他。"

这么贪心，又这么诚实，我怀抱里的这个女人，让我无话可说。如果不是亲耳听到，我根本就不知道她会这样想，而且还会这样堂而皇之地说出来。我心里滋味复杂，那一刻我竟然想到了我躺在病床上的母亲，当年她抛下父亲和我，是不是也是因为炽热的爱和燃烧的情欲呢？她义无反顾地走了，愚蠢而自私地毁掉了我们的家，毁掉了我的童年，最后也毁掉了她自己的生活。我突然心酸起来，望着眼前这个同样因为陷入情网而执迷不悟的女人，我没有勇气向她揭开谜底……我错失了最后一次救她的机会。

现在她就是我的猎物，我就像是突然失忆一般忘掉了我们说过的甜言蜜语，忘掉了我们曾经有过的恩爱缠绵，忘掉了我们之间的情义，我排除掉一切杂念，变身为一个十恶不赦的魔鬼。

我安慰她说："你不要把事情想得那么坏，不要烦恼，开心就好。"

我这样含糊其词地劝她，顾不得这句话多么不负责任，多么无情，我只图哄住她最后的一小段时光就可以了。她果然不再自责，也不再忧心忡忡。

我骑上我送给她的精巧漂亮的电动车，在朦胧的星光中带着她沿湖兜风。她像一只听话的猫一样乖巧灵活地坐在电动车的后座上，一条胳膊绕过来紧紧搂住我的腰，身体贴着我的后背，我感觉到她传递过来的体温。我们就是以这样亲密的姿态朝着死亡飞速驶去。

我早就看好吊索桥边上有根栏杆坏了，那是冲下桥去的绝好地点。当我远远看见吊索桥模糊的轮廓，我用力踩下油门，开足了马力。电动车腾空而起，在樊文花的惊叫声里我们一起冲进湖里。

落水时因为冲力太大我呛了水，我被冰冷的湖水浸泡，有一阵神志恍惚。我做梦一样感觉自己躺在一个洒满阳光的巨大的卧室里的一张柔软的大床上，我就像气球一样漂浮在上面，我是那样心满意足和轻松愉快，仿佛做完了所有该做的事情。与此同时，我觉得我一生的累都在那一刻翻腾上来，我头脑发木，四肢无力，在一番仓皇而徒劳的挣扎之后我沉到了水底。

就在这时，一阵水响惊醒了我，我从水里浮起，透过水面的反光我吃惊地看见樊文花已经从水里站了起来，刹那间我仿佛看见了鬼，吓得魂飞魄散。我定睛细看，她竟然在向着岸的方向慢慢移动。我突然明白过来她并没有死，我一惊而起，像恶狼一样扑向了她。

我把她扑倒在水里，伸出罪恶的双手扼住了她的头颈。她用力挣扎起来，她的劲可真大呀，就像她在床上快要达到高潮那样。我不敢用力，不是迟疑，也不是不忍心，到了这一步我没有什么迟疑和不忍心的，我只想把事情做得干净，不留一丝痕迹。我小心谨慎，是生怕在她身上留下印痕。有一个片刻她挣脱了我，又一次从水里站了起来，她大口地呼吸着，而且还睁开了眼睛。她那么无辜和愕然地看着我，喉咙里发着鸽子一般咕噜咕噜的声音。我听不清她在说什么，我也害怕自己听清，我被一种从来没有经历过的巨大恐惧裹挟，真的比死还恐怖。我飞快地扑向她，把她摁进湖里。我只想快点结果她，快点逃离这个是非之地。

我不知道自己是怎么游到岸边的，我也不知道自己是怎么从水里爬上岸的，我只知道我亲手杀死了她。我很快镇定下来，除了手一直在间歇性地痉挛，我没有任何不适的感觉，甚至都不觉得精湿的衣服裹在身上有多么难受。我步子很快地离开湖堤，走向马路。我站在路边，等了一会，拦了一辆外地牌照的小卡车，我塞给司机一百块钱，叫他把我拉到市里。

我走进小巷深处的客栈，绕过花坛，走上台阶，在门口印着“出入平安”的棕麻垫子下面摸到了房门钥匙。这是郑小松事先给我订好的房间，他在里面放好了干爽的衣服和鞋袜。我将在这里度过残留的夜晚，明天一早我会从这个城市消失得无影无踪。

我没有开灯，借着远处的路灯光走进屋子。

我忽然想起郑小松关照我的事成之后把木栏杆上的花盆扔下去一个，明天一早他来退房时就能看见这个暗号。我走出房间，心头一片迷茫，一时竟然想不起来自己要做什么。当我想起要做的事情，我把木栏杆上的一排花盆全部推了下去。

响声没有惊动任何人，只有虫子微弱的叫声停顿了片刻。

夜很沉。满天的星星，还有她的眼睛。

我突然感觉到了冷，我很冷，我快冻死了。

29 樊文花

电动车冲进湖里的那一刻我感觉就像在飞，我同时惊恐地意识到发生了可怕的车祸。我立刻想到的是和我在一起的他——那个瞬间我竟然没有想到自己，心里想的只有他。我和他一起掉进湖里，冰冷的水淹没了我，我就像是在做梦，梦见自己一手拉着郑小松，一手拉着安卓越，我们一会儿走在欢乐广场的喷泉边，一会儿走在琳琅满目的小店里，一会儿又走在开满野花的山坡上。我醒过来的时候发现自己浸泡在湖水里，湖水冰冷刺骨，四周一片黑暗。我知道这不是梦，这是真的，我庆幸自己还活着。我拼命想从水里挣扎出来，我的脚突然碰到了什么，软软的，滑滑的，我明白过来我够到了湖底，我站在了淤泥里。我把头从水里抬起来，呼吸一下顺畅了，头脑也清醒了不少。我又立刻想到了他，我放眼朝水面看去，我只看见湖面上一丛丛的芦苇，看不见他，想到他可能淹死了，我伤心极了，肝肠都要痛断。我正要张嘴呼喊他，突然喉咙被紧紧地扼住了，我重新跌进了水里。

我用力挣扎，但我挣不脱那双卡住我脖子的手。我透不过气来，头脑又迷糊了。我又像是在做梦一样，我看见家里失火了，爸爸妈妈姐姐妹妹都在没命地奔跑，他们向着不同的方向跑，而我吓慌了，站在原地，腿像是被绊住了一样，不知道该往哪里跑。我心里牵挂着郑小松和安卓越，完全忘记了自己。突然，我看见大姑妈顶着一身火苗向我跑过来，她手里提着一桶水，猛地把水泼到我身上。我忍不住哭了起来，我知道她是最爱我的，只有她会在这样危急的时候不顾自己来救我。可是火太大了，火焰还是烧到了我身上，我想到我就要死了……

我挣扎着睁开眼睛，在微弱的光线里看见了一张熟悉的面孔，正俯视着我，我看不清这张脸上的表情，我能看见的是这张脸后面闪烁的黑夜、纤巧的云朵和梦幻般摇动着的芦苇。我反应过来这是我深爱的那个人的面孔，我想对他笑一笑，可是我做不到。我呼吸不到空气，我全身爆裂一样疼痛，我惊愕地发现正是他扼住我的喉咙猛击我的头，我用尽气力想喊叫，可是我发不出声音。

我在反抗中抢到了一口呼吸，我就像是逃了出来。我看见我一个人孤零零走在山路上，四周全是高大的树木和低矮的灌木，没有人影，也听不见一点风声。路上石头遍地，荆棘扎脚，我发现我是双脚离地走着的，而且走得飞快。我眼前出现了村里人在雨中烧纸的情景，满山遍野都是呛人的青烟。我再次睁开眼睛，我跟他四目相对——我们不是第一次这样对望，以前有过不知多少次，以前这双眼睛里流露的是温柔的爱意，现在这双眼睛里却满是残暴的杀气。我紧盯着他，你为什么要杀我？你为什么要杀我？你为什么要杀我？求求你不要杀我，求求你不要杀我，求求你不要杀我……我什么也没说，因为我说不出来，他肯定明白我的意思，我不想死，我想活，我不知道他为什么要杀我，我刚刚得到幸福，为什么要让我去死？我抓住他的手，抓住他的胳膊，他不停手，我狠命抓他的手，抓他的胳膊，用指甲抠破他的皮肤。我多么希望他只是跟我开玩笑，我多么希望他还能像以前那样，用这双手和胳膊抚摸和拥抱我，还像我们最快乐的时候那样。真的是这样的话，我什么也不会计较的，我还会像以前那样心甘情愿。

他用力把我摁进水里，黑夜、云朵和芦苇都消失了，我闭上了眼睛。我知道躲不过去。在极度的难受之后，憋闷和疼痛消失了，我的身体像气球一样轻。我升腾起来，走进了一扇光亮四射的门里。

我脱离了躯体，就像一只刚刚破壳的小鸡一样颤抖着，俯瞰着薄雾笼罩的宽阔的湖面。我还在忧虑着我曾经的爱人能否游到岸边，实际上我的担心完全多余，他手脚并用，用力划水，几分钟就爬上了湖堤。

我沉入到冰冷的湖水里，就像一棵海草，在黑暗中随波飘摇。

30 郑小松

这是多么难熬的一夜，尽管我事先经过反复周详的盘算和各种精心的准备，还是担心事情并不像谋划的那样万无一失。这个时候任何微小的闪失都是我们承受不起的，无论哪一个环节出错，对我们来说都可能满盘皆输，甚至是灭顶之灾。

为了防范各种可能的风险，我预先做了周密的设计和安排。当壮壮提出要留下来打工，我就已经想到要把他利用起来，让他在关键的时候替我做证。尽管他住在我家要多出一份开销，他去游戏厅打工我还得给他开工资，但为了万一真用得着他的那一刻也是值得的。

我不知道是否可以骄傲地说，这个夜晚发生的事情都在我精准的预设之中。

七点钟，准时开饭。我做了四菜一汤，红烧肉、清蒸鱼、虾子炒茭白、鲜贝炒韭菜、排骨豆腐海带汤，比平日要丰盛一些，但不过分，我们吃得一直挺好的。樊文花说她结婚以后都吃胖了好多，她要减肥了。我让她放开吃，我不好说的是没啥必要减肥了。吃晚饭的时候我给她夹了好几次菜，还给她盛了一大碗汤，她胃口相当好，这些菜都是她特别爱吃的。

八点钟，樊文花吃完了饭坐在沙发上看手机发信息，应该是安卓越正和她在联系。

八点半，樊文花匆匆换好衣服准备出门，她简单跟我说了一句她出去练一会车就回来，我嘟囔一句这么晚还出去啊，我叫她小心一点，她就像没听见一样没答话。她出了门才大声回了一句："知道了！"

九点钟，她应该到湖边了吧，安卓越也应该到了吧，估计他们应该见上面了。

九点半，一切平静。动手还没那么快。

十点，一切平静。静得让我有点心慌。

快十点半了，樊文花出去已经两个小时了，如果事情进展顺利，这时候应该有眉目了。我往她手机上打了一个电话，电话还通，她没有接，这么说他们两个还在湖边卿卿我我，尽管这是我一手安排的，我还是热血上冲。这安卓越怎么回事啊，做点事情也太磨蹭了吧？这时候拖延一分钟都让我心焦，我怕他变卦，万一他犹豫，万一他反悔，万一还有更坏的，比如他变节，带着樊文花远走高飞，或者把我恶毒的计划向她坦白……我不敢往下想。时间一分一秒流逝，一分一秒对我都是煎熬。好容易过了十几分钟，我又打了一次樊文花的电话，电话里传来的是忙音……我无法形容心里的惊喜和激动，只觉得脑袋嗡的一下，人就像爆掉了，差点一头栽倒在地。

这么说安卓越已经动手了？

他得手了吗？

事情顺利吗？

她死了吗？

我浑身冰冷，仿佛沉入湖里的是我自己。我感觉身体的各处都缠结在一起，痉挛疼痛，却又说不清究竟是哪里不对劲。我心跳加快，头晕目眩，浑身汗湿，我瘫坐在餐桌边的椅子里，好一会才缓过神来。

我踉踉跄跄走进小房间，壮壮睡得正香，我打开灯，坐在他对面安卓越以前睡的那张小床上，我叫他把手机借我用一下。他醒过来，什么也没问，从枕头底下摸出手机递给我。我用他的手机又拨了一遍樊文花的电话，还是忙音，我挂断了，对他说你姐姐这么晚还没回来，我得出去找找她，然后我开上车出了门。

我漫无目的地沿着街道往前开，昏暗的路灯光把马路两边枝丫交错的树照得像是隧道一样，我就在这长长的隧道里梦游似的穿行。我不敢去想湖边发生了什么，不敢去想樊文花，也不敢去想安卓越。今夜注定是一个恐怖凄惨的夜晚，是我活这么大最难熬的一个夜晚，我盼着天亮，盼着快点结束这种煎熬。

我在外面不知转了多久才回到家。踏进家门的时候我竟然觉得这个家很陌生，而且奇怪地有一种空空荡荡的感觉。我不敢到床上去睡觉，怕闻到被子和枕头上有她的味道。我在椅子里一直坐到天亮，这一夜我一分钟也没有睡着。

天刚放亮我就去了小巷深处的那个小客栈，我一眼看到了台阶下面的青砖地上摔得粉碎的几个花盆，再看木栏杆上面空空如也，那个瞬间我不但明白了安卓越发出的暗号，甚至还体会到了他当时的心情。

我从客房门口的脚垫底下摸出钥匙开门进屋，里面空无一人。我拿走了他留下的湿漉漉的衣服、鞋袜还有手机。为了不引人注意，我快到中午十二点才去退房。

下午三点多钟，我去离家最近的派出所报案，我以焦急却又克制的姿态告诉警察我的妻子从昨天夜里骑着新买的电动车出去练车，到现在还没有回来，两个警察详细地做了笔录。做完笔录我刚回到家不到两个小时，就接到警察打来的电话，说琵琶湖里发现一具女尸，已经送到殡仪馆，让我过去辨认一下。

完全不出所料，但我装得特别突然和意外。我失魂落魄，叫上壮壮陪我一起去。一路上我瑟瑟发抖，壮壮倒真是脸色发白，十分紧张。殡仪馆有一种说不出的阴森，我们跟着警察走进去，不用说，果然是她——红白相间的千鸟格上衣，蓝色的缎子短裙，这身衣服不就是我第一次送给她的礼物吗？我不敢看她，我捂住脸，假装痛哭，转身走了出去。干号了几声之后，我真的流下了眼泪，我哭得伤心欲绝，真的就像是一个痛失爱妻的新婚丈夫。

确认了尸体后我们跟着警察回到派出所。警察对我说已经检查过尸体，她身上没有伤痕，脖子里的金项链、手腕上的金手链还有手上的钻戒都在，钱包里的四百多块钱和口袋里的家门钥匙也都在，显然不是因为谋财而害命的。和尸体一起打捞起来的还有一辆红色电动车，所以应该就是骑电动车落水的意外事故。

我暗暗地，也是大大地松了一口气。这么说，我做的一切没有白费，警察相信了！回到家我已是筋疲力尽，躺到床上却还是睡不着觉，这一夜又是一个睁眼到天亮的不眠之夜。

两天之后警察又打电话把我叫去，这次是了解情况。我早已经在心里无数次设想过这样的情形，我自然也早准备好了一套应对的话。我自认为沉着冷静滴水不漏地回答了警察的提问。随后壮壮也被叫去核实情况。壮壮完全不知真相，但正因为他不知情，所以他只要实话实说就能帮我做证——这也在我的预谋之中，他能证明他表姐出事那天我确实在家。警察不可能从他那里了解到其他情况，因此我十分安心。

余下我要做的就是耐心等待，等着警察结案，这样我就可以向保险公司提出赔偿，领出那份数额巨大的保险金。为了这笔钱，我可是费尽了心机，甚至不惜谋害了一个无辜的生命。这是多么煎熬的等待，用“度日如年”形容一点也不过分。夜里我睡不着觉，白天我昏昏沉沉，一天中大部分时候我都是在床上度过的。郑小蔓每天都来看我，她见我一天比一天憔悴和萎靡忧心如焚，尽管我跟她说没事，很快会好起来的，她却仍然放心不下。她给我烧饭炖汤，给我补充营养，她守在我床头，跟我说了许多安慰和宽心的话。我知道她是真心疼我，可我不敢对她说我并不是伤心，我只是焦急和烦躁。

过了几天我跑到派出所去找警察，问他们到底什么时候能够结案。我实在是耐不住了，希望快点走完那些例行公事的程序。警察对我充满了同情，请我坐，请我喝茶，和蔼可亲地解答我的各种问题。他们说事情还在调查当中，还有几个疑点没有最后弄清楚，让我再耐心等一等。对着警察，我一次次流下悲伤的眼泪，我甚至还号啕大哭，引来不少人围观。

仅仅过了两天，早晨一阵剧烈的敲门声把我从久违的沉睡中吵醒，我起床打开门，门口站着两位穿着警服的警察。我问他们是不是结案了，他们说是传唤我，让我穿好衣服拿上身份证跟他们走。我有点意外，但并不惊惶失措。

这是我第一次被传唤。警察围绕樊文花的死问了我许多问题，我非常沉着地作出了回答。从警察的提问中我很快明白他们是对樊文花的死因产生了疑问，他们在打捞她尸体时发现出事地点的水并不太深，还不到一米五，而她身高近一米六，只要从水里站起身就不会被淹死，警察从她脚上穿的高跟鞋的鞋底上看到了湖底的淤泥，这可以证明她确实是从水里站起来过，这样就不能判断她是自己淹死的，因此就有了另一种可能，说不定还是更大的可能——她是被谋杀的。

警察的话让我惊恐，我没想到他们这么快就想到了谋杀。不过不要以为我会害怕得瑟瑟发抖，我很冷静，因为壮壮能证明我不在现场，当然最主要的是樊文花确实不是我杀的。别说他们这只不过是猜测，即便他们真能证明樊文花确实是被谋杀的，那也没有证据能证明跟我有关。

但是警察立即对樊文花的死进行了立案调查，这对我来说绝对不是好事。我一次次被传唤，每次他们问的问题都更多而且更细，我仍然是沉着应对。因为被问得多了，我应付他们的经验也更加丰富。我知道他们还只是在排查阶段，并没有掌握什么可靠的证据，如果他们证据确凿，就不会仅仅是传唤我了，而会立刻逮捕我。因此，我推测他们离破案还差得远，我还推测他们找到证据的可能比他们找不到证据的可能小得多。不过我也并不敢掉以轻心，相反，我谨言慎行，不给他们任何的突破口。

然而他们还是有了突破。他们通过调查樊文花出事前接到的电话，查到尾号“3553”的电话那天给她打过好几次电话，当天夜晚樊文花也给这个号码打过电话。当警察问我知道不知道这个电话号码是谁的，我脱口而出说是我的。两位警察同时愣怔了一下，他们脸上出现了怀疑和困惑的表情。一个警察问我这个电话号码现在还在用吗？我十分肯定地回答了他。另一个警察一声不吭拿起电话拨打起来，我口袋里的一个手机马上响了起来。

这可能是我暗自得意的最后一刻，之后我再没有这样的机会。

事情从这里急转直下，我以为自己很聪明，但我终究没能把警察糊弄过去，因为他们还掌握了同样是这个号码在前一天给樊文花发过短信，约她到琵琶湖边见面。警察很快查明事发当天使用这个电话号码的人不是我，他们问了壮壮，证实樊文花和这个电话号码通话时我在家里没有接听过电话。警察以这个电话号码为突破口，锁定了之前一直使用这个号码的安卓越。

安卓越作为与此案有关的嫌疑人被抓获。

火瞬间就烧到了身边，我惊恐万分。警察又一次传唤我，他们让我知道他们通过调查已经知道我和安卓越是师专同学，而且是关系相当好的朋友，在樊文花出事之前安卓越曾经有一个多月住在我家里，和我们两口子过从甚密。还有——警察出语非常谨慎，似乎是字斟句酌地说出下面这些唯恐伤及我自尊的话——他们审讯了安卓越，安卓越对自己与樊文花的私情供认不讳。他承认自己受不住苦恋的煎熬，引诱了自己最好的朋友的老婆。他也承认那天他确实是约了樊文花，也是他骑着电动车带着她掉进了湖里，因为吊索桥边的栏杆坏了，他没有看清楚而发生了意外。落水之后因为天黑他在湖里没有找到樊文花，他害怕丑事张扬出去无颜面对好友，不敢喊人来救。他找不到她，知道肯定出事了，在绝望中他无计可施，只好选择人间蒸发。——我一边听，一边配合表演震惊、伤心、气愤、狂怒等等，我自信我的演技是过关的。我心里安稳了许多，安卓越果然按我们事先的约定把事情扛了起来，这也是我们以防万一事先编好的说辞，但愿他能蒙混过关。对安卓越我是非常相信的，他厚道仗义，诚实可靠，而且对我特别真心，我心里清楚只要他能扛得起，他是绝对不会连累我的。显然我找他没有错。说句心里话，在这个世界上，如果只相信一个人，我肯定是相信安卓越。而且，到了这个时候，我也只有相信他了。

安卓越被关了两个多月没有吐露一个字，然而，我还是没有逃过命运的惩罚——我被捕了。我给樊文花买的那两份高额的人身意外保险引起了警察的注意，而她在和我结婚仅仅两个月零五天就命丧湖底，安卓越与我又有着那样深厚和密切的关系，种种证据和线索都指向我们可能是同谋……终于，安卓越在被审讯时心理防线崩溃，交代了作案过程。

这一天还是来了……

31 樊文花

原来是郑小松和安卓越串通一气害了我，我的丈夫和我的情人联起手来杀了我，他们对我的所谓爱其实就是为了从保险公司骗取保费的一个圈套，我以为自己得到的是爱情，其实我得到的却是一场残忍的谋杀。我是多么可悲和不幸，我的世界一团漆黑。

当死亡把我带走，我没有了痛和恨。我经历过的那些事情一件一件留在了过去的时空里，它们就像展品一样排列着，一点没有改变原来的模样。我清清楚楚看到自己的一生，虽然短，却并不平淡。我也有过鲜花盛开般的日子，而我最快乐最甜蜜的时光恰恰是跟郑小松和安卓越一起度过的——这实在是太讽刺了，让我不知道说什么好。我耳边还回荡着我们在一起时的欢声笑语，但一切已经落幕。青春的欢笑永远是短暂的，因为他们的贪婪和残暴就更加短暂。我们的幸福就像昙花一现，瞬间烟消云散，就像是命运开的一个残酷的玩笑。

32 安卓越

鸟叫得比天亮得要早。我害怕黑夜，总是下意识盼着天亮。黑夜里我完全丧失了时间的感觉，有时过了一两个小时，我觉得就像是过了几分钟，更多的时候是才过了几分钟，我却觉得就像是过了好几个钟头。不过时间过得快慢对我来说并不重要，反正我是把长长的黑夜熬过去，接着再熬长长的白天，我从来没有像现在这样觉得自己有大把的时间，而且这些时间既多余又无聊。

想起上学的时候，我总觉得时间不够用。有时为了在操场上多踢一会球，作业就写不完。那些复杂又烦琐的习题现在想起来都让我头疼，实在没办法，我就去向郑小松求助。每次他都有求必应，他不但让我抄作业，还动手帮我抄，我的每本作业本都有两种不同的笔迹，好在老师没有看出来，或者看出来也是睁一只眼闭一只眼不追究。现在想想那个时候真好啊，那个时候连考试挂科都还能无忧无虑。

我发呆的时间很多。牢房里很安静，偶尔听见一点声音，我会侧耳细听，我想听出是不是从郑小松那边传来的。我只知道他也关在这里，但我不知道他关在哪一间囚室里，我也不知道他离我有多远。我不时会想到他，只要想到他我心里就充满了悔恨——那是一种无法形容的折磨，像汹涌的潮水一样瞬间就将我吞没，像烈火烧灼着我，像野兽一口一口咬着我的心。我一开始就应当劝阻他的，但出于习惯听了他的，我不仅没有阻止他，而且自己成了他的帮凶。我没想到最终是我把他害了——当警察言之凿凿告诉我郑小松已经招了，我才承认了事情的经过，没想到其实他并没有招，他是在我供认之后才认罪的。我得知之后悔恨极了，真恨不得一头撞死。我知道我们罪不可赦，但我不想出卖朋友，我真的没想到最后害了他的那个人是我。

公诉结束那天夜里我做了一个梦，梦境那么清晰，简直就像真的一样。我梦见郑小松来找我，他穿着一身洗得干干净净的运动服，脚上是一双式样很潮的运动鞋。他神情轻松，一副若无其事的样子，开口谈论的话题倒是和白天的审判有关。我问他上诉吗？他说不上诉了。我问他有什么打算？问完之后立刻觉得这话很不妥。他却毫不介意，仍然十分轻松地说他会考虑一下，然后重新开始。我问他重新开始什么？他竟然飞快地回答说："做个好人。"我突然之间就醒了，我泪流满面，哭得抑制不住。我明白这就是最后的告别，从此我们再也见不到了，而且，他再也没有机会重新做个好人了。

33 樊佳音

当我知道樊文花是被谋杀的，我简直惊呆了！我实在无法相信看上去规矩本分诚实可靠的郑小松竟然会为了骗保害死我妹妹，他真是丧尽天良，为了钱什么事情都做得出来！我一想起这件事就毛骨悚然，心里充满了说不出的恐惧和憎恨，真是知人知面不知心啊，老话说得一点没错，以后我还能相信谁呢？

樊文花出事后好一阵子我都恍恍惚惚的，我老是听见她的声音，听见她在跟我说话，可是又听不清楚她在说什么，仔细听又什么都听不见了。有时我分明听见她在叫我，可是猛然想起她已经死了，这个世界上再没有她了，我就像突然间清醒过来一样，心如刀割。我非常自责，妹妹年纪轻阅历浅，我应该想到她可能会上当受骗，我比她大了好几岁，而且我是在外面闯荡过的，无论是社会经验，还是男人方面的经验，都比她要丰富得多，我没有提醒她，没有看好她，让她丢了性命，我真是后悔死了呀！她才二十岁，就像一朵鲜花刚刚开放，活生生的一个人说没就没了，真让我接受不了。这么多天过去了，只要一想到妹妹，我就忍不住泪流满面。我实在想不出郑小松和安卓越两个混蛋是怎么忍心下得去手的，他们太残暴了，简直是畜生，是披着人皮的野兽！

我看电视里新闻说他们被抓之后起初都不肯认罪，安卓越一口咬定他骑电动车带着樊文花从吊索桥上掉进湖里完全是意外，是因为天黑他没有看清桥上的栏杆坏了冲下去的。路那么大桥那么宽，他怎么就偏偏会从那个豁口里掉下去呢？他把个大活人带到湖里去了，只顾自己上岸就不问一声她是死是活？而且怎么偏偏死的是樊文花，他自己就一点事情没有呢？好在警察很有经验，没有放过他们。据说安卓越关了两个多月都不招，郑小松被审讯了二十五次还不肯说出犯罪事实，一直装得像个受害者，他们那么沉得住气连警察都很吃惊。

这两个心狠手辣的家伙最终没有逃脱法律的制裁。他们被公审，郑小松被判处死刑，立即执行，安卓越被判处死刑，缓期两年执行。

公审他们我没有去。那天雨下得好大，外面水天水地，四处灰蒙蒙一片，风刮得大树都被连根拔起，伞根本打不住。即使不下雨，我也不会去，我无法面对那个场面，我也不想再看见那两个害死我亲妹妹的人。而且，我心里还有一层说不出来的害怕和难过，我其实也不忍心看到郑小松和安卓越两个被审判，之前我就听律师说估计他们会被判得很重，因为这是大案——不管怎么说，一个是我妹夫，一个是我妹夫的同学和好友，我和他们一起吃过饭，一起唱过歌，一起说笑玩闹过，我怎么能想得到他们一转脸竟然成了杀人凶手？他们做出这种伤天害理的事情，不但害了我妹妹，到头来也害了他们自己。我替我妹妹难过，心里也忍不住替郑小松和安卓越难过，我真的是替他们三个人心痛！

34 方大白

太他妈吓人了，说杀人就把个人咔嚓杀掉了，就跟杀只鸡差不多吧，而且杀的这个人还是他老婆，是每天热乎乎躺在一个被窝里的老婆啊，真不知道怎么下得去手的！我想着就害怕，脊梁后面冷汗直冒，就像睁着眼睛做噩梦一样。我认识他少说也有十年了，十年时间我竟然没看出来他是一个什么人，我还一直以为自己是老江湖能一眼看透别人呢，实在是太自以为是了。老话说知人知面不知心，真庆幸他瞄准的目标不是我。

我倒是早看出郑小松是个有主意的人，而且主意相当大。他头脑非常冷静，固执归固执，还算是个讲规矩的人，所以我才会找他合作。他嘴上口口声声感谢我提携他，我也听说他在背后抱怨我剥削他，不过他当我面的时候还是很随和的，也可能是我这个人太厉害了，恶名在外，镇住了他，他不敢来惹我。我要是早知道他连人都敢杀，我根本不会用他，我会离他远远的。

郑小松出事，把我也生生坑在了里面。他借我的五十多万块钱看来是收不回来了，对我可是一笔相当不小的损失。我还有比这五十多万更加重大的损失，是我娶了他的姐姐郑小蔓，让他成了我的小舅子。我真是倒了十八辈子血霉，好容易跟月蓉离了婚，以为终于从十二年沉闷无聊的婚姻中解套了，不曾想刚一迈腿又被套住了，而且这一回套得更深，更要命。现在全城都知道郑小松和安卓越这件事，不光是在我们这里，网上的消息也很多，他们真是恶名远播。我等于是跟一个罪犯，而且是死刑犯做了亲戚，这我还能忍，我不能忍的是以后要是我和郑小蔓有了小孩，郑小松就是我们孩子的亲舅舅，哎哟天哪，我儿子女儿的亲舅舅是杀人犯，这让孩子怎么做人？将来在社会上还怎么抬得起头来？我越想越害怕，眼前一团漆黑。

我真的是没有办法想，我只好对不起郑小蔓了。我实在不愿意这样做啊，我不但不忍心，也很舍不得，我追郑小蔓追得很费劲，再说置新房办婚礼也花费了好多钱，离婚我等于是人财两空，这比割我的肉还要疼，可不割不行啊，再疼也得割。

我真是很不忍心，也张不开口，可是只好跟郑小蔓提出离婚。连婚礼上的糖果点心还没吃完呢就要离婚，实在是太惨了，这都是郑小松那个畜生害的！他把我的人生计划彻底打乱了，给我造成了无法估量的损失，而且也害了他的亲姐姐，毁掉了她的幸福。其实我心里也觉得很对不起我的妻子郑小蔓，这不是她的错，她完全是无辜的，可是她跟我一样要付出巨大的代价。小蔓，亲爱的，我是爱你的，你不要怪我，我真的是没办法。凭良心说，郑小蔓比我更加不幸，她除了承受失去亲人和两边家庭破碎的打击，实际上还搭上了自己的未来，我最担心的是她以后还能嫁给谁。

35 陆菊仙

社会上老有一些奇奇怪怪的事情发生，一上网就能看到很多。这一阵子我眼睛不太好，上网少了，外面发生什么也不大知道。前天学校上公开课，我师范学院的一个同学过来听课，中午一起吃饭，我们坐在一起，她跟我说这两天城里有一起新闻闹得挺大，问我知道不知道。我问她什么新闻，她说有个人为了骗保，把结婚没多久的老婆害死了，还是拉着他的好朋友一起作的案。据说是很少见的高智商作案，案子设计得相当周密，作案的两个人配合得特别默契，要不是遇到有经验的警察，很可能就蒙混过去最终也破不了案了。我说哦，抓起来了吗？她说那当然，昨天公审了，一个死刑，一个死缓。我脱口一句太可惜了，她一愣说你同情罪犯呀？我说这顶大帽扣的，非亲非故的，我凭啥要同情罪犯？我问她，那保费骗到手了吗？她说当然没有，人都被抓进监狱了，这种存心骗保保险公司是不赔的。我说哦，那白忙一场还搭上了性命。我感叹，现在有些人想钱想疯了，就想不劳而获，居然什么伤天害理的事情都做得出来。她说就是啊，做坏事也不想想后果，这次他们不就落网了？真是偷鸡不成蚀把米。她又说，事情还没有完，现在还在打官司呢，被害死的那个姑娘的爹妈把保险公司告了，他们的理由是女儿死了，保险公司应该把她生前买的人寿险赔给他们。我说哦，这个保险公司应该赔吧？她说哪里这么简单啊……她正要往下说，我们教导主任陪着副校长到我们这桌来敬酒，她的话被打断了，等敬酒的人走了之后，我们重新坐下来，聊起了补发奖金的事，把前面的话题忘得干干净净。

过了两天，我翻旧报纸，看见上面一条新闻，说的就是这起杀妻骗保案，我想起前天聊了一半没聊完，想看看结果怎么样，我仔细看了看，有个罪犯的名字叫郑小松，而且还是主犯，不过我没太在意，心想肯定是同名同姓。但我心里老是隐隐约约有个东西戳着，我打电话给郑小蔓，她没接，打了两三次都这样。我心里有点不踏实，马上给李老头打了个电话，电话一接通，我刚说了一两句话，就听他叹着气说："发生这种事情真是想都想不到……"我的心顿时直往下沉，我意识到恐怕事情不好了。果不其然，报纸上写的杀妻骗保的郑小松不是同名同姓，真的就是老郑的儿子郑小松。

谁想得到这样的事情竟然就发生在自己的家里！我其实早看出郑小松是个狠人，看来我是一点没错看他。他平常话不多，目光冷冷的，我总觉得他像一只很厉害的狗，他果真就咬人了，而且把人都咬死了。那个嫁给他的姑娘真是太倒霉了。你想想吧，他年纪轻轻就能跟他父亲闹翻脸，老郑那个人脾气还是可以的，能把他惹急，真不是一般人！我一直是蛮害怕郑小松的，回过头看看，我不跟他硬碰硬是对的。当初我手里拿着老郑的遗嘱，我还是上门去跟他们姐弟两个好说好商量，我还一再让步，最后不但答应房子让他们住五年，还给了他们十万块钱。十万块钱呀，那可是我省吃俭用一块一块攒起来的。如果当初我不肯让步，说不定他杀的就是我，想想真是后怕，我冷汗都下来了。

房子，我的房子——对对，房子是大事情。当初我答应两套房子让他们姐弟两人住五年，一套按每月六千五算，一套按每月三千五算，五年抵到六十万，现在想想我真是好后悔，当时不答应这条就好了，郑小松跟我就一点关系扯不上了，现在好了，他人进了监狱，还占着我的房子，这下子要他腾房恐怕也不太好办了。我越想越急，我决定这一次不能再让步了，我得赶紧让他们姐弟两个把房子还给我，我快点把这两套房子脱手了事，要是让人家知道了这两套房子里住过什么人，说不定卖不出价钱了，还说不定根本就卖不出去了。所以我必须抓紧办这件事。

我好不容易把郑小蔓的电话打通了，她接电话的声音有气无力的，我生怕她挂电话，赶紧直截了当跟她说我才知道她弟弟出事了，我想请他们把两套房子都腾出来，最好能快点，当然是越快越好。我也不等老房子那边拆迁了，这种有天没日子的事情我没耐心等了。郑小蔓老半天不说话，我问她听见我刚才说的话没有，她抽抽噎噎哭了起来。我叫她不要哭，我真不是乘人之危，本来这房子我早该拿到的，一直让他们住，没事情都好说，现在出了这么大一个事情，我得赶紧把房子收回来，我请她谅解，也请她配合。她哭得更凶了，伤心欲绝，我心里也跟着酸酸的，她把我哭得心软了，我头脑一糊涂又让步了。我对她说，要不你搬到老楼去住，我先收回一套房子好了，你可以再住一阵，等租好了房子再把老楼腾出来。我以为我这么说够可以的了吧，可是她还是哭，哭得没完没了的，一个电话光听她哭了。我打电话也是要掏电话费的，我不能花了钱听她哭吧？我不耐烦起来，我说那我就明明白白说一句话，我给你半个月时间吧，你先腾一套再腾一套也行，两套一起腾出来也行，反正就半个月，时间一到你要是还不动的话，那我丑话说头里，就别怪我不客气了。说完，我挂了电话。我才不管她怎么想呢，我顾不得了。我要是顾了她，谁来顾我呀？

36 郑小蔓

小松出这样的事，真是晴天霹雳，我的心碎了，我的生活也碎了。我没有怪罪他的意思，我只是自责，是我对他关心不够，他肯定不会是一时决定做那件事情的，可我竟然一点没有察觉，我太疏忽大意了，最后才酿成这么大的灾祸。我后悔死了，都是我的错，现在一切已经无法挽回。

他和樊文花结婚，结得那么匆忙，我居然没想到这里面可能有什么不正常。我居然还一手促成，根本没有想到要劝阻他。我太疼爱他了，什么都顺着他来，从来不去纠正他和提醒他，没想到到头来却害了他。我唯一的弟弟，我唯一的亲人，我对不起你！

方大白跟我提出离婚，我答应了他，跟他去办了手续。他说他是爱我的，他还爱着我，离婚之后还愿意照应我。我对他说谢谢，我知道他是真的喜欢我，我也是想跟他好好过，不过现在说这些已经没有用也没有意义了。我是个孤独的女人，以前我孤独地怀着傲气活着，还在人前装出过得很积极向上的样子，现在，我已经不想装了，我再装不下去了。

陆菊仙又来催我腾房子，她说了许多话，大概意思就是后悔没早把房子收回去，现在这两套房子恐怕都卖不出价钱了，而且也恐怕没有人肯要了，她亏大了。我听着她说，心里却很麻木。他也是被逼急了才会想出如此下策吧？他怎么会想到那么恶毒的计划？他以为那样就真能从保险公司骗出钱吗？他太自作聪明了，他实在是愚蠢透顶。唉，命都没了，房子有那么重要吗？爷爷死了，房子传给了爸爸，爸爸死了，房子成了别人的了。没有房子我住哪里呢？这下子我无家可归了。反正家里也没有人了，家也名存实亡了，我一个人好办，我怎么都行，我还可以住办公室。她要房子就给她吧，省得她老是唠叨……我就像猛然醒过来一样，耳朵里清晰地听着陆菊仙说的每一句话，我耐着性子听她说完，没有打断她。我答应她三天之后可以来把两套房子一起都收走。

一连下了三天雨，我在床上躺了整整三天。中午，雨停了，太阳出来了，我起来洗了澡，吃了东西，还开了洗衣机把衣服和床单、被套都洗干净了。

我想起书里读到的一句话——“身体是灵魂的圣殿”，这句话好像是一位很有名的作家说的，我记不清是从哪本书里看到的。我到书柜前翻找了好一阵，想找到那本书，再读一遍。但我翻来翻去也没有找到。我不再找，反正找到找不到对我都没什么意义。

我找出纸笔，想写下点什么，但我踌躇半天什么也没有写。我心里的话太多了，干脆什么也别写了。

我默默地打开了煤气……我的灵魂已经破碎，它不再需要圣殿。

37 曹紫云

我打开厨房的灯，把那条鱼从铅桶里捞出来放在水槽里，我用砂轮磨快了刀，几分钟之后就把它收拾好了，刮掉了鱼鳞，开膛破腹掏干净了肚肠，在脊背上划出花刀。我把弄好的鱼装在大玻璃碗里，放上盐、料酒，加上葱、姜、蒜、辣椒、花椒暴腌了一下，打算做一道我拿手的红烧鱼。我点上火，烧滚了油，随着嗞啦一声，鱼在煎锅里烫卷了皮，静静地流着血，大姐突然跑进厨房，她惊呼起来："你怎么把放生的鱼做了？"

天哪，真是罪过，我怎么知道这是放生的鱼呀？我埋怨她不早点说。她满脸懊丧，说她就陪妈妈下楼去转了一圈，哪里知道我手快就把鱼给杀了。我心里难受极了，一边继续烧鱼，一边在网上查吃了放生鱼会怎么样。正在心烦意乱之间，手机响了，我一看竟是方大白打来的。这一年多我们联系很少，基本上不打电话，我觉得有点意外，不知道他找我有什么事。

他没有寒暄，第一句话就是："我跟郑小蔓离婚了，你不知道吧？”

我确实不知道，我连他跟郑小蔓结婚都不知道。

“为什么要离婚呢？”我随口问了一句。

他沉默了好一会，竟然在电话里抽泣起来。

“你怎么了？”我问他，心里隐约有不祥的感觉。

“她开煤气自杀了……”他哭出了声。

“天哪！”我忍不住惊叫了一声。我马上想到郑小松，他和姐姐关系那么好那么亲，他肯定难过死了吧。

“我对不起她，是我害了她！”方大白悲切地说。

“你别哭，她怎么样了……”我问他。

他好容易忍住了哭，告诉我郑小蔓没死，她开了煤气之后正好她继母上门去找她收房子，在门外闻到一股煤气味，她觉得不对劲，敲门不开，打电话也不接，就报了警，物业立刻过去开了锁，才算救了她一命。

“现在呢？”

“还在医院里。发现的时候她已经昏迷了，现在还没有脱离危险期。”他说。

“太可怜了！”我小心翼翼地说，“是怎么回事啊？”

他说：“说来话长……”

我问他：“是郑小松在照顾她吗？”

电话里出现了长久的停顿，我还以为是电话断了呢。

“你在说什么？你真不知道吗？”他疑惑地问我，“你不会是精神错乱了吧？”

“我很正常呀。”我说，“前一段我身体不好去乡下静养，刚刚回来，发生了什么事情吗？”我问他，“郑小松怎么啦？”

“出大事情了。”他说，“网上铺天盖地的，你自己上网去查一下就知道了。”

他的口气给我一种大祸临头的阴森森的感觉。

挂断电话，我上网打进郑小松的名字搜了一下，他的新闻汹涌而来，其实也不是新闻，全都是一个月前的旧闻了。我随手打开一篇，刚看完标题便眼前一黑，晕倒在地。

当晚我做的红烧鱼烧煳在锅里，成了一块硬邦邦的黑炭。

38 樊佳音

因为是非正常死亡公安局要立案调查，我可怜的妹妹一直躺在殡仪馆的冰柜里没有安葬，现在案子既然已经水落石出，害她的人也得到了惩罚，她可以入土为安了。可是，这个时候却又生出了别的事情。

我的爸妈，确切说是我爸爸，他一直没忘记郑小松给我妹妹买的人身意外保险——妹妹因此被害了性命，那两份保险自然就该兑现了。从来不爱出远门、连我和妹妹的婚礼也不肯过来参加的爸爸突然现身了，他天没亮就坐摩托车出村，坐了大半天的长途车，又乘了一夜的火车，风尘仆仆赶了过来，他是专门来找保险公司办理赔偿的事情的。

可是他一去就碰了钉子，保险公司拒绝赔偿，理由是根据保险法规定，投保人故意造成被保险人死亡，保险公司无须支付保险金。爸爸当场就傻了。他灰头土脸跑回来说没领着钱，看来想拿到这笔钱还不容易。他抱怨说他知道城里人一向油嘴滑舌鬼名堂多，事先他也不是没想过这件事很可能不顺当，毕竟这么多的钱呢，买成金子都有好大的一块呢，谁肯把大块的金子往外吐？不过他也确实是没想到人家一句话就打发他了。他当然不会就此罢休。爸爸是见过世面的人，除了出去打过工，他在村里的塑料厂和造纸厂当过好几年的会计，他知道钱上的事情从来没有那么简单，给钱容易要钱难，总归要磨来磨去才能磨出个结果来，是不是好结果还要看运气。他拉着小姑妈小姑父两口子整夜整夜商量，商量之后他又去找律师咨询，咨询了一个又去咨询另一个，生怕上当受骗，等都搞明白之后，他去法院以他和妈妈的名义起诉了樊文花投保的那家保险公司。

这场官司打了好几个月。保险公司坚持郑小松是保单的投保人，而他买保险的目的是为了实施保险诈骗，因此他作为投保人的这两份涉案人寿保险合同属于无效合同，保险公司不必赔偿。好在主审法官裁定尽管是网上投保，但保险单内容是根据投保人在网上填写的内容生成的，保险单上明确记载投保人为樊文花，因此她才是投保人。最后判决书认定虽然是郑小松购买涉案保险，但是并未认定郑小松为投保人，而且保险公司确认客服在收到被保险人签名为樊文花的变更申请表后，打过电话向她核实情况，她确认同意变更受益人为丈夫郑小松，保险公司在系统里做了变更，给樊文花发了变更受益人的批单，还打电话通知了她，因此樊文花本人是确切知道买过这两份人身意外险的，法院因此确认了涉案保单的投保人为被害人樊文花。

爸爸妈妈，准确说是爸爸总算打赢了官司。郑小松机关算尽，作了那么大的孽，他作为受益人的两份巨额保险因为他故意造成被保险人死亡丧失了受益权。因为没有其他受益人，保险金作为被保险人的遗产，根据继承法由家属继承。法院最终判决保险公司向作为原告的我的父母亲支付了保险金三百万元。

我从来没有看见过爸爸那么高兴。本来他沉默寡言，现在一下子变得话特别多，一说起来就滔滔不绝。他说得最多的就是打官司的事，不管在说着什么，话头一拐就能说到打官司上头去，找律师的过程，取证的过程，庭审的过程，枝枝杈杈细梢末节他说起来津津有味，而且说得一板一眼，咬文嚼字，很有水平的样子，完全不像他平常的模样。

爸爸妈妈打赢了官司拿到了钱，怎么说也算是得到了补偿和安慰吧，可是这笔钱却在家里引起了一连串的风波。

因为打官司的事情爸爸妈妈一次次过来，每次来他们都住在小姑妈家里，一是她家地方宽敞，有的是住的地方；二是她家就在市中心，出行方便；三是住她家遇事好商量。用爸爸的话说是“我跟她，一个娘胎里出来的亲兄妹，不住她家住哪里”。之前爸爸和小姑妈关系不错，从来没听说过他们之间有什么矛盾。爸爸来这里打官司，小姑妈帮了不少忙，不但她帮忙，还拉着小姑父一起帮忙。可是官司打赢了，钱拿到了手，事情就出来了。

钱到账之后爸爸妈妈没有马上回老家去，一向特别怕出门也不愿意在外面待的爸爸，不知怎么来了个一百八十度大转弯，突然想起要到处去旅游。他打算以小姑妈家为大本营，把周边没去过的地方好好转一转，他不声不响就开始了行动。他出去旅游也不带着妈妈，一个人独来独往，他说妈妈“什么都不懂”，把她丢在小姑妈家里。就这样过了大概两三个月，大家对他这样都似乎习以为常。一天大半夜，一阵激烈的敲门声把我从睡梦中惊醒，我想叫小王去看看，他睡得很沉，叫不醒他，我只好自己去开门。打开门，我看见昏暗的街灯下站着爸爸和妈妈，两个人都铁青着脸，垂头丧气的样子。我不知道出了什么事，赶紧让他们进屋，问他们为什么深更半夜从城里跑到城外来。他们只叹气不说话。小王终于醒了，连忙起来泡茶敬烟。爸爸闷头抽了几支烟才吞吞吐吐地说了几句，我听明白他们是跟小姑妈吵了架被她赶出来的。小姑妈的脾气我是领教过的，我和妹妹就被她赶出家门过。听爸爸说得吞吞吐吐藏头露尾，我明白他是不想让女婿在旁边听见，我赶紧向小王递了个眼色，他立马出去找老乡借宿了。小王一走，爸爸就大骂小姑妈和小姑父算计他，他怒火万丈地说：“我们没钱的时候他们两口子眼睛长到天上去，根本看不起我们，现在我手里有了钱，他们也想来分块肉。这钱可是我丫头拿命换来的，我能让他们分吗？想都不要想！要说他们就不应该起这种念头，他们也不穷，看见别人的钱还要眼红，恨不得把手伸进别人的口袋里去，这他娘的算啥子亲戚？”

妈妈也是愤愤不平的，不过她说得很少，她不是不想说，只是笨嘴拙舌跟不上。她刚说了几句，就被爸爸粗暴地打断，爸爸嫌她话说得不在点子上，而且他也不许她说他的妹妹和妹夫。我看着妈妈实在是很委屈，却不敢安慰她，怕惹得爸爸火更大。

夜深了，我安顿爸爸妈妈去睡觉。爸爸说他睡不着，坐着没有动。习惯早睡的妈妈已经困得睁不开眼睛，我带她进屋去睡，一进房间她的眼泪就流了下来——这是妹妹以前住的房间，桌上还摆着她的小照，搪瓷小盆里还放着她用过的梳子和头绳，衣架上还挂着她的围巾和外套，我知道妈妈是睹物思人，心里也跟着一阵发酸。早知道爸爸妈妈要来这里住，我应该把妹妹的东西收收好的。

妈妈躺下之后我走出房间，爸爸还坐在门厅里抽烟，看见我他憋不住似的把跟小姑妈吵架的前前后后说了出来，他说实际上跟她闹不愉快也不是这一次了，之前他们已经有过几次说话说得杠起来，只不过没有像这次这样直接撕破脸皮。“你晓得吧，她就是想跟我要钱。”爸爸说，“我又不欠她的，亏她开得出口！”

这我还真是没想到。

爸爸说其实小姑妈一直惦记着樊文花的这份高额保险赔偿，所以她对打这个官司起劲得很，也想方设法帮着找过不少人，走了不少关系。一开始她没有直说，只是旁敲侧击暗示他这里面也应当有她的一份，他听懂了，不过没理她。之后她的脸色就不好看了，每天疙里疙瘩的事情也多起来。他不想在她家住下去，不过只要他一提走，她又立马换了副暖洋洋的笑脸，说些讨好亲密的话，让他又不好走。爸爸说：“今天倒是好，她直截了当跟我算起账来了。我长这么大，还从来没有跟家里人算过账，气得我心口疼！”

爸爸带着啼笑皆非的古怪表情说小姑妈今天还拿出一份账单给他，上面除了他们在她家里的吃住开销，还有以前我和妹妹住在她家时的食宿花费，一笔一笔记得相当详细。爸爸说：“我不知道她怎么变成这个样子了，只认得钱，不认得人。我跟她说，你们两个的账她自己找你们去算。你有脑子，话跟得上，我不担心你会吃她的亏，四丫头没心眼，不如你机灵，不过她死了，她没处找她去了。”

爸爸露出得意之色，我心里却有说不出的难过。在我眼里小姑妈性子直，倒也不是小气的人，我和妹妹在她家住了一年多，她也从来没有跟我们算过房租和开销，我觉得她就是赌气才这样说的。

“大家客客气气的多好。”我忍不住劝爸爸说，“毕竟是一家人。”

爸爸说：“就是这话！谁不想和和气气，为点钱翻脸最没意思。”

第二天一大清早小姑妈就发短信把我叫过去，她也是气急败坏的样子，见了我就问昨天夜里我爸爸跟我瞎说她什么了，我自然是不好照搬原话，支支吾吾轻描淡写说了两句，小姑妈打断我说：“我就知道你爸爸要说我想分他的钱，其实话是从安葬樊文花说起的。案子结了我就跟你爸爸妈妈说应该让四丫头入土为安，你爸爸听了倒是答应，就是一直不办，东跑西颠旅游得快活。后来我又催他，我其实是怕他们一走把这件事情丢给我。我出点力也就罢了，看你爸爸那个样子是连钱也不会出的。以前他没钱的时候需要出钱的地方，我能帮都会帮他一把，谁晓得弄惯了，后来只要是出钱的事情他都等着我来，好像我是应该的，我不出钱倒成小气了。现在他自己也有钱了，不能还靠我吧？我是看明白了，他那些钱自己花行，别人休想沾到一点光，说句刻薄话，就连你妈妈都难花得着，你看他自己游山玩水都不肯带上她。要不是为了四丫头我也不想跟他多啰唆。”

我听了不知说什么好。

小姑妈露出鄙夷的神气说：“你还不知道呢，你爸爸跟我怎么说？有一天他一本正经对我说安葬樊文花应该由她婆家去办，这事不该是我们这边管。我对他说四丫头的老公被判了死刑马上就要被枪毙了，她的公公婆婆都死了，大姑姐受了刺激开煤气自杀，命是救过来了，人还住在医院里呢，谁来管这事？你爸爸说他们家就一个人没有啦？我说人倒是还有，是老头子的后老伴，说起来也算是四丫头的后婆婆。你爸爸说那就找她去，嫁出去的女泼出去的水，樊文花生是老郑家的人死是老郑家的鬼，老郑家必须管。我说放平常这理说得通，现在两家闹到这个地步，况且那还是老头子的后老伴，他们自己家里两边码平没码平还不知道，这种事情怎么去说？他说那也得去说，他们得掏这笔丧葬费，还得给樊文花买墓地。我知道他固执，不跟他辩，由着他。他一定要拉我一起去找郑小松的继母，我被他烦不过，就跟他去了。郑小松那个继母一看就不是好惹的，一坐下来倒是听她倒了好半天苦水。她说老头子去世前留下遗嘱，那边的两套房子都是留给她的，她心软，两套房子都由他们姐弟两个住着，没有马上催他们搬出去，还答应让他们住五年再说，现在他们姐弟一个被判了死刑，一个病得痴痴呆呆住在医院里，两套房子都锁着，她拿不到，连进都进不去。而且现在这个城里谁不知道这家子出了这么大的事，谁还肯买这两套房？恐怕连租都没人要，本来她还指望靠这两套房子养孩子，现在根本不知道还指望得上指望不上。她跟我们提出来，如果我们能帮她把这两套房子利利落落要回来，她就出钱出面来安葬樊文花。她是这样说的：你们虽然不是本地人，现在你们在这里的名气很大，出去找人比我们方便得多，报纸电视台说不定都肯帮你们说话，你们肯替我出面，我也肯帮你们办事。你看这女人精明吧？你爸爸本来是想省一笔丧葬费和墓地费，结果反过来让她扯住了，要他替她办事情，关键是她那件事也不是好办的，我们算算要是托人找关系，恐怕花上十万八万还下不来。你说这叫什么事？好笑得我都笑不出来了。不是我说你爸爸，四丫头拿命替他换了那么多钱，他还要省这点子钱做什么？”

我听了更加无语。

小姑妈说：“还有更加让我说不出口的呢。”她停下来，叹了两口气，问我，“你发现你爸爸最近有点啥变化？”

我摇头。

“你没看出来他变得爱美了吗？”小姑妈含讥带讽地说，“从前他一向邋里邋遢不修边幅，现在你再看看他，胡子每天刮，剪头也舍得去正经理发店里了，还把一头杂毛染得乌漆抹黑的，你晓得是为什么吗？你不晓得吧——他还想找对象呢。”

“找对象？”我忍不住扑哧笑了，“我妈妈还好好的健在呢，他找什么对象？”

“你真是傻透了！”小姑妈白我一眼，冷笑道，“家里谁不知道他最大的心愿就是生儿子，不是我说，他对你们几个丫头都无所谓，你怎么回事你自己知道，你在南方那些年过得肯定不容易，我就不说了；二丫头生下来刚满月就被他送给后山那家了，说是送，其实也是收钱的。后山那家后来也生了孩子，还是个儿子，只可惜是个傻子。听说前两年他家打算让你二妹妹嫁他，你二妹妹不肯，他们也怕被人说话。后来他们拿你二妹妹去换亲，嫁的老公还是一个傻子；三丫头跟二丫头差不多，一生下来没多久就让人抱走了，领养她的是个五十来岁的老光棍，好吃懒做，一辈子穷得说不上媳妇，年纪大了才想起来要领养个闺女养老。你三妹妹也有二十几岁了，老头也不让她出嫁，把她死死地留在家里，她就守着那个老头过。谁不知道她跟老头早过到一块去了，妻不妻女不女的，她鲜花一样的年纪，整天守着个棺材瓤子，想想都替她难过；四丫头就更悲惨了，年纪轻轻连命都丢了。看看你们这几个姑娘，我真是心疼得要死，在你们身上我也看到了当初的自己，我要不是自己狠，跑了出来，加上运气不错，我也不会有今天。我真不是挑拨离间，如果你们几个是儿子，你爸爸肯定会上心得多，不会像这样让你们自生自灭，还恨不得从你们身上刮钱。”她像是透露秘密似的说，“你妈妈肚皮不争气，生来生去没生着一个儿子，你爸爸一直不死心，以前他就偷偷跟我们姊妹商量过，想给前村那个白痴女孩小凤家里一些钱，让她给他生个儿子，我和你大姑妈都说不妥，后来他自己担心小凤给他生出傻儿子，也怕你妈妈跟他闹，才打消了这个念头。他跟我们说过，最好是弄个年纪轻健康的女人，只可惜他手里没钱，弄不起。四丫头一死给他带来了这么大一注财，简直就是天上下钱雨，再说你妈妈年纪大了也生不出了，还能拦着他？想拦也拦不住啊。所以他的心思又活动了。”

“他跟你说的吗？”我惊愕极了。真要是这样，我家里又该发生地震了。

“这回他倒是没跟我说。”小姑妈目光闪闪地说，“是我自己看出来的。”

“你怎么看出来的？”好奇之外我更多的是忧心。

“他让我帮他介绍医生，想去装假牙，他说这边的医生手巧，比我们老家那些土医生弄得要好。你想他要装假牙做什么，不就是为了找对象吗？”

小姑妈说得言之凿凿，就像是铁证如山，不过我觉得她还是因为跟我爸爸生气才这么说的。

小姑妈板着面孔，特别郑重地对我说：“我把你叫来就是要你回去对你爹妈说，让他们把樊文花的后事办完再走。有他们在，轮不到别人张罗。我不是不愿意管，我是尽了力的。我的话算说到头了。”

我突然嗓子一紧，差点哭出来。

小姑妈面色冷峻地说：“还有，你回去给你爸爸带个话，他眼睛里只有钱，我不想沾他的光，以后各过各的，再不要来往了。”

我的眼泪还是不争气地流了下来。

回去我把小姑妈的意思婉转地跟爸爸妈妈说了，爸爸发了一通火，妈妈流了一通泪，两个人发狠说他们自己来发送四丫头。

爸爸妈妈把樊文花火化了，他们最终也没舍得花钱给她买墓地，他们决定把她的骨灰带回家去安葬。爸爸说，老家那么大地方，祖祖辈辈死了都埋在那里，挖个坑就能埋的，谁花那个冤枉钱？小姑妈倒是说到做到，真的就不再和他来往了。樊文花火化那天在殡仪馆办了一个简单的告别仪式，按照风俗父母长辈不能参加小辈的葬礼，所以他们也避免了碰面的尴尬。

爸爸妈妈在我家里又住了半年多才回去，他们从来没有在外面一口气住过这么长时间，从前爸爸出门打工都待不久，他喜欢念叨的一句话是“金窝银窝不如家里狗窝”，但这次他一反常态，他说老家想他们钱的人太多了，就这样扛了硬邦邦的三百万回去肯定要遭人算计，不避避风头不行。

这大半年时间里爸爸每天去琵琶湖边跑步，还一直吃补药调理身体，他把假牙也装好了，塌陷的嘴巴鼓了起来，确实比之前年轻了不少，不过看上去他的面相比以前要凶得多。本来爸爸妈妈还不急着走，因为爸爸和小王闹翻了，再待下去实在尴尬，所以不得不走。爸爸对小王是一百个瞧不上，他嫌他是个厨师，嫌他没钱，嫌他太胖，还嫌他对他们不殷勤，不关心，不大方，不像人家女婿那样整天围着老丈人丈母娘转，会哄老丈人丈母娘高兴。还有关键的一条，他嫌小王回家很少动手做饭不说，偶尔做一次菜还做得不好吃，他说一个厨师连菜都做不好，这绝对不是手艺差的问题，而是根本就没有心。

爸爸妈妈走的那天天气特别冷，尽管是春天了，天空却飘起了雪花，而且雪越下越大，除了我没人去送他们。妈妈抱着樊文花的骨灰盒，在风雪中走得趔趔趄趄，好像风再大一点就会把她吹倒。爸爸背着一个巨大的行李包，两边肩膀一边套着一个装得鼓鼓囊囊的蛇皮包，手里还提着两只破旧的行李箱，整个人就像一辆超载的三轮车。我帮他们提着煮鸡蛋和方便面，这是他们一路上的干粮。我们被冻得瑟瑟发抖。那天火车还晚点了，站台上雪花漫卷，他们本来就灰白的头发瞬间就全白了。爸爸说以后再也不来这个鬼地方，这一趟来让他伤透了心。

39 郑小松

收到死刑执行复核通知当晚我做了一个梦，我梦见爸爸风尘仆仆从外地回来，他那么年轻那么帅，长长的棱角分明的脸泛着光泽，衬衣束在裤腰里，更加显得高大挺拔。他拉着我的手，领我去集市上骑毛驴。他把我抱上毛驴，自己也骑了上去。他带着我在亮着灯光的集市上绕圈，我们绕了一圈又一圈，毛驴走得很稳，我们慢慢吞吞地从做小买卖的、吸水烟的、打麻将的、闲聊的、走路的形形色色的人身边经过，接受他们赞赏和羡慕的目光。在那个只有景象没有声音的世界里，我是多么快乐和满足，我觉得自己是最得意最骄傲的小孩……

后来，梦就醒了。

这天是我生命中的最后一天。

我以为这会是我一生中最漫长的一天，但其实是最短的。

40 樊文花

我没想到我的命竟然还能为爸爸妈妈换来三百万块钱，拿到钱的时候他们笼罩在金灿灿的光芒里，满脸都是笑容。我不知道这算不算是命运跟我们开的又一个残忍的玩笑，这三百万块钱并没有给他们带来安宁和幸福，带来的却是骨肉反目和夫妻离异。爸爸先是跟小姑妈闹翻了，回到老家不久他和妈妈离婚了。离了婚的爸爸轻松自在，他头抬得高高的，腰也挺得直直的，一口假牙白森森的，一副自命不凡的样子。他已经为自己物色好了一个邻村的姑娘，那个姑娘跟我同岁，生日比我还要小，爸爸急切地等着在城里新买的房子装修好就迎娶她。

妈妈的身体一天不如一天，自从爸爸和她离婚之后，她一直失魂落魄，终日以泪洗面，远比失去我要难过得多。

“老天有眼，还是死了的好。”我经常听见妈妈在老房子里喃喃自语。

2017.11—2018.12

图书在版编目 (CIP) 数据

湖边 / 程青著. — 北京 : 北京十月文艺出版社，2019.7
ISBN 978-7-5302-1926-3

Ⅰ. ①湖… Ⅱ. ①程… Ⅲ. ①长篇小说—中国—当代 Ⅳ. ① I247.5

中国版本图书馆 CIP 数据核字 (2019) 第 047182 号

湖边
HU BIAN
程青 著

出　版　北京出版集团公司
　　　　北京十月文艺出版社
地　址　北京北三环中路 6 号
邮　编　100120
网　址　www.bph.com.cn
发　行　新经典发行有限公司
　　　　电话（010）68423599
经　销　新华书店
印　刷　北京盛通印刷股份有限公司
版　次　2019 年 7 月第 1 版
　　　　2019 年 7 月第 1 次印刷
开　本　850 毫米 ×1168 毫米　1/32
印　张　9.5
字　数　190 千字
书　号　ISBN 978-7-5302-1926-3
定　价　42.00 元
质量监督电话　010-58572393
如有印装质量问题，由本社负责调换。